21世纪全国高职高专旅游系列规划教材

旅游文学

主　编　吉凤娟
副主编　徐　静　谢红芹　李丽新
参　编　王碧英　梁惠梅　李洁冰
主　审　薛洪启　吴秀兰

北京大学出版社
PEKING UNIVERSITY PRESS

内 容 简 介

本书以著名景点为载体，以能力培养为主线，向学生展示描写中华名山、秀水、名胜等具有代表性的游记、散文、诗词、传说等旅游文学知识，力求保证旅游专业学生全面熟悉我国名胜古迹和历史文化，拓展学生的知识面，增强学生文化底蕴，同时提高学生运用知识和创新的能力，培养学生的综合职业能力，以适应旅游企业对高素质应用型人才的需求。

本书既适合高职高专旅游专业及相关专业师生教学和学习使用，也可以帮助旅游从业人员积淀文化底蕴，还可以为广大旅游爱好者的旅游活动提供参考。

图书在版编目（CIP）数据

旅游文学/吉风娟主编．—北京：北京大学出版社，2013.9

（21世纪全国高职高专旅游系列规划教材）

ISBN 978-7-301-23210-1

Ⅰ.①旅…　Ⅱ.①吉…　Ⅲ.①旅游—文学—中国—高等职业教育—教材　Ⅳ.①I206

中国版本图书馆CIP数据核字（2013）第217791号

书　　名：旅游文学
著作责任者：吉风娟　主编
策 划 编 辑：刘国明
责 任 编 辑：刘国明
标 准 书 号：ISBN 978-7-301-23210-1/F·3745
出 版 发 行：北京大学出版社
地　　址：北京市海淀区成府路205号　100871
网　　址：http://www.pup.cn　新浪官方微博：@北京大学出版社
电 子 信 箱：pup_6@163.com
电　　话：邮购部62752015　发行部62750672　编辑部62750667　出版部62754962
印　刷　者：北京京华虎彩印刷有限公司
经　销　者：新华书店
787毫米×1092毫米　16开本　14印张　321千字
2013年9月第1版　2016年8月第2次印刷
定　　价：28.00元

前　言

为了更好地满足旅游专业旅游文学课程建设与改革的需要，本着有利于学生职业能力培养和综合素质提高的原则，编者编写了本书。

本书编写指导思想：紧密结合专业，扎实有序地全面提高学生的文学素养；培养学生正确理解和运用祖国语言文字的能力，提高学生文化品位和审美情趣；努力开拓学生的视野，增强学生的文化底蕴；领会作者对人生或自然的感悟，有利于学生个性健康发展。

本书在编写体例上分为3章，即中华名山、中华秀水、中华名胜，每一章均选取7个著名景点，每一景点设置景点介绍、作品赏析、能力训练三个部分。其中，第1章由吉凤娟、李丽新编写，第2章由吉凤娟、谢红芹编写，第3章由吉凤娟、徐静、王碧英编写。另外，梁惠梅、李洁冰等同志也参加了教材的编写工作。本书由吉凤娟完成统稿工作。

编者在编写本书的过程中得到了多方关心和支持，长春职业技术学院薛洪启副院长亲自制定教材编写思路和具体要求，并承担主审工作，吉林省旅游专业岗位技能考评中心主任吴秀兰亲自承担主审并提出许多宝贵意见，在此表示衷心的感谢！

由于时间仓促，加之编写人员水平有限，本书不足之处在所难免，恳请广大读者及时提出宝贵意见，以便修订时补充和修改，使之更加完善。

编　者

2013年6月

目　　录

1 中华名山

导读

中国是个多山的国家。有些山巍峨壮观、气象万千；有些山旖旎秀丽、千姿百态；有些山还与宗教、文化融为一体。这些著名的山岳，引来人们竞相攀登游览。

人们常说“三山五岳”。“三山”是指安徽黄山、江西庐山和浙江雁荡山；“五岳”是指东岳泰山（山东泰安）、南岳衡山（湖南衡阳）、西岳华山（陕西华阴）、北岳恒山（山西浑源）、中岳嵩山（河南登封）。

还有五大佛教名山，它们是山西五台山、四川峨眉山、浙江普陀山、贵州梵净山和安徽九华山；四大道教名山，它们是湖北武当山、安徽齐云山、四川青城山、江西龙虎山。

技能目标

1. 专业能力

能熟练地讲解主要景点并撰写导游词。

2. 方法能力

（1）景点的学习，学生用标识法筛选信息，抓住重点，把握主旨。

（2）游记的学习，学生之间采用交头接耳法，围绕游踪，提炼景点。

3. 社会能力

做人要有胸怀、有胆量；做事要认真、有耐力。

学习任务

(1) 能用文学语言对中华名山进行简介。
(2) 能熟练地对文学作品进行赏析。
(3) 能对主要景点进行绘声绘色的讲解。

1.1 泰 山

导 读

东岳泰山古称"岱山"，又名"岱宗"，春秋时改称"泰山"。风景区内有山峰156座，崖岭143座，名洞72处，奇石72块，溪谷130条，瀑潭64处，名泉72眼，古树名木万余株，古遗址42处，古墓葬13处，古建筑58处，历代刻石2 500余处，石窟造像14处，近现代文物12处，文物藏品万余件。泰山岱庙天观殿同北京故宫的太和殿、曲阜孔庙的大成殿并称为中国三大宫殿。

泰山自然景观雄伟绝奇，有数千年精神文化的渗透渲染和人文景观的烘托，被誉为中华民族精神文化的缩影。

泰山风景如图1.1所示。

图1.1 泰山风景

1.1.1 泰山介绍

泰山雄峙于我国山东省中部，绵亘于泰安、济南、淄博三市之间。前邻孔子故里曲阜，背依泉城济南，面积达426平方公里。主峰玉皇顶海拔1 532.7米，气势雄伟，拔地而起。中国古代神话传说中，盘古死后，头部化为泰山。古代传统文化认为，东方为万物交替、初春发生之地，故泰山有"五岳之长"、"五岳独尊"的称誉。因其气势之磅礴为五岳之首，故又有"天下名山第一"的美誉。1987年被联合国教科文组织列入世界自然文化遗产名录，是中国首例自然文化双重遗产项目。

知识链接

盘古

很久很久以前，世界初成，天地刚分，有一个叫盘古的人生长在天地之间，天空每日升高一丈，大地每日厚一丈，盘古也每日长高一丈。如此日复一日，年复一年，他就这样顶天立地生活着。经过漫长的18 000年，天极高，地极厚，盘古也长得极高，他呼吸的气息化作了风，他呼吸的声音化作了雷鸣，他的眼睛一眨一眨地闪出道道蓝光，这就是闪电，他高兴时天空就变得艳阳晴和，他生气时天空就变得阴雨连绵。后来盘古慢慢地衰老了，最后终于溘然长逝。刹那间巨人倒地，他的头变成了东岳，腹变成了中岳，左臂变成了南岳，右臂变成了北岳，两脚变成了西岳，眼睛变成了日月，毛发变成了草木，汗水变成了江河。

泰山自然风光的引人之处：高峰峻拔，雄伟多姿，山谷幽深，松柏漫山。著名风景名胜有天柱峰、日观峰、百丈崖、仙人桥、五大夫松、望人松、龙潭飞瀑、云桥飞瀑、三潭飞瀑等。游泰山不可不观看四个奇观：泰山日出、云海玉盘、晚霞夕照、黄河金带。

请您欣赏

泰山日出——随着旭日发出的第一缕曙光撕破黎明前的黑暗，从而使东方天幕由漆黑而逐渐转为鱼肚白、红色，直至耀眼的金黄，喷射出万道霞光，最后，一轮火球跃出水面，腾空而起（见图1.2）。整个过程像一个技艺高超的魔术师，在瞬息间变幻出千万种多姿多彩的画面，令人叹为观止。

云海玉盘——有时白云滚滚，如浪似雪；有时乌云翻腾，形同翻江倒海；有时白云一片，宛如千里棉絮；有时云朵填谷壑，又像连绵无垠的汪洋大海，而那座座峰峦恰似海中仙岛。站在岱顶，俯瞰下界，可见片片白云与滚滚乌云融为一体，汇成滔滔奔流的“大海”（见图1.3）。妙趣横生，又令人心潮起伏。

图1.2 泰山日出

图1.3 云海玉盘

晚霞夕照——在夕阳的映照下，云峰之上均镶嵌着一层金灿烂的亮边，时而闪烁着奇异的光辉。那五颜六色的云朵，巧夺天工，奇异莫测，如果云海在此时出现，满天的霞光则全部映照在“大海”中（见图1.4）。那壮丽的景色、大自然生动的情趣，就更加令人陶醉了。

黄河金带——新霁无尘、夕阳西下时，举目远眺，在泰山的西北边，层层峰峦的尽头，还可看到黄河似一条金色的飘带闪闪发光（见图1.5）；或是河水反射到天空造成蜃景，均叫“黄河金带”。它波光粼粼，银光闪烁，黄白相间，如同金银铺就，从西南至东北，一直伸向天地交界处。

图 1.4　晚霞夕照

图 1.5　黄河金带

泰山最引人入胜的地方就是泰山是中国历史上受过皇帝封禅的名山。同时泰山也是佛、道两教兴盛之地，是历代帝王朝拜之山。历代帝王所到之处，建庙塑像，刻石题字。泰山宏大的山体上留下了 20 余处古建筑群，2 500 余处碑碣石刻。

小贴士

秦刻石李斯碑

秦刻石李斯碑刻于秦始皇二十八年（公元前 219 年），是泰山石刻中时代最早的。据宋刘跂《秦篆谱序》记载，原刻铭文 223 字，前 144 字为始皇刻辞，后 79 字为二世诏书，由丞相李斯撰写，现仅存 10 字，其中“臣去疾臣请矣臣”7 字完整，“斯昧死”3 字残泐。刻石原在岱顶玉女池旁，历经沧桑，堪称稀世珍宝，为国家一级文物。

历代名人宗师对泰山亦仰慕备至，纷纷到此游览。古代的文人雅士更对泰山仰慕备至，纷纷前来游历，作诗记文。历代赞颂泰山的诗词、歌赋多达 1 000 余首。但自从杜甫《望岳》诗面世后，一提起泰山，大家首先想到的往往就是这篇名作。如今，泰山上的《望岳》诗石刻共有四处，摘其诗句者更有多处，此诗的知名度可见一斑。

小贴士

望　岳

杜甫

岱宗夫如何？齐鲁青未了。
造化钟神秀，阴阳割昏晓。
荡胸生层云，决眦入归鸟。
会当凌绝顶，一览众山小。

走进泰山，就是走进历史。从泰城西南祭地的社首山、蒿里山至告天的玉皇顶，数不胜数的名胜古迹、摩崖碑碣遍布山中。岱庙内，汉武帝植下的柏树翠影婆娑；红门宫前，孔子“登泰山小天下”的感慨，余音缭绕；回马山上，唐玄宗勒马而回的怯懦，神态尤现；云步桥畔，秦始皇敕封的五大夫松，瘦骨昂藏；十八盘道，李白、杜甫历代文人“笑拍红崖咏新作”，墨意未尽，豪风犹在；碧霞祠里，隆重的封禅仪式绰绰伊始。此外还有岱庙、普照寺、王母池、经石峪、碧霞祠、日观峰、南天门、玉皇顶等主要名胜古迹。

小贴士

与孔子活动有关的景点

与孔子活动有关的景点有孔子登临处坊、望吴圣迹坊、孔子小天下处、孔子庙、瞻鲁台、猛虎沟等。

气势磅礴的泰山，是中华民族的象征，从司马迁的名言“人固有一死，或重于泰山，或轻于鸿毛”，到“有眼不识泰山”、“泰山压顶不弯腰”……都在不断加深着人们对泰山的向往。登临泰山，犹如攀登长城一样，成为许多中国人的梦想。

知识链接

重于泰山，轻于鸿毛

西汉元封元年，汉武帝第一次封禅泰山，司马迁的父亲作为史官，本应来泰山参加封禅，但他却因故留在洛阳。他把参加封禅视为他政治生命中的一件大事，不能东行参加封禅大典，令他异常遗憾和失望，终于忧锁成疾，卧床不起。恰好司马迁外游归来与父亲相见，于是他握着司马迁的手流着泪嘱咐司马迁。司马迁从父亲的言谈话语之中看出参加封禅泰山的大典对光宗耀祖是何等重要。司马迁没有辜负父亲的愿望，即使在受了宫刑之后，仍矢志不移，决心忍辱完成父亲未竟之业。他在给好友任安的《报任安书》中表达了他受刑之后的痛苦心情，并提到写作《史记》的意图和完成的决心。就在这篇著名的书信之中，司马迁把泰山融入千古名句：“人固有一死，或重于泰山，或轻于鸿毛。”可见在司马迁心目中，泰山是一个庄重威严、雄伟可亲的象征。后来，人们使用“泰山”、“鸿毛”这两种轻重反差极大的物体来比喻轻重悬殊的两种事情。

知识链接

有眼不识泰山

据传，泰山为古代名匠鲁班的一名弟子，此人天资聪颖，心灵手巧，做活总是别出心裁，但常常耽误师傅的事，这惹恼了鲁班，被其逐出“班门”。斗转星移，时过数载，一次鲁大师到集市走一遭，但见有人摆放着精巧别致的竹器出售，非常惊愕，一打听，原来这竹器精品佳作是其徒弟泰山所为，赞叹不已，自愧感叹：“我真有眼不识泰山!”尔后，人们把“有眼不识泰山”用以比喻地位高或本领高强的人就在眼前，而自己却认不出来。

小贴士

民谚一则

胸中没有大目标，一根稻草压断腰；
胸中有了大目标，泰山压顶不弯腰。

到泰山旅游，人们还可以品尝到泰山餐饮中最负盛名的泰山豆腐宴与野菜宴。历代帝王来泰山，均“食素斋，整洁身心”以示虔诚。泰安风味小有名气，荷花豆腐、芙蓉豆腐、奶汤白菜、豆腐丸子、巧炸赤鳞鱼、凉拌鲜黄花菜、凉拌山丁香等均味道鲜美，清香可口。此外，泰安煎饼香酥可口，白蜜食、赤鳞鱼、酱包瓜、酱磨茄、泰山牙枣、羊肉串、烤地瓜等，亦风味独特。生长于泰山深涧溪中的赤鳞鱼是泰安市特有珍稀鱼种，少刺无腥，味道鲜美，不可不尝。“泰安有三美，白菜、豆腐、水。”泰安的豆腐与众不同，色泽洁白，鲜嫩润滑，风味独特。无论是在高档饭店，还是到街头餐馆，你都能品尝到正宗的泰安三美汤。

1.1.2 作品赏析

快速阅读文章，理清结构，概述内容；画出作者的登山路线；描述紧十八盘、慢十八盘的景点特色。

雨中登泰山

李健吾

从火车上遥望泰山，几十年来有好些次了，每次想起“孔子登东山而小鲁，登泰山而小天下”那句话来，就觉得过而不登，像是欠下悠久的文化传统一笔债似的。杜甫的愿望：“会当凌绝顶，一览众山小”，我也一样有，惜乎来去匆匆，每次都当面错过了。

而今确实要登泰山了，偏偏天公不作美，下起雨来，淅淅沥沥，不像落在地上，倒像落在心里。天是灰的，心是沉的。我们约好了清晨出发，人齐了，雨却越下越大。等天晴吗？想着这渺茫的“等”字，先是憋闷。盼到十一点半钟，天色转白，我不由喊了一句：“走吧！”带动年轻人，拎起背包，兴致勃勃，朝岱宗坊出发了。

是烟是雾，我们辨认不清，只见灰蒙蒙一片，把老大一座高山，上上下下，裹了一个严实。古老的泰山越发显得崔嵬了。我们才过岱宗坊，震天吼声就把我们吸引到虎山水库的大坝前面。七股大水，从水库的桥孔约出，仿佛七幅闪光黄锦，直铺下去，碰到嶙嶙的乱石，激起一片雪白水球，脱线一般，撒在洄漩的水面。这里叫做虬在湾：据说虬早已被吕洞宾渡上天去了，可是望过去，跳掷翻腾，像又回到了故居。我们绕过虎山，站在坝桥上，一边是平静的湖水，迎着斜风细雨，懒洋洋只是欲步不前，一边却暗恶叱咤，似有千军万马，躲在绮丽的黄锦底下。黄锦是方便的比喻，其实是一幅没有经纬的精致图案，透明的白纱轻轻压着透明的米黄花纹——也许只有织女才能织出这种瑰奇的景色。

知识链接

虬在湾

传说在很久以前，水库里有一条神虬，能呼风唤雨，为老百姓做了不少好事。一天，吕洞宾从外边回来，被这美景陶醉，就拿来笔墨，在东山石壁上兴书作画起来，神虬就偷偷变成一个小孩在旁边吟起吕洞宾的诗来。吕洞宾见一小孩在摇头晃脑地读自己的诗，觉得小孩挺有意思，就拿毛笔顺手在小孩脸上点了一下。这一点可不要紧，只见狂风大作，天昏地暗，一水柱从水中腾空而起，神虬乘风飞去。原来神虬眼睛有些毛病在此修炼，哪知吕洞宾一点正点到眼睛上，神虬顿时耳聪目明重返天宫。不久风平浪静，吕洞宾恍然大悟，才明白小孩是神虬所变。以后人们把水湾叫“虬在湾”，东边那个岭就叫“飞虬岭”。

雨大起来了，我们拐进王母庙后的七真祠。这里供奉着七尊塑像，正面当中是吕洞宾，两旁是他的朋友李铁拐和何仙姑，东西两侧是他的四个弟子，所以叫做七真祠。吕洞宾和他的两位朋友倒也罢了，站在龛里的两个小童和柳树精对面的老人，实在是少见的传神之作。一般庙宇的塑像，往往不是平板，就是怪诞，造型偶尔美的，又不像中国人，跟不上这位老人这样逼真、亲切。无名的雕塑家对年龄和面貌的差异有很深的认识，形象才会这样栩栩如生。不是年轻人提醒我该走了，我还会欣赏下去的。

我们来到雨地，走上登山的正路，连穿过三座石坊：一天门、孔子登临处和天阶。水声落在我们后面，雄伟的红门把山挡住。走出长门洞，豁然开朗，山又到了我们跟前。人朝上走，水朝下流，流进虎山水库的中溪陪我们，一直陪到二天门。悬崖崚嶒，石缝滴滴答答，泉水和雨水混在一起，顺着斜坡，流到山涧，涓涓的水声变成訇訇的雷鸣。有时候风过云开，在底下望见中天门，影影绰绰耸立山头，好像并不很远；紧十八盘仿佛一条灰白大蟒，匍匐在山峡当中；更多的时候乌云四合，层峦叠嶂都成了水墨山水。

过中溪水浅的地方，走不太远，就是有名的经石峪，一片大水漫过一亩大小的一个大石坪，光光的石头刻着一部《金刚经》，字有斗来大，年月久了，大部分都让水磨平了。回到正路，雨不知道什么时候已经住了，人走了身汗，巴不得把雨衣脱下来，凉快凉快。说也巧，我们正好走进一座柏树林，阴森森的，亮了的天又变黑了，好像黄昏又提前到了人间，汗不但下去，还觉得身子发冷，无怪乎人把这时叫做柏洞。我们抖擞精神，一气走过壶天阁，登上黄岘岭，发现沙石全是赤黄颜色，明白中溪的水为什么发黄了。

靠住二天门的石坊，向四下里眺望，我又是骄傲，又是担心。骄傲我已经走了一半的山路，担心自己走不了另一半的山路。云薄了，雾又上来。我们歇歇走走，走走歇歇，如今已经是下午四点多了。困难似乎并不存在，眼面前是一段平坦的下坡土路，年轻人跳跳蹦蹦，走了下去，我也像年轻了一样，有说有笑跟在他们后头。

知识链接

金刚经

《金刚经》是中国禅宗所依据的重要经典之一，全称《金刚般若波罗蜜经》，一卷，印度大乘佛教般若系经典，后经鸠摩罗什译。公元前494年间，成书于古印度。是如来世尊释迦牟尼在世时与长老须菩提等众弟子的对话记录，由弟子阿傩所记载。20世纪初出土于敦煌的《金刚经》，为世界最早的雕版印刷品之一，现存于大英图书馆。

此经采用对话体形式，说一切世间事物为认知的客体，实相者即是非相；主张离一切诸相，应无所住而生其心，即以爱住其心，以无爱住其心，以般若智慧契证空性，破除一切名相，从而达到不执着于任何一物而体认诸法实相空性的境地。

我不知不觉中，从下坡转到上坡路，山势陡峭，上升的坡度越来越大。路一直是宽整的，只有探出身子的时候，才知道自己站在深不可测的山沟边，明明有水流，却听不见水声。仰起头来朝西望，半空挂着一条两尺来宽的白带子，随风摆动，想凑近了看，隔着辽阔的山沟，走不过去。我们正赞不绝口，发现已经来到一座石桥跟前，自己还不清楚是怎么一回事，细雨打湿了浑身上下。原来我们遇到另一类型的飞瀑，紧贴桥后，我们不及提防，几乎和它撞个正着。水面有两三丈宽，离地高，发出一泻千里的龙虎声威，打着桥下奇形怪状的石头，口沫喷得老远，从这时候起，山溪又从左侧转到右侧，水声淙淙，跟我们到南天门。

过了云步桥，我们开始走上攀登泰山主峰的盘道。南天门应该近了，由于山峡回环曲折，反而望不见了。野花野草，什么形状都有，什么颜色都有，挨挨挤挤，芊芊莽莽，要把巉岩的山石装扮起来。连我上了点岁数的人，也学小孩子，掐了一把，直到花朵和叶子全蔫了，才带着抱歉的心情，丢在山涧里，随水漂去。但是把人的心灵带到崇高的境界的，却是那些“吸翠霞而夭矫”的松树。它们不怕山高，把根扎在悬崖绝壁的隙缝，身子扭得像盘龙柱子，在半空展开枝叶，像是和狂风乌云争夺天日，又像是和清风白云游戏。有的松树望穿秋水，不见你来，独自上到高处，斜着身子张望。有的松树像一顶黑绿大伞，支开了等你。有的松树自得其乐，显出一幅潇洒的模样。不管怎么样，它们都让你觉得它们是泰山的天然的主人，谁少了谁，都像不应该似的。雾在对松山的山峡飘来飘去，天色眼看黑将下来。我不知道上了多少石级，一级又一级，是乐趣也是苦趣，好像从我有生命以来就在登山似的。迈前脚，拖后脚，才不过走完慢十八盘。我靠住升仙坊，仰起头来朝上望，紧十八盘仿佛一架长梯，拴在南天门口。我胆怯了。新砌的石级窄窄的，搁不下整脚，怪不得东汉的应劭，在《泰山封禅仪记》里，这样形容：“仰视天门窔辽，如从穴中视天，直上七里，赖其羊肠逶迤，名曰环道，往往有絙索可得而登也。两从者扶挟，前人相牵，后人见前人履底，前人见后人顶，两从者扶挟前人相牵，后人见前人履底，前人见后人顶，如画重累人矣，所谓磨胸捏石扪天之难也。”一位老大爷，斜着脚步，穿花一般，侧着身子，赶到我们前头。一位老大娘，挎着香袋，尽管脚小，也稳稳当当，从我们身边过去。

我像应劭说的那样“目视而两脚不随”，抓住铁扶手，揪牢年轻人，走十几步，歇一口气，终于在下午七点钟，上到南天门。

小贴士

十八盘

泰山有三个十八盘之说：自开山至龙门为“慢十八”，再至升仙坊为“不紧不慢又十八”，又至南天门为“紧十八”。泰山十八盘（见图1.6）是泰山登山盘路中最险要的一段，共有石阶1 827级，是泰山的主要标志之一。此处两山崖壁如削去了一块，陡峭的盘路镶嵌其中，远远望去，恰似天门云梯。泰山之雄伟，尽在十八盘，泰山之壮美，尽在攀登中！

图1.6 十八盘

心还在跳，腿还在抖，人到底还是上来了，低头望着新整然而长极了的盘道，我奇怪自己居然也能上来。我走在天街上，轻松愉快，像没事人一样。一排留宿的小店，没有名号，只有标记，有的门口挂着一只笊篱，有的窗口放着一对鹦鹉，有的是一根棒棰，有的是一条金牛，地方宽敞的摆着茶桌，地方窄小的只有炕几，后墙紧靠着峥嵘的山石，前脸正对着万丈深渊。别成一格的还有那些石头。古诗人形容泰山，说“泰山岩岩”，注解人告诉你：岩岩，积石貌。的确这样，山顶越发给你这种感觉。有的石头像莲花瓣，有的兀立如柱，有的侧身探海，有的怒目相向。有的什么也不像，黑忽忽的，一动不动，堵住你的去路。年月久，传说多，登封台让你想象帝王拜山的盛况，一个光秃秃的地方会有一块石碣，指明是“孔子小天下处”。有的山池叫做洗头盆，传说玉女往常在这里洗过头发；有的山洞叫做白云洞，传说过去往外冒白云，如今不冒白云了，白云在山里依然游来游去。晴朗的天，你正在欣赏“齐鲁青未了”，忽然一阵风来，“荡胸生层云”，转瞬间，便像宋之问在《桂阳三日述怀》里说起的那样，“云海四茫茫”。是云吗？头上明明另有云在。看样子是积雪，要不也是棉絮堆，高高低低，连续不断，一直把天边变海边。于是阳光掠过，云海的银涛像镀了金，又像着了火，烧成灰烬，不知去向，露出大地的面目。两条白线，曲曲折折，是濑河，是汶河。一个黑点子在碧绿的图案中间移动，仿佛蚂蚁，又冒一缕青烟。你正在指手划脚，说长道短，虚象和真象一时都在屋里消失。

小贴士

泰山封禅大典

秦始皇：始皇帝于二十八年（公元前219年）巡行东方，先到邹峄山，行祭礼，刻石颂秦功业。同时召集齐、鲁的儒生稽考封禅礼仪，众儒生诸说不一。始皇帝遂自定礼制，整修山道，自泰山之阳登山。在岱顶行登封礼，并立石颂德。自泰山之阴下山，行降禅礼于梁父山。秦始皇封泰山时祭文和祭礼秘而不传。

……

宋真宗：大中祥符元年（1008年）十月，宋真宗自汴京出发，千乘万骑，东封泰山。改乾封县为奉符县；封泰山神为“天齐仁圣帝”；封泰山女神为“天仙玉女碧霞元君”；在泰山顶唐摩崖东侧刻《谢天书述二圣功德铭》。诏王旦撰《封祀坛颂》、王钦若撰《社首坛颂》、陈尧叟撰《朝觐坛颂》，各立碑山下。现唯王旦《封祀坛颂碑》尚存于岱庙院内。

宋真宗之后，帝王来泰山只举行祭祀仪式，不再进行封禅。

我们没有看到日出的奇景。那要在秋高气爽的时候。不过我们也有自己的独得之乐：我们在雨中看到的瀑布，两天以后下山，已经不那样壮丽了。小瀑布不见，大瀑布变小了。我们沿着西溪，翻山越岭，穿过果香扑鼻的苹果园，在黑龙潭附近待了老半天。不是下午要赶火车的话，我们还会待下去的。山势和水势在这里别是一种格调，变化而又和谐。

山没有水，如同人没有眼睛，似乎少了灵性。我们敢于在雨中登泰山，看到有声有势的飞泉流瀑，倾盆大雨的时候，恰好又在斗母宫躲过，一路行来，有雨趣而无淋漓之苦，自然也就格外感到意兴盎然。

文学常识

《雨中登泰山》特色

《雨中登泰山》抓住“雨中泰山”的特点，自始至终紧扣着一个“雨”字细细描绘，展现泰山在雨中的非常之观。雨中的山岚烟云，水墨山水似的层峦叠嶂，声喧势急的瀑布，水淋淋，湿漉漉，奇美壮观。这样的景象若在平时是难以见到的，泰山的挺拔是众所周知的，而现在出现在读者面前的却是另一景象，一幅朦胧雄浑的画面，令人惊叹不已。

1.1.3 能力训练

1. 请根据提示补充资料，说说中国古典四大名著与泰山的渊源。

《西游记》——吴承恩三登泰山，将泰山的民俗神话特色融入其中，而《西游记》中提到的泰山景点40余处之多……

《水浒传》——燕青打擂，就是浪子燕青和黑旋风李逵在泰安岱庙中的一次精彩打擂！泰山西部东平湖为古代梁山泊的遗存水域，为新版电视剧《水浒传》的拍摄场地……

《三国演义》——没有具体描写泰山的小战场，但是罗贯中祖籍东平人，多次登临泰山……

《红楼梦》——贾宝玉醉酒喝女儿茶解酒，这里就是泰山女儿茶，是明清以来的泰山山茶贡品，是一种山中的青桐芽植物，泡制近于山茶……

2. “泰山”亦可作为岳父之别称，请讲讲其由来。

3. 讲解自己喜欢的一处泰山景点。

1.2 黄 山

导 读

方圆154平方公里的黄山风景区无处不景（36源、24溪、20深潭、17幽泉、3飞瀑、2湖、1池），无景不奇，以奇松、怪石、云海、温泉、冬雪“五绝”著称于世，徐霞客称赞：“薄海内外无如徽之黄山，登黄山而后天下无山，观止矣”，后人传颂为“五岳归来不看山，黄山归来不看岳”。

黄山周围，景观簇拥，风格各异，犹如众星拱月，有风光秀丽的太平湖、“山水画廊”新安江、保持原始风貌的国家级“牯牛降”和省级“清凉峰”两处自然保护区，以及我国四大道教圣地之一的齐云山。

黄山风景如图1.7所示。

图1.7 黄山风景

1.2.1 黄山介绍

黄山位于我国东部安徽省黄山市境内，其南北长约40公里，东西宽约30公里，山脉面积1 200平方公里，精华部分为154平方公里，号称“五百里黄山”。最高处莲花峰，海拔1 864米。黄山有泰岱之雄伟、华山之险峻、衡岳之烟云、匡庐之飞瀑、雁荡之巧石、峨嵋之清秀，被世人誉为“天下第一奇山”。1985年，黄山作为唯一的山岳风光，被评选为全国十大风景名胜之一，1990年被联合国教科文组织列入世界文化遗产和自然遗产名录。

黄山原名“黟山”，因峰岩青黑，遥望苍黛而名。后因传说轩辕黄帝曾在此炼丹成仙，唐玄宗信奉道教，故于天宝六年（公元747年）六月十七日改为“黄山”。

知识链接

轩辕黄帝炼丹成仙

相传黄帝晚年一心向道，来到江南黟山，在望仙峰上住下。黄帝领着众臣子踏遍72峰，采得千百味药材，洗净晒干，在药臼中千锤万杵后，汲来丹井之水，就在炼丹峰前的炼丹台上垒灶生火，炼起丹来。一炼便是8个甲子480年。丹成之后，黄帝先服了7粒，果然灵验，不借云雾，竟可腾空飞翔；再经3个寒暑，最后炼成不死金丹49粒，服用后神效立见，须发由白变黑，满面红光，青春再现；但是，因衰老而造成的皮肤皱褶依然如故，于是左右丞相又请黄帝到山下汤池洗澡，连浸了7天7夜，全身的老皱皮肤随水漂去，顿时返老还童。

当黄帝浴罢灵汤，汤池的上空祥云缥缈，笙歌悠扬。且有白龙出现，待雾散云开，忽然有珠函、玉壶各一件，从空中徐徐降下。浮丘公打开一看，函内有宝冠、霞衣、珠履；壶中盛满了甘露琼浆。这时，浮丘公向黄帝恭敬地说：“这是上天赐给您的。”黄帝将天赐宝物携回望仙峰石室，接受群臣祝贺，当众戴宝冠、披霞衣、蹑珠履、饮甘露琼浆。此时，黟山的高峰深谷，祥云缭绕，天花飞扬，仙乐盈空，异香满山。黄帝乃乘飞龙，与容成子、浮丘公一道，飘飘荡荡上天去了。

黄山有名山峰72座（36大峰、36小峰），或崔嵬雄浑，或峻峭秀丽，布局错落有致，天然巧成，并以天都峰、莲花峰、光明顶三大主峰为中心向三周铺展，跌落为深壑幽谷，隆起成峰峦峭壁。

小贴士

三大主峰

三大主峰：莲花峰，海拔1 864米，被称为瑰丽高峰；光明顶，海拔1 860米，被称为平旷高峰；天都峰，海拔1 810米，被称为险峻高峰。

黄山四季分明，春天青峰滴翠，山花烂漫；夏季清凉一片，处处飞瀑；秋天天高气爽，红叶如霞；寒冬则是银装素裹，冰雕玉砌，确实是人们旅游、避暑、赏雪的绝佳去处。当然更吸引人们的是素称黄山“五绝”的奇松、怪石、云海、温泉、冬雪。

一是奇松，“奇”在它无比顽强的生命力，“奇”在它那特有的天然造型。或倚岸挺拔，或独立峰巅，或倒悬绝壁，或冠平如盖，或尖削似剑，忽悬、忽横、忽卧、忽起，“无树非松，无石不松，无松不奇”（见图1.8）。最著名的黄山松有迎客松、送客松、蒲团松、凤凰松、棋盘松、接引松、麒麟松、黑虎松、探海松、团结松——

这就是黄山的十大名松。过去曾有人编了名松谱，收录了许多黄山松，可以数出名字的松树成百上千，每棵都独具美丽、优雅风格。

图 1.8 奇松

■ 小贴士

黄山名松的记载

关于黄山名松，古今有不同的记载——《黄山史概》（《黄山丛刊》第四辑，作者清·陈鼎）中记载十六大名松：迎送松、卧龙松、鹤盖松、锡杖松、蒲团松、美人松、接引松、扰龙松、棋枰松、仙盖松、文松、破石松、春睡松、倒挂松、缥缈松、耕云松；《黄山松石谱》（《黄山丛刊》第四辑，作者清·闵麟嗣）中列九大名松：扰龙松、迎送松、卧龙松、蒲团松、接引松、棋枰松、破石松、倒挂松、困龙松。

二是怪石，以奇取胜，以多著称。其形态可谓千奇百怪，令人叫绝，似人似物，似鸟似兽，情态各异，形象逼真；已被命名的怪石有 120 多处，其分布可谓遍及峰壑巅坡，或兀立峰顶，或戏逗坡缘，或与松结伴，构成一幅幅天然山石画卷（见图 1.9）。“怪”就“怪”在它从不同角度看，就有不同的形状，成了一石二景（移步换景法），如“金鸡叫天门”又叫“五老上天都”，“喜鹊登梅”又叫“仙人指路”，“猴子观海”又叫“猴子望太平”等，可谓“横看成岭侧成峰，远近高低各不同”。知名度更高一些的有“飞来石”、“仙人下棋”、“喜鹊登梅”、“猴子观海”、“仙人晒靴”、“蓬莱三岛”、“金鸡叫天门”等。

图 1.9 怪石

文学常识

移步换景

移步换景是游记最常用的一种写作手法，是指不固定视点（即立足点和观察点），按照地点的转移和一定的视角，把所看到的不同事物叙述和说明下来。运用此手法一定要把立足点的空间变换顺序交代清楚，常常是空间顺序和时间顺序相结合，在此基础上围绕中心综合运用叙述、描写、抒情、说明的表达方式，这样写成的游记条理清楚，重点突出，语言生动，感染力强。移步换景还是古典园林造园艺术的重要手法和特点。

三是云海，以峰为体，以云为衣，其瑰丽壮观的云海以美、胜、奇、幻享誉古今，大约就是这个缘故，黄山还有另外一个名字，叫“黄海”，这可不是妄称，是有历史为证的。依云海分布方位有东海、南海、西海、北海和天海；玉屏楼观南海，清凉台望北海，排云亭看西海，白鹅岭赏东海，鳌鱼峰眺天海。风平浪静——云海一铺万顷，波平如镜，映出山影如画，远处天高海阔，峰头似扁舟轻摇，近处仿佛触手可及，不禁想掬起一捧云来感受它的温柔质感；风起云涌——波涛滚滚，奔涌如潮，浩浩荡荡，更有飞流直泻，白浪排空，惊涛拍岸，似千军万马席卷群峰；微风轻拂——四方云幔，涓涓细流，从群峰之间穿隙而过（见图 1.10）。

图 1.10　云海

小贴士

黄海

明朝有位著名的史志学家叫潘之恒，在黄山住了几十年，写了一部 60 卷的黄山山志，书名就叫《黄海》。黄山的一些景区、宾馆和众多景观的命名，都同这个特殊的“海”有关联，有些景观若在云海中观赏，就会显得更加真切，韵味更足了。

四是温泉，人们常讲的和游览有关的温泉是黄山宾馆温泉，古称汤泉，由紫云峰下喷涌而出，与桃花峰隔溪相望，是经游黄山大门进入黄山的第一站。水量充足，水温常年保持在42℃左右，水质良好，并含有对人体有益的矿物质，有一定的医疗价值，对皮肤病、风湿病和消化系统的疾病有一定的疗效；与之遥相呼应的松谷庵，古称锡泉，水平距离7.5千米，标高也近，南北对称。

五是冬雪，不同于北国的冬雪，它不是那种厚重严实，并且持久不化的雪。1993年12月，朱镕基总理视察黄山时指出："黄山本来就很美，冬雪更为黄山增添了无穷的魅力。"黄山的冬雪，妙就妙在与黄山的松、石、云、泉巧妙而完美地结合，形成的飞雪、冰挂、雪帘、雾凇堪称黄山奇景。

请您欣赏

飞雪——劈地摩天的天都峰，宛如银装素裹的神女；隔壑相望的莲花峰，如同一朵盛开的雪莲；九龙峰也变成了一条蜿蜒腾飞的玉龙，飞舞在黄山的云海之上；西海群峰奇异的石林，像一尊尊身着素服的神仙，聚集在峰头之上。冰雪覆盖的狮子林，银峦相拥的玉屏峰，构成了一幅静中有动，动中有静的绝妙画图。

冰挂——黄山的冰，千姿百态。泉有多宽，冰有多宽；瀑有多高，冰有多高。人字瀑、九龙瀑将一匹匹好似半透明的汉白玉的帷幔挂在悬崖上，银光闪烁，洁白无瑕（见图1.11）。

图1.11　冰挂

雪帘——桃花峰麓的水帘洞"冰挂"如钟乳石般地悬挂着，洞顶突出的部位雪上加雪又冻成冰盔，并呈下垂状；在黝黑石壁的衬托下，就像人工织成的图案。

雾凇——当气温降到零下时，浓重的雾气凝结在树木、石块、草丛等物体上，立即冻结成了白色固体冰晶。整个黄山便变成了一座冰山，棵棵树木变成了丛丛珊瑚，真是奇松佩玉，怪石披银，山峰闪光，花草晶莹（见图1.12）。

图1.12　雾凇

不仅如此，黄山文化底蕴深厚，现有摩崖石刻200多处，古道、古桥、古寺、古亭等古建筑近100处，以黄山为题材的书法、绘画、摄影作品难以计数。就诗文而言，李白、贾岛、范成大、石涛、龚自珍、黄炎培、董必武、郭沫若、老舍等都有不少佳作流传于世。散文中，徐霞客的《游黄山日记》、袁枚的《游黄山记》、叶圣陶的《黄山三天》、丰子恺的《上天都》等都体现了黄山的绝美秀丽的风姿。故事传说也不胜枚举，如“黄帝炼丹”、“李白醉酒”、“仙人指路”、“仙女绣花”等广为传颂。

知识链接

仙人指路

很早以前，有一位两岁能文、4岁会武的神童，只因后来科场失意、擂台负伤、改行经商后又把老本蚀光，走投无路情况下奔赴黄山寻师访仙。哪知跑遍千峰万壑，连一个药农、樵夫的踪影也没见到。干粮吃光了就吞野果，衣服穿烂了就披树皮、树叶。渐渐地变得骨瘦如柴，一天终于昏倒路旁，奄奄一息。不知过了多久，来了一位身背蔑篓脚着山袜芒鞋的老人，把神童救醒过来，问明情况后，老人哈哈一笑说：“你怎么聪明反被聪明误呢？哪里有什么神仙，你快回家去找个力气活干干，免得把一条命丢在这荒山野岭白白喂了豺狼虎豹。”说完还送些野果给神童路上吃。神童心想老人的话是对的，就千恩万谢地辞别了老人。没走多远，猛一下醒悟过来：“我跑遍全山连个人影也没见过，那老汉分明就是仙人。”他回头就追，追上老人后双膝跪地，苦苦哀求老人给指引一条成仙得道之路。老人说：“我哪里是什么神仙。实不相瞒，我前半生被名利二字害得家破人亡，这才看破红尘，隐匿在此。”神童半信半疑，但见老汉风度不凡，气宇若仙，决心拜老人为师，苦苦哀求不止。谁知等他抬头再看时，这老人却变成了一块高大魁伟的“仙人指路”石。神童又在石头前百拜千叩，忽然石头人肚里发出声音：“踏遍黄山没见仙，只怪名利藏心间，劝君改走勤奋路，包你余生赛神仙。”神童最终还是听信了仙人的话，后半生不但成家立业，而且日子过得很红火。

知识链接

仙女绣花

古时，黄山西海居住着一个善良的刘大爷和他的孙女。刘大爷每天到深山挖草药、采香菇、摘云雾茶，孙女聪明美丽，取名“天女”，在家烧饭、绣花。一天，刘爷爷到铁线潭边采集药草，遇到一条凶恶的黑龙，几乎丧生，幸亏得到一名叫大牛的小伙子搭救。大牛决心斩除那条黑龙，为民除害。刘大爷和天女都支持他，邀集全村人不分昼夜赶制武器。大牛领着乡亲们来到铁线潭边，搬起一块石头砸向潭中。黑龙受惊动从水中猛冲上来，尾巴一卷，大嘴一张，顿时天昏地暗。大牛毫不示弱，抡起宝刀与黑龙格斗起来，前后斗了3天3夜，打了99个回合，大牛终于斩杀了黑龙，自己也累倒在山冈上。他一倒地就睡着了，不知过了多少年，后来变成了卧牛峰。被大牛斩断的龙头，就是光明顶下路边那块龙头石。天女天天坐在高高的西峰上绣花，盼着大牛醒来。她手捻丝线不停地绣呀，绣呀，她要绣一条最美丽的腰带送给大牛。天长日久，她变成了一块仙石。

1979年7月，邓小平同志视察黄山，作出了“要有点雄心壮志，把黄山的牌子打出去”的重要指示，从此揭开了黄山旅游发展的新篇章。

■ 小贴士

要有点雄心壮志，把黄山的牌子打出去

1978 年 10 月到 1979 年 7 月，邓小平同志先后五次就旅游问题发表谈话。他认为，资本主义国家能搞旅游，社会主义国家也要搞；不是为了吃喝玩乐，而是为了开发利用资源，增加收入，提高群众的物质文化需求。其中小平同志在黄山的谈话，是他关于我国旅游业发展谈得最系统的一次。他在黄山指出："发展旅游，要解放思想，开动机器，广开门路，增加收入"，深情地嘱托黄山人："黄山是发展旅游的好地方，是你们发财的地方"，"要有点雄心壮志，把黄山的牌子打出去"。这种打破常规、冲破禁区、不拘一格、实事求是的思想，是邓小平理论的深刻体现。

到黄山旅游，人们可以品尝到黄山炖鸽、清炖马蹄鳖、花菇田鸡、无为熏鸡、问政山笋等徽菜中的经典名菜。徽菜以烹制山珍野味著称，讲究新鲜活嫩，擅长烧、炖、蒸、熘，重油、重色、重火功，强调色、香、味的统一。今日的徽菜，经过不断的挑选、改良和创新，已经成为美食餐桌上不可或缺的佳肴。除了徽菜，黄山的风味小吃也非常有特色，臭鳜鱼、毛豆腐、蟹壳黄、苞芦松、绩溪菜糕等都极具代表性，早已风靡一方。

■ 小贴士

徽菜

徽菜起源于歙县，是我国的八大菜系之一，距今已有近千年的历史，相传宋高宗赵构曾问徽味于学士汪藻，藻以梅圣俞诗答之："沙地马蹄鳖，雪天牛尾狸"。高宗听后顿生食欲，立刻命厨师做来品尝，从此，徽菜就进入了御膳。

1.2.2 作品赏析

快速阅读《黄山记》，给每一段写一个小标题；说说黄山的美主要体现在哪些方面。

黄山记

徐迟

一

大自然是崇高，卓越而美的。它煞费心机，创造世界。它创造了人间，还安排了一处胜境。它选中皖南山区。它是大手笔，用火山喷发的手法，迅速地，在周围一百二十公里，面积千余平方公里的一个浑圆的区域里，分布了这么多花岗岩的山峰。它巧妙地搭配了其中三十六大峰和三十六小峰。高峰下临深谷；幽潭傍依天柱。这些朱砂的，丹红的，紫霭色的群峰，前簇后拥，高矮参差。三个主峰，高风峻骨，鼎足而立，撑起青天。

这样布置后，它打开了它的云库，拨给这区域的，有倏来倏去的云，扑朔迷离的雾，绮丽多彩的霞光，雪浪滚滚的云海。云海五座，如五大洋，汹涌澎湃。被雪浪拍击的山峰，或被吞没，或露顶巅，沉浮其中。然后，大自然又毫不悭吝地赐予几千种植物。它处处散下了天女花和高山杜鹃。它还特意委托风神带来名贵的松树树种，播在险要处。黄山松铁骨冰肌；异萝松天下罕见。这样，大自然把紫红的峰，雪浪云的海，虚无缥缈的雾，苍翠的松，拿过来组成了无穷尽的幻异的景。云海上下，有三十六源，二十四溪，十六泉，还有八潭，四瀑。一道温泉，能治百病。各种走兽之外，又有各种飞禽。神奇的音乐鸟能唱出八个乐音。稀世的灵芝草，有珊瑚似的肉芝。作为最高的效果，它格外赏赐了只属于幸福的少数人的，极罕见的摄身光。这种光最神奇不过。它有彩色光晕如镜框，中间一明镜可显见人形。三个人并立峰上，各自从峰前摄身光中看见自己的面容身影。

这样，大自然布置完毕，显然满意了，因此它在自己的这件艺术品上，最后三下两下，将那些可以让人从人间通入胜境去的通道全部切断，处处悬崖绝壁，无可托足。它不肯随便把胜境给予人类。它封了山。

二

鸿蒙以后多少年，只有善于攀援的金丝猴来游。以后又多少年，人才来到这里。第一个来者黄帝，一来到，黄山命了名。他和浮丘公、容成子上山采药。传说他在三大主峰之一，海拔 1 840 公尺的光明顶之傍，炼丹峰上，飞升了。

又几千年，无人攀登这不可攀登的黄山。直到盛唐，开元天宝年间，才有个诗人来到。即使在猿猴愁攀登的地方，这位诗人也不愁。在他足下，险阻山道阻不住他。他是李白。他逸兴横飞，登上了海拔 1 860 公尺的莲花峰，黄山最高峰的绝顶。有诗为证：丹崖夹石柱，菡萏金芙蓉，伊惜升绝顶，俯视天目松。李白在想象中看见，浮丘公引来了王子乔，“吹笙舞风松”。他还想“乘桥蹑彩虹”，又想“遗形入无穷”，可见他游兴之浓。

知识链接

李白黄山行踪

据郭沫若研究考证，唐天宝十三年（公元 754），李白年 54 岁，曾往来于宣城、秋浦、南陵等地，并游历了黄山，留下数首诗文。

在黄山白鹅峰一寺庙，李白受到温处士的热情接待，醉酒后写下《送温处士归黄山白鹅峰旧居》：“黄山四千仞，三十二莲峰。丹崖夹石柱，菡萏金芙蓉。伊昔升绝顶，下窥天目松。仙人炼玉处，羽化留余踪。亦闻温伯雪，独往今相逢。采秀辞五岳，攀岩历万重。归休白鹅岭，渴饮丹砂井。风吹我时来，云车尔当整。去去陵阳东，行行芳桂丛。回溪十六度，碧嶂尽晴空。他日还相访，乘桥蹑彩虹。”

在黄山北麓，李白与胡晖相对而坐，推杯换盏，酒过三巡，挥笔写下《赠黄山胡公求白鹇》诗："请以双白璧，买君双白鹇。白鹇白如雪，白雪耻容颜。照影玉潭里，刷毛琪树间。夜栖寒月静，朝步落花闲。我愿得此鸟，玩之坐碧山。胡公能辄赠，笼寄野人还。"

在黄山脚下的练江，至今还流传着当年李白寻访隐士许宣平的故事。新安郡歙县人许宣平曾隐居徽城南面城阳山的坡云岭，结茅而居，嗜酒异常，行踪无定，年岁虽高，却鹤发童颜。他曾在居住的庵壁上写下一首诗："隐居三十载，筑室南山巅。静夜玩明月，闲朝饮碧泉。樵人歌陇上，谷鸟戏岩前。乐矣不知老，都忘甲子年。"李白读后惊叹："此翁乃仙翁也！"便前来新安寻访。李白到了紫阳山下，见过渡处有只小船，一个老翁正站在船头，"一蓑烟雨任平生"状，李白忙上前询问许宣平家居何处，老翁指着船篙说："门前一竿竹，便是许公家。"说罢飘然而去。后来李白才知道这位身披蓑衣的老汉正是许宣平，他为自己失之交臂而懊悔不已。

在香泉溪浒旁的醉石，相传那日，夜色降临，明月清风，流光四溢，清泉和鸣。树影斑驳摇曳，怪石峥嵘奇妙。醺醺然，飘飘然，天我合一。李白大醉，去泉中洗罢酒杯，绕石三匝，醉后吟诗《古风》五十九之一《西上莲花山》："西上莲花山，迢迢见明星。素手把芙蓉，虚步蹑太清。霓裳曳广带，飘拂升天行。邀我至云台，高揖卫叔卿。恍恍与之去，驾鸿凌紫冥。俯视洛阳川，茫茫走胡兵。流血涂野草，豺狼尽冠缨。"

又数百年，宋代有一位吴龙翰，"上丹崖万仞之巅，夜宿莲花峰顶。霜月洗空，一碧万里。"看来那时候只能这样，白天登山，当天回不去，得在山顶露宿，也是一种享乐。

可是这以后，元明清数百年内，绝大多数旅行家都没有能登上莲花峰顶。汪以"从者七人，二僧与俱"，组成一支浩浩荡荡的登山队，"一仆前持斧斤，剪伐丛莽，一仆鸣金继之，二三人肩糗执剑戟以随。"他们只到了半山寺，狼狈不堪，临峰翘望，败兴而归。只有少数人到达了光明顶。登莲花峰顶的更少了。而三大主峰之中的天都峰，海拔只有 1 810 公尺，却最险峻，从来没有人上去过。那时有一批诗人，结盟于天都峰下，称天都社。诗倒是写了不少，可登了上去的，没有一个。登天都，有记载的，仅后来的普门法师、云水僧、李匡台、方夜和徐霞客。

三

白露之晨，我们从温泉宾馆出发。经人字瀑，看到了从前的人登山之途，五百级罗汉级。这是在两大瀑布奔泻而下的光滑的峭壁上琢凿出来的石级，没有扶手，仅可托足，果然惊险。但我们现在并不需要从这儿登山。另外有比较平缓的，相当宽阔的石级从瀑布旁侧的山林间，一路往上铺砌。我们甚至还经过了一段公路，只是它还没有修成。一路总有石级。装在险峻地方的铁栏杆很结实；漆红了，更美观。林业学校在名贵树木上悬挂小牌子，写着树名和它们的拉丁学名，像公园里那样的。

过了立马亭，龙蟠坡，到半山寺，便见天都峰挺立在前，雄峻难以攀登。这时山路渐渐的陡峭，我们快到达那人间与胜境的最后边界线了。

然而，现在这边界线的道路全是石级铺砌的了，相当宽阔，直到天都峰趾。仰头看吧！天都峰，果然像过去的旅行家所描写的"卓绝云际"。他们来到这里时，莫不

"心甚欲往"。可是"客怨，仆泣"，他们都被劝阻了。"不可上，乃止"，他们没上去。方夜在他的《小游记》中写道："天都险莫能上。自普门师蹑其顶，继之者惟云水僧一十八人集月夜登之，归而几堕崖者已四。又次为李匡台，登而其仆亦堕险几毙。自后遂无至者。近踵其险而至者，惟余耳。"

那时上天都确实险。但现今我们面前，已有了上天的云梯。一条鸟道，像绳梯从上空落下来。它似乎是无穷尽的石级，等我们去攀登。它陡则陡矣，累亦累人，却并不可怕。石级是不为不宽阔的，两旁还有石栏，中间挂铁索，保护你。我们直上，直上，直上，不久后便已到了最险处的鲫鱼背。那是一条石梁，两旁削壁千仞。石梁狭仄，中间断却。方夜到此，"稍栗"。我们却无可战栗，因为鲫鱼背上也有石栏和铁索在卫护我们。这也化险为夷了。如是，古人不可能去的，以为最险的地方，鲫鱼背，阎王坡，小心壁等等，今天已不再是艰险的，不再是不可能去的地方了。我们一行人全到了天都峰顶。千里江山，俱收眼底；黄山奇景，尽踏足下。

我们这江山，这时代，正是这样，属于少数人的幸福已属于多数人。虽然这里历代有人开山筑道，却只有这时代才开成了山，筑成了道。感谢那些黄山石工，峭壁见他们就退让了，险处见他们就回避了。他们征服了黄山。断崖之间架上桥梁，正可以观泉赏瀑。险绝处的红漆栏杆，本身便是可羡的风景。

胜境已成为公园。绝处已经逢生。看呵，天都峰，莲花峰，玉屏峰，莲蕊峰，光明顶，狮子林，这许多许多佳丽处，都在公园中。看呵，这是何等的公园！

四

只见云气氤氲来，飞升于文殊院，清凉台，飘拂过东海门，西海门，弥漫于北海宾馆，白鹅岭。如此之漂泊无定；若许之变化多端，毫秒之间，景物不同；同一地点，瞬息万变。一忽儿阳光泛滥；一忽儿雨脚奔驰。却永有云雾，飘去浮来；整个的公园，藏在其中。几枝松，几个观松人，溶出溶入；一幅幅，有似古山水，笔意简洁。而大风呼啸，摇撼松树，如龙如凤，显出它们矫健多姿。它们的根盘入岩缝，和花岗石一般颜色，一般坚贞。它们有风修剪的波浪形的华盖；它们因风展开了似飞翔之翼翅。从峰顶俯视，它们如苔藓，披复往岩石；从山腰仰视，它们如天女，亭亭而玉立。沿着岩壁折缝，一个个的走将出来，薄纱轻绸，露出的身段翩然起舞。而这舞松之风更把云雾吹得千姿万态，令人眼花缭乱。这云雾或散或聚；群峰则忽隐忽现。刚才还是倾盆雨，迷天雾，而千分之一秒还不到，它们全部散去了。庄严的天都峰上，收起了哈达；俏丽的莲蕊峰顶，揭下了蝉翼似的面纱。阳光一照，丹崖贴金。这时，云海滚滚，如海宁潮来，直拍文殊院宾馆前面的崖岸。朱砂峰被吞没；桃花峰到了波涛底。耕云峰成了一座小岛；鳌鱼峰游泳在雪浪花间。波涛平静了，月色耀眼。这时文殊院正南前方，天蝎星座的全身，如飞龙一条，伏在面前，一动不动。等人骑乘，便可起飞。而当我在静静的群峰间，暗蓝的宾馆里，突然睡醒，轻轻起来，看到峰峦还只有明暗阴阳之分时，黎明的霞光却渐渐显出了紫蓝青绿诸色。初升的太阳透露出第一道光芒。从未见过这鲜红如此之红；也从未见过这鲜红如此之鲜。一霎间火球腾空、凝眸处彩霞掩映，光影有了千变万化，空间射下百道光柱。万松林无比绚丽，云谷寺豪光四射。忽见琉璃宝灯一盏，高悬始信峰顶。奇光异彩，散花坞如大放焰火。焰火正飞舞，那暗呜变色，叱咤的风云又汇聚起来。笙管齐鸣，山呼谷应。风急了。西海门前，雪浪滔滔。而排云亭前，好比一座繁忙的海港，码头上装卸着一包包柔软的货物。我多么想从这儿扬帆出海去。可是暗礁多，浪这样险恶，准可以撞碎我的帆桅，打翻我的船。我穿过密林小径，奔上左数峰。上有平台，可以观海。但见浩瀚一片，辽无边际，海上蓬莱，尤为诡奇。我又穿过更密的林子，翻过更奇的山峰，蛇行经过更险的悬崖，踏进更深的波浪。一苇可航，我到了海心的飞来峰上。游兴更浓了，我又踏上云层，到那黄山图上没有标志，在任何一篇游记之中无人提及，根本没有石级，没有小径，没有航线，没有方向的云中。仅在岩缝间，松根中，雪浪褶皱里，载沉载浮，我到海外去了。浓云四集，八方茫茫。忽见一位药农，告诉我，这里名叫海外五峰。他给我看黄山的最高荣誉，一枝灵芝草，头尾花茎俱全，色泽鲜红像珊瑚。他给我指点了道路，自己缘着绳子下到数十丈深谷去了。他在飞腾，在荡秋千。黄山是属于他的，属于这样的药农的。我又不知穿过了几层云，盘过几重岭，发现我在炼丹峰上，光明顶前。大雨将至，我刚好躲进气象站里。黄山也属于他们，这几个年轻的科学工作者。他们邀我进入他们的研究室。倾盆大雨倒下来了。这时气象工作者祝贺我，因为将看到最好的景色了。那时我喘息甫定，他们却催促我上观察台去。果然，雨过天又晴。天都突兀而立，如古代将军。绯红的莲花峰迎着阳光，舒展了一瓣瓣的含水的花瓣。轻盈的云海隙处，看得见山下晶晶的水珠。休宁的白岳山，青阳的九华山，临安的天目山，九江的匡庐山。远处如白练一条浮着的，正是长江。这时彩虹一道，挂上了天空。七彩鲜艳，银海衬底。妙极！妙极了！彩虹并不远，它近在目前，就在观察台边。不过十步之外，虹脚升起，跨天都，直上青空，至极远处。仿佛可以从这长虹之脚，拾级而登，临虹款步，俯览江山。而云海之间，忽生宝光。松影之荫，琉璃一片，闪闪在垂虹下，离我只二十步，探手可得。它光彩异常。它中间晶莹。它的比彩虹尤其富丽的镜圈内有面镜子。摄身光！摄身光！

这是何等的公园！这是何等的人间！

文学常识

《黄山记》特色

《黄山记》是一篇构思谋篇自出机杼的佳作。文章不像一般游记那样，先从登山写起，而是居高临下，气势磅礴地从大自然如何安排这一处胜境的角度去写。读者以为，写了黄山的概貌以后，接下去该写怎样游览了，可是作者却宕开笔去，跳出就山写山的局限，写几千年来人们攀登黄山的简史，以烘托一个“险”字，真是出乎意料，最后正面写山景，又突破由近及远或由下而上的一般的写法，而是有重点地写了几种景物。

1.2.3 能力训练

1. 请讲述“猴子观海”、“梦笔生花”、“仙人晒鞋”等故事传说。

2. 查找资料，描述黄山十大名松的位置和情态。

3. 讲解“黄山三瀑”。

1.3 华　　山

导　读

西岳华山扼守着大西北进出中原的门户，素有“奇险天下第一山”之称。华山有东、西、南、北、中五峰，虎踞龙盘，气象森森，因山上气候多变，形成“云华山”、“雨华山”、“雾华山”、“雪华山”，给人以仙境美感。

华山是中华民族文化的发祥地之一，据清代著名学者章太炎先生考证，“中华”、“华夏”皆因华山而得名；《史记》中也有黄帝、尧、舜华山巡游的事迹；秦始皇、汉武帝、武则天、唐玄宗等数十位帝王也曾到华山进行过大规模祭祀活动。

华山是道教圣地，为“第四洞天”，山上现存72个半悬空洞，道观20余座，其中玉泉院、东道院、镇岳宫被列为全国重点道教宫观。

自隋唐以来，李白、杜甫等文人墨客咏华山的诗歌、碑记和游记不下千余篇，摩岩石刻多达上千处。

华山的著名景区多达210余处，有凌空架设的长空栈道，三面临空的鹞子翻身，以及在峭壁绝崖上凿出的千尺幢、百尺峡、老君犁沟等。其中华岳仙掌被列为关中八景之首。

华山风景如图1.13所示。

图1.13　华山风景

1.3.1　华山介绍

华山古称“太华山”，位于陕西省西安以东120公里的华阴市境内。北临坦荡的渭河平原和咆哮的黄河，南依秦岭，是秦岭支脉分水脊的北侧的一座花岗岩山。西峰为华山最高峰，海拔2 083米。在五岳之中，以险著称，登山之路蜿蜒曲折，到处都是悬崖绝壁，有“自古华山一条道”之说。山中道路仅有南北一线，约10公里，透迤曲折，艰险崎岖，不少地方真可谓是“一夫当关，万夫莫开”。华山是国家级风景名胜区、国家5A级旅游景区。

知识链接

自古华山一条道

华山的一条道是怎么来的呢？人常说路是人走出来的，一点不错。

翻开记载华山历史的书查一查就知道大约在汉唐以前是很少人攀登上顶峰的，如《山海经》的记载“太华之山削成而四方，其高五千仞，其广十里，鸟兽莫居，有蛇焉，名曰肥（虫遗），六足四翼，见则天下太旱”；直到北魏郦道元的《水经·河水注》中才见到记载有登山的情况。那时登山的人上山前必须诚心祈求神的保佑后才敢前行。山上能叫得出名的地方没有几个，如千尺（幢）郦道元叫它“天井”，苍龙岭叫“搦岭”，百尺峡叫“百丈崖”，山顶有二泉即蒲池与太上泉，南峰与西峰间有屈岭，在屈岭上向东南望巨灵手迹，只见到巨大的发红的岩壁；北周保定三年（公元563年），同州刺史在一次天旱上山求雨的记事中提到，山上“人迹罕到”，几个人上山时“攀藤援杖而上，晚未得还，即于岳上借草而宿”。以上记载都说明在南北朝时山上是少有殿宇建筑的，神祠多是洞穴，道路都是未加修整的原始状态。到唐代天宝十三年（公元754年）杜甫在《封西岳赋》里还说“太华最为难上，故封禅之事郁没罕闻。”

从以后华山上修建的庙宇和名胜古迹的传说故事来看，华山的繁荣大概是和唐以后道家在这里的活动分不开。道家避穀、炼丹修仙，离开热闹的城市，寻找幽静养身修炼的场所，华山是块很理想的地方，亦是他们寻求长生不老的药物的好地方。从而登山的道路也随着慢慢开拓出来，险路不但凿成了石级，在两侧还安上了铁索和栏杆，游人亦逐渐多起来。到了近代，特别是每年二三月间，朝山拜神，求神保佑的群众，上上下下络绎不绝，路就这么走出来了。

华山被称为“华山如立”，整个山体线条简洁，形如刀削、斧劈，奇峰突兀，巍峨壮丽，不愧为“天下奇险第一山”。说到奇，它是由一块巨大的完整的花岗岩构成；提到险，其凌空架设的“长空栈道”，悬岩镌刻的“全真岩”，三面临空，上凸下凹的“鹞子翻身”，以及在峭壁悬岩上开凿的千尺幢、百尺峡、老君犁沟、擦耳崖、苍龙岭等处都奇险异常。“华山三大险”是指从玉泉院出发到北峰的登山通道上的千尺幢、百尺峡和老君犁沟。

请您欣赏

千尺幢——有石梯370余阶，盘旋于悬崖峭壁之上，其间，崖壁陡峭，头顶只见一线天光，惊险绝伦（见图1.14）。出口名曰“天井”，为“太华咽喉”。

百尺峡——两壁高耸，中间夹有一块从天而降的巨石，上刻“惊心石”三个大字，游人要从石下小路穿过，确实惊心动魄（见图1.15）。

老君犁沟——是夹在陡峭石壁之间的一条沟状险道，深不可测，有石阶570有余（见图1.16）。传太上老君见此处无路可通，牵来青牛一夜间犁成这条山沟。

图 1.14　千尺幢

图 1.15　百尺峡

图 1.16　老君犁沟

华山五峰中又以东峰（朝阳）、西峰（莲花）、南峰（落雁）三峰较高：东峰是凌晨观日出的佳处，西峰的东西两侧状如莲花，是华山最秀奇的山峰，南峰落雁是华山最高峰。三峰以下还有中峰（玉女）和北峰（云台）两峰。玉女峰相传曾有玉女乘白马入山间。云台峰顶平坦如云中之台，著名的“智取华山”的故事就发生在这里。

小贴士

玉女峰

史志记述，秦穆公女弄玉姿容绝世，通晓音律，一夜在梦中与华山隐士萧史笙箫和鸣，互为知音，后结为夫妻，由于厌倦宫廷生活，双双乘龙跨凤来到华山。

知识链接

智取华山

1949 年，在人民解放军解放大西北的强大攻势下，胡宗南率部南逃，国民党部队旅长方子乔率残部逃上华山，在山口要道设下重兵，企图凭借天险负隅顽抗。解放军某团侦察参谋刘明基率领小分队潜入山区，打听到当地药农常生林曾从山后险径上北峰采药，急忙赶往常家。此时，一伙国民党士兵正在常家抢粮，常生林用斧头砍伤一士兵后逃走。恰巧小分队赶到，夺回粮食，救下常母性命。是夜忽起暴风雨，常家茅草房顶被狂风掀起。侦察员们冒着大雨，用自己的被子盖在屋顶上，又帮助常家修好房子。常母深受感动，遂找回常生林为小分队带路。常生林带领小分队从后山上山，一路上攀悬崖、登峭壁，飞渡天桥险境，趁夜色摸上北峰，突袭守敌。随即展开政治攻势，促使华山咽喉要道千尺幢上的守敌投降。尔后又控制了北峰与西峰之间的通道苍龙岭。方子乔急忙组织西峰部队反扑。侦察队员面对强敌，沉着应战，坚守阵地。正在危急时刻，回团部送信的常生林带大部队赶到，与小分队合力攻上西峰，全歼守山之敌。1953 年，由北京电影制片厂摄制成电影。

亿万年来鬼斧神工，造就了华山惊险壮丽的自然景观，千百年来文人墨客的咏颂，使华山积累了丰富的文化内涵。可以说，华山与华夏紧紧相连，是中华民族的象征；从关于华山的传说、典故中可以看出，它不但博大、典雅、深沉、严肃，而且幽默、诙谐，甚至还有一丝浪漫与温柔，这正是中华民族的写照。而在华山诸多故事中，流传最为广泛的神话故事有“巨灵劈山”、“沉香劈山救母”、“吹萧引凤”等。

知识链接

沉香劈山救母

相传玉帝的三女儿三圣母住在西岳庙内的雪映宫，百姓求签问，异常灵验，所以宫内一年四季香火甚浓。人们都亲切地称她“三娘娘”。

有年春天，一位姓刘名玺、字彦昌的举子进京赶考，路过华阴，听说西岳庙里的三娘娘慈怀普度，非常灵验，就恭恭敬敬地走进庙来，在雪映宫的香案前，诚惶诚恐地上了一炷香，叩了3个头。然而不巧的是三圣母当时并不在宫中，刘彦昌连抽三签都是空签。想到十载寒窗，九载熬油，前程未卜，功名无望，不由悲从心生，便把一腔怨恨信口吟成一首打油诗，题在雪映宫的墙壁上。诗是这样写的：“刘玺提笔怒满腔，怨恨圣母三娘娘，安居神龛心如铁，枉受香火在一方。”题诗罢，刘彦昌拂了拂衣袖上的尘灰，昂首挺胸，扬长而去。

三圣母驾着祥云回到宫中，听看门童儿将刚才发生的事情诉说一遍，又看了墙上的题诗又羞又恼。随身丫环灵芝更是义愤填膺，忙安慰三圣母说：“公主且莫生气，想那狂生去了没有多远，我一定给他颜色看看，为公主报这侮谩之仇。”于是主仆二人驾起云头，唤来风伯雨师雷公电母，命令他们即刻作法。

刘彦昌正赶路，晴朗朗的天空突然间阴云密布，狂风大作，电闪雷鸣，暴雨如注，还没有等他想出个所以然来，就变成了一只落汤鸡。可怜他一介书生，怎经得如此雨打风吹，没挣扎几步，就跌倒在泥泞中。

三圣母怨恨已报，心中大快，一边令4位仙师收去云雨，一边站在云头向下仔细一望，这才发现倒在地上的竟是一位眉清目秀、弱不禁风的白面书生。只见他蓝衫上沾满泥水，书箱一旁倾翻，文房四宝散落一地，一看就是位赴京应试的举子。一想到这场风雨说不定会断送这位书生的前程，一丝怜悯、几分爱慕油然而生，她不由得轻轻地叹了一口气。灵芝见刘彦昌的狼狈相，早动了恻隐之心，又看三圣母对刘彦昌心生爱慕，更欲成人之美，连忙说：“看来那书生粉墙题诗，并无甚恶意。这场风雨也太猛了些。我们可不能见死不救呀。”说着，只见她纤指一点，一座竹篱茅舍就出现在刘彦昌的前方。不久，茅屋里就走出一位70岁的白发婆婆和一位17岁的伶俐村姑来。

婆婆与村姑把昏迷不醒的刘彦昌搀进茅屋，煎药熬汤，沏茶煮饭，照料得十分周到。村姑与刘彦昌更是一见如故，竹间和诗，灯下伴读，相敬如宾，渐生爱慕，婆婆看这一双小儿女情投意合，连夸天生一对，地造一双，便择吉日，做主让他们缔结了百年之好。只可惜考期在即，刘彦昌不敢久留，于是约定归期，恋恋不舍地赴京应试去了。

人常说天下没有不透风的墙，可惜这段奇缘很快传进天庭，玉帝恼羞成怒，立即派法神杨戬去捉拿三圣母。杨戬来到雪映宫，斥责三圣母违犯天规，罪责难赦。三圣母却表示，宁可仙籍除名，也要与刘彦昌两情相伴，白头偕老。杨戬看三圣母意志坚决，不思悔改，一气之下，施法力把她压在华山西峰的大石头下。

刘彦昌考场得中，朝廷派他去往洛州出任知县。他春风得意，急于回家团聚，然后携妻子同去洛州赴任。可是进入华阴地界，几月前喜结良缘的那座竹篱茅舍早已荡然无存。刘彦昌四处打问。人们都说那儿从来没有过什么村庄，更没有过什么婆婆与村姑。刘彦昌感叹一段似水柔情，突然间化为云烟，他欲哭无泪，欲诉无门，只好独自一人到洛州赴任去了。

三圣母石下生子，起名沉香，并用血书包裹，让丫环灵芝送往洛州。沉香长大成人，知自己出生原委，悲痛万分，他暗暗下定决心，要去华山救出母亲。灵芝为了使沉香练出一身能够战胜杨戬的武艺，也为了使能从天宫盗出神斧，不惜毁坏自己千年修炼的道行，宁肯化身为石，也要帮助沉香救出母亲。

沉香举着神斧来到华山，看见满山巨石林立，不知母亲到底压在哪块石下，急得放声大哭，直哭得天昏地暗，日月无光，连山神也被感动了，忙出来指点说："孝顺的孩子啊！你娘就在莲花峰头。"

沉香遵照山神指点，擦干眼泪，举起神斧朝西峰顶端奋力劈下，只听轰然一声，天摇地动，巨石拦腰断为3截，三圣母从中慢慢走出，母子相认，悲喜交集，痛哭失声。此后，刘彦昌也弃官不做，来华山隐居，为的是亲人团聚，终生相伴，沉香痛哭呼唤母亲的山峰，被命名曰孝子峰；刘彦昌隐居的地方称刘玺台；峪道里丫环灵芝所化的灵芝石亭亭玉立，为华山峪道中奇石胜景之一；西峰斧劈石旁，华山神斧巍然矗立，斧把上还题着一首诗："华山神斧，七尺有五。赐于沉香，劈山救母。"这个千古传奇故事还被艺术家们编成戏剧、拍成电影和电视剧，久演不衰。

到华山旅游，人们不仅可以品尝到白吉饼、肉夹馍、蜂蜜凉粽子、柿面糊塌、石子馍、水盆羊肉、麻食泡、踅面、太后饼、大刀面、凉皮、杂肝泡、荞面饸饹、浆水鱼等美味。还可以欣赏到华山剪纸、刺绣、彩绘泥塑等艺术品。如果是农历三月，你还能赶上朝山庙会。

小贴士

朝山庙会

每年农历三月一日起，就不断有大量信徒和香客来到西岳庙、玉泉院、云台观等上香磕头，添油还愿；三月十五日是华山庙会的正日，这一天西岳庙举行盛大拜岳大典，玉泉院等道观、院亦有诵经参拜山神的活动。华山庙会一年胜似一年。如今除部分香客外，大部分为登山览胜的游客，庙会的活动内容更加丰富多彩。有国际登山节、中国象棋比赛和书画、摄影展览等，还有民间社火、秦腔演唱、素鼓表演等地方民俗文化活动，商贾云集物资交流十分活跃，同时外地文艺演出团体、马戏、杂耍艺人都赶来助兴表演。1998年4月9日华阴市政府首次在西岳庙举行了规模盛大的仿唐祭山大典活动。

1.3.2 作品赏析

快速阅读，找出华山险的关键语句；体会作者登华山的人生感悟。

乘龙攀云上华山

拔地而起的西岳华山，有“奇险天下第一山”的美称，又有“自古华山一条路”的名言，皆称道闻名于世的华山雄奇险峻。初夏，和同事共登华山，实实在在地体验了华山之险，探究了华山之奇，领略了华山之美。

西岳华山，位于西安市以东120公里的华阴市境内，北瞰黄渭，东视崤函，南连巴蜀，西接昆仑，为我国五岳之一。华山东西南三面悬崖绝壁，奇峰千仞，势凌云天。远望五大高峰，疏密有度，神韵天成，宛如一朵盛开的五瓣莲花。古时“花”与“华”两字相通，故名华山。

要登华山，不免回想起少时观看的电影《智取华山》中一些惊险片断，记起前几年解放军救助被困华山大学生的感人情景，自然要向当地朋友问起登山路径。友人讲，为开辟便捷安全的旅游路线，解放军官兵在花岗岩构造的群峰中，用炸药硬是炸出一条进山公路。在月儿崖新建了华山索道，8分钟即可抵达云台峰（北峰）山腰。尽管登山的路程缩短，可路途的险情丝毫不减，许多游人还是下午上山，半夜起身登顶。我们疑惑地问，路险咋还半夜登顶，那不更险吗？友人说，这你们就不知道了，半夜起身登顶，借着电筒光亮，专心瞄着石阶攀登，路旁的险峰，脚下的深壑，眼前的绝壁，都隐在夜色之中。险境躲过了视野，心境自然也平稳得多，你想是不是半夜起身好上山哪！真没想到人们竟以险制险，看来没有登山的勇气真难上得华山。

当客车开进山门之后，只看到路旁灰白色花岗岩山体插进云雾，盘山路左旋右转，时而紧贴嶙峋山岩，时而靠近飞瀑悬流。向上望去，忽儿一线蓝天。忽儿群峰对峙。狼牙巨齿般的山岩，还残留着昨天解放军工兵战士爆破的遗痕。车长讲，这条上山公路就是当年智取华山解放军进军的路。我心中暗自赞叹一代又一代解放军战士的英勇和顽强。临近索道车站，车长又嘱咐我们，登山什么也不要带，有相机的把相机挎在脖子上，过天梯时可得手拽铁索，脚登石阶，手脚并用，才能过去呀！“怎么那么险？”虽有疑虑，可毕竟又加深了一次路险的印记，再次鼓起了踏平险路、登上华山的勇气。

“华山无导游，导游全靠一张图。”车长的话教我们登缆车前一人买了一份《华山旅游示意图》。

手里攥着这份示意图登上索道缆车，车型是球状，6人一车，刚刚坐稳，就自动关门闭锁，缆车缓缓驶离机房。向高处望去，45°的倾斜角，令人惊叹；向下俯视，栈道如垂挂的绳索，行人如绳上蠕动的蚂蚁。可见索道落差之大，支架之高，建造难度之大。难怪人们称华山索道为“亚洲第一索”。随着缆车的逐渐上升，同车人都更加感叹当年踏着脚下这片荒沟开路、智取华山的解放军战士的英勇和神奇。

走下缆车，便是步步登高，步步踏险，步步流汗了。华山山路，不同其他名山大川路径之处，这里的栈道全是在花岗岩的山体凿出石阶，宽不过盈尺，阶旁一两米处两端竖有铁柱，挂有铁链。脚向前迈出一步，手都要向前倒一段铁链。而“走路不看景，看景不走路”更是这里登山特有的诫言。

小贴士

走路不看景，看景不走路

“走路不看景，看景不走路”是民间俗语，寓意是“看脚下”。

寺庙里的一些玄关上常常会有“看脚下”、“照顾脚下”这样的禅语，除了一方面让人注意脚下不要摔跤之外，还有很深的禅意，即是说一个人的蓝图绘制得再好，脚下的那一方土才是最实在的。如果过不了脚下这一关，什么都不可能实现。

经一山之傍崖，左边是陡绝的石壁，右边是无底的幽壑，中为沟，自下而上，直若引绳，仰视峭壁千仞，高不见顶；俯视深谷万丈，深不见底。这就是图上所示“老君犁沟”。大家手攀铁链，脚登石阶，越过这条富有神话传说色彩的险路便到了总绾三峰的要冲处的北峰（云台峰）。“云台峰”高虽不及其他四峰，但山势峥嵘，三面悬绝，只有一岭南通，险要异常。峰顶有真武宫，倚山为屋，叠起层楼，苍松相映，绚丽异常。当年我军 8 勇士独辟蹊径，登上北峰，全歼守敌，最激烈的战斗即发生在这里，竖有“军魂”大字的石碑和纪念亭向人们昭示着昨天历史的硝烟和当年战斗的辉煌。

出云台峰向东蜿蜒走去，穿过“擦耳崖”石门，只见崖边鸟道一线，路不盈尺，下视千仞，云飞雾漫，人人面壁挽索，贴身而进。及至尽处，耸崖镌刻“天梯”二字，再看石阶垂直排列，有胆有力的壮汉，猛冲几阶再缓缓上攀。我深吸一口气，一个“上”字出口，便双手抓牢铁链，两手交替上攀，用臂力牵引着身体向上。突然脚下一女士呼喊起上边的丈夫，直喊害怕，那大汉也毫无办法，只能好言相告：“别怕，别怕，往上看，手往上攀。”那女子始终没再上进一阶，久久地停在那里，后来只好向丈夫告别，退了回去。这天梯 30 级，当爬至中途，凉风袭来，精神一振，手抓得更有劲，脚登得更沉稳，没等攀岩乐趣退减，已登上岩顶。攀过天梯，即到达日月崖。山路中建一寺庙，走近内望，有一龙王坐像。“山上怎么供龙王?”一句问话脱口而出，门旁一人告诉我，那是求龙王显灵，云腾雾起，让人见不到苍龙岭下万丈深渊，以免惊魂不定，神不守舍，掉下悬崖。这才免去疑窦。山径复转向西南，行约 1 公里，便到了耸立天际的“苍龙岭”。

站在岭下亭间遥望，狭窄耸削的山脊，在云翻雾滚中犹如一条蜿蜒曲折的青龙。上山的羊肠小路辟在山脊。阶阶相连的石级把山路牵上山顶，环环相扣的铁链把山路托上云霄。迈上苍龙岭的石阶，攀着铁链，越走越陡，用眼余光瞥视左右，山脊两旁悬崖壁立，谷壑幽深，远处千仞如剑，令人心惊目眩。脚下的路变得如竞技场上的平衡木，似杂技表演的钢丝，悠忽地飘荡起来。真是“自古华山一条路”，走也得走，不走也得走，可谓逼上华山。相传，唐代文学家韩愈，当年攀上此岭，下视万丈深渊，回头白云缭绕，不知归路，恐惧失色，惊慌失措，自度生还无望，于是写下遗书投下涧去，继而抱头痛哭。幸好有同去的人赶到，才设法将他抬下。至今苍龙岭石壁上还刻有“韩愈投书处”一行大字，向世人昭示着苍龙岭的奇险。

突然一阵凉风袭来，神志稍定，擦把汗水，看准石阶，用心脚踏实地地继续攀援。须臾，脚下云翻雾卷，如棉似絮，如团似片，遮住了左边的山崖，而右边却层林叠翠。心想，不知哪位看客感动龙王，拨云撒雾，造出天上如此美景。我立即按动相机快门，把眼前的美景化作永恒。

闯过“金锁关”，地势出现平缓，前行 1 000 米到达中峰（玉女峰），再东行 500 米即达华山观日出最佳地——东峰朝阳台。从朝阳台南望有一孤峰，峰顶方而平，上有铁瓦亭一间，据说还有铁棋一副。相传，这里曾是赵匡胤和陈博下棋之处，赵氏天子因棋败而将华山输给陈博。谁要前往“观棋”，绝非易事，路由悬崖系铁索直缒约十余丈，为“鹞子翻身”处。走近第一石阶，只见铁索垂直而下，眼下为无底深渊，第一脚迈不好就有粉身碎骨之险，此情此景令人倒吸一口气，不敢久立，急急退回。看来能过“鹞子翻身”处的人，真乃非凡夫俗子。

从东峰沿凿于巨石的小径而下，便达南峰（落雁峰）。过“南天门”石坊，从坊外石坪西出，即“长空栈道”。栈道以铁钎插壁，承以青石板，宽不过八寸。踏上栈道，扶着铁索木栏走上几步，身如腾雾，即刻返回。民间流传：“小心小心，九里三分，要寻尸首，洛南商州。”极言此处极险。导游图介绍，从栈道前行，至朝元洞后，穿井而下，踏上悬空的木缘，紧攀铁索，面壁屏息，缓步横行，才能抵达“避静处”的石室。同行数人，没闻谁曾到达石室，看来飞越“长空栈道”之人，只有天上来客了。

从南峰匆忙而下，又一长长的石阶路径犹如从天而下，垂挂面前，这是一条去西峰（莲花峰）必经的山脊之路。尽管体已乏，腿已骏，汗已尽，但还是振起精神，鼓起勇气，奋力攀登。西峰，为华山最高峰，海拔 2 083 米，上有摘星石、莲花洞和沉香劈山救母处。攀上峰顶，只见一巨石，中裂，状似斧劈，传说为沉香救母所劈。戏剧《宝莲灯》把这神话传说，编织成感天动地的母子亲情故事，即源于此。看着那劈裂的巨石，沉香的形象在头脑中愈发高大。

返程，因“华山自古一条路”，自然是怎么上去又怎么下来。人云上山容易下山难，我和同行的伙伴却觉得不尽其言，或许追赶时间，为准时赶回停车地；或许历尽艰险，胆量大些，竟不需攀扶铁索独自小跑般两个梯阶并作一步走，眼睛也从盯瞄山路中解脱出来。此时，整个华山五峰已云飞雾散，华山在夕阳照映下，不一色调、多重层次地展现出它雄奇险峻的英姿。我赶紧端起相机抢拍下这稍纵即逝的奇险奇美的画面。切身体验到了华山之险；抢拍的镜头，定格了华山之奇；深藏脑际的情景，铭记了永久的华山之美。有人说，黄山归来不看岳，我说黄山归来要看岳，雄奇险峻在华山。其实，攀登座座奇山险峰，何尝不是人生历程的缩影。人生的每一步，何尝不是要战胜艰难险阻去奋争人生的坐标。当未来的岁月，若有缘和华山再次相会，定再登五峰，攀铁索，踏栈道，领略更多的惊心动魄的华山之险。

1.3.3 能力训练

1. 请讲述“巨灵劈山”、“吹箫引凤”等故事传说。
2. 讲解自己喜欢的一处华山景点。

1.4 庐　　山

导　读

庐山雄奇秀拔，云雾缭绕，山中多飞泉瀑布和奇洞怪石，名胜古迹遍布，夏天气候凉爽宜人，是我国著名的旅游风景区和避暑疗养胜地。

古人云“匡庐奇秀甲天下”，自司马迁将庐山载入《史记》后，历代诗人墨客相继慕名而来，陶渊明、谢灵运、李白等1 500余位诗人相继登山，留下了许多珍贵的名篇佳作。

苏轼所写的“横看成岭侧成峰，远近高低各不同。不识庐山真面目，只缘身在此山中”形象地描绘了庐山的景色，成为千百年来脍炙人口的名篇。

庐山风景如图1.17所示。

图1.17　庐山风景

1.4.1 庐山介绍

庐山位于江西省九江市南36公里处，南北长约25公里，东西宽约20公里。东偎婺源鄱阳湖，南靠南昌滕王阁，西邻京九大通脉，北枕滔滔长江。总面积302平方公里，最高峰汉阳峰海拔1 474米。庐山素以“风景名山”、“文化名山”、“教育名山”、“宗教名山”、“政治名山”、“科技名山”著称于世。得到全国人民的厚爱及世界的肯定，荣获一系列殊荣：首批国家重点风景区、全国风景名胜区先进单位、中国首批5A级旅游区、全国文明风景区、全国卫生山、全国安全山、中华十大名山、世界遗产——我国第一处世界文化景观，我国首批世界地质公园。

知识链接

“教育名山”、“宗教名山”、“政治名山”的来源

教育名山。古代四大书院之首的白鹿洞书院创建于公元940年。

宗教名山。在国内外影响很大的庐山东林寺为净土宗始祖，信徒广泛，佛经传至日本、印度等，它是由唐代高僧慧远，公元384年倡导的。世界五大宗教：佛教、道教、基督教、天主教、伊斯兰教在庐山都有自己生存的空间，五教同一山，天下找不到。

政治名山。庐山拥有众多风格各异的别墅，党的三代领导人曾在此生活与工作过，董必武、彭德怀、贺龙、罗瑞卿、张闻天、汪东兴等也都曾在庐山别墅居住。这些留有许多名人足迹的“庐山名人别墅”，现已成为来庐山避暑的游客最喜爱的入住地，日前开放入住别墅将近上百栋，主要分布在东谷地段和含鄱口下的太乙村风景区内（称为将军别墅村）及仰天坪新开发的别墅区，庐山风景区内主要集中在牯岭东谷。

庐山，又称“匡山”或“匡庐”。传说殷周时期有匡氏兄弟7人结庐隐居于此，后成仙而去，其所居之庐幻化为山而得名。

知识链接

关于庐山得名的三种传说

第一种传说：商初（大约前16、17世纪），也有说在周威烈王时候（即前4世纪），有一位匡俗先生，在庐山学道求仙的事迹，为朝廷所获悉。于是，周天子屡次请他出山相助，匡俗也屡次回避，潜入深山之中。后来，匡俗其人无影无踪。有人说他成仙去了，这自然是无稽之谈。后来人们美化这件事把匡俗求仙的地方称为“神仙之庐”。并说庐山这一名称，就是这样出现的。因为“成仙”的人姓匡，所以又称匡山，或称为匡庐。到了宋朝，为了避宋太祖赵匡胤脱匡字的讳，而改称庐山。

第二种传说：周武王时候，有一位方辅先生，同老子李耳一道，骑着白色驴子，入山炼丹，二人也都“得道成仙”，山上只留下一座空庐。人们把这座“人去庐存”的山，称为庐山。“成仙”的先生名辅，所以又称为辅山。

第三种传说：匡俗的父亲东野王，曾经同鄱阳令吴芮一道，辅佐刘邦平定天下，东野王不幸中途牺牲。朝廷为了表彰他的功勋，封东野王的儿子匡俗于邬阳（今鄱阳县一部分），号越庐君。越庐君匡俗，有兄弟七人，爱好道术，都到鄱阳湖边大山里学道求仙。这座越庐君兄弟们学道求仙的山，被人们称为庐山。

庐山北临长江，东濒鄱阳湖，大江、大湖、大山浑然一体，险峻与秀美刚柔相济，自古以“雄奇险秀”闻名于世。在这座完整的山岳型风景名胜区内，散布着53处景点，230个景物景观，它们以瀑泉、山石、气象、植物、地质、江湖、人文、别墅建筑等形式错落在牯岭景区、山南景区、东林景区、浔阳景区等大景区内，形成了

名山、大江、大湖交汇的磅礴气势和“春山如梦、夏山如滴、秋山如醉、冬山如玉”之美景，使人们在与自然的亲和中，随深邃的人文而进入一个崇高的心灵之壤，去窥识庐山真面目。

请您欣赏

春山如梦——人间四月芳菲尽，山寺桃花始盛开。暮春正是游览花径的最佳时节。径内繁花似锦，曲径通幽，湖光山色，风景如画。又恰逢多雨季节，三叠泉的飞瀑如发怒的玉龙，冲破青天，凌空飞下，雷声轰鸣，令人叹为观止（见图1.18）。

夏山如滴——秀峰一带的山峰玲珑秀丽，风光旖旎，古人云“庐山之美在山南，山南之美在秀峰”。“飞流直下三千尺，疑是银河落九天”的开先瀑布也位于此（见图1.19）。

图1.18　三叠泉瀑布

图1.19　开先瀑布

秋山如醉——锦绣谷中千岩竞秀，万壑回萦；断崖天成，石林挺秀，峭壁峰壑如雄狮长啸、猛虎跃涧、捷猿攀登、仙翁盘坐，无不栩栩如生，令人陶醉。大天池更是以其龙首崖之险、凌虚阁之云、文殊台之佛光闻名于世（见图1.20）。

冬山如玉——冬雪庐山横看成玉侧成碧，远近奇幽各不同，奇庐说不尽的诗意和浪漫，无怪乎陶渊明选择此地逍遥生活。五老峰像极了白发老人端坐山间（见图1.21），寒山暮色，清新的呼吸里仿佛可以嗅到春天的味道，赏雪泡汤也是冬游庐山首选。

图1.20　大天池

图1.21　五老峰

小贴士

庐山真面目

自古命名的山峰便有171座，群峰间散布冈岭26座，壑谷20条，岩洞16个，怪石22处，瀑布22处，溪涧18条，湖潭14处。

千百年来，无数的先贤圣哲，高士逸民，文人墨客，丹青高手，辉子道侣，富豪政客，纷至沓来，投身于这座奇秀大山的怀抱，在这幅美妙的自然画卷上，留下了浓墨重彩的一笔又一笔，充分地展现着他们对美的意蕴的追求，把那巧夺天工的亭台楼阁，宏大壮观的梅院寺观，精巧奇妙的祠塔桥榭，风格迥异的中外别墅，镶嵌在这奇山秀水当中，与自然景观交相辉映，互为表里，形成了一道独具魅力的亮丽风景线，使庐山成为中国田园诗的诞生地、中国山水诗的策源地、中国山水画的发祥地。正如一位新加坡学者所评论的那样："如果说泰山的历史景观是帝王创造的，庐山的历史景观则是文人创造的。"

知识链接

庐山的历史景观

山水诗、田园诗。东晋诗人谢灵运的《登庐山绝顶望诸峤》、南朝诗人鲍照的《望石门》等，是中国最早的山水诗之一，并使庐山成为中国山水诗的策源地之一；诗人陶渊明一生以庐山为背景进行创作，他所开创的田园诗风，影响了他以后的整个中国诗坛；唐代诗人李白，五次游历庐山，为庐山留下了《庐山遥寄卢侍御虚舟》等14首诗歌，他的《望庐山瀑布》同庐山瀑布千古长流，在中国华大地及海外华人社会中家喻户晓，成为中国古代诗歌的极品；宋代诗人苏轼的《题西林壁》，流传广泛，影响深远，"不识庐山真面目，只缘身在此山中"，成为充满辩证哲理的名句……

山水画。东晋画家顾恺之创作的"庐山图"，成为中国绘画史上第一幅独立存在的山水画，从此历代丹青大师以庐山为载体，以这一艺术形式对庐山赋予美感境界的表述。中国画在理论上的第一次突破，亦是顾恺之的"传神说"，然而这是受到东晋高僧慧远在庐山阐发的"形尽神不灭论"哲学思想影响的结果。庐山东林寺莲社"十八高贤"之一的宗炳，他所撰的《画山水序》，成为真正意义上的第一篇中国山水画论，他所阐述的山水"畅神说"，打破了"君子比德"的美学观，表现了一个新的美学思潮的兴起。

历史造就此山，文化孕育此山，名人喜爱此山，世人赞美此山。中华民族源远流长的历史和数千年博大精深的文化孕育了庐山无比丰厚的内涵。从司马迁"南登庐山"，到陶渊明、李白、白居易、苏轼、王安石、黄庭坚、陆游、朱熹、康有为、胡适、郭沫若等1 500余位文坛巨匠登临庐山，留下4 000余首诗词歌赋的文化名山的确立；从慧远始建东林寺，开创"净土法门"，到集佛、道、天主、基督、伊斯兰教于一身的宗教圣地的形成；从朱熹重建白鹿洞书院弘扬"理学"，到教育丰碑的构建；

从“借得名山避世哗”的隐居之庐，到20世纪初世界25个国家风格的庐山别墅群的兴建；从胡先骕创建中国第一个亚热带山地植物园，到李四光“第四纪冰川”学说的创立；从20世纪中叶，庐山成为国民政府的“夏都”，到庐山作为政治名山地位的确立……庐山的历史遗迹，代表了中国历史发展的大趋势，处处闪烁着中华民族历史文化的光华，充分展示了庐山极高的历史、文化、科学和美学价值。

悠久的历史文化，使庐山的饮食集百家之长，并逐渐形成了自己的特色。赫赫有名的“庐山三石”可算得上是世间罕有的美味，它们分别是指庐山石鸡、庐山石鱼和庐山石耳；庐山的土特产中，庐山云雾茶名气最大，它是全国十大名茶之一，始产于汉代，盛名于唐代，宋代列为贡品，其特点是条索紧细，青翠多毫，茶色清亮，叶醇含甘，香爽持久，有怡神解渴、帮助消化、降血压、增进身心健康的功能。

1.4.2 作品赏析

请说明本文描写了庐山的哪些景物；准确描述庐山云雾、瀑布的主要特点。

遥望庐山

辛未年，同友人登庐山，天气时阴时晴，留下既朦胧又难忘的印象。近年间，又到过一些名山大川，阅历有增，回首遥望庐山，似更亲切更清晰，或许是识得庐山真面目，只缘不在此山中吧。

登过华山，它那高大巍峨的柱状山岳，四壁陡峭，近乎与地面成直角的雄奇险峻，给人以冷酷古板严父式的形象。而庐山，它那奇秀的峰峦，奇异的山花，奇幻的云雾，奇丽的流泉飞瀑，奇特的宜人气候，奇绝的书林园林，令人自然地感受到那秀丽端庄、博大、慈爱母亲般的情怀，人们深情地称她是座犹如母亲化作的山。

那年初夏，在九江乘车，客车左盘右旋地从山下一直开到山上。这段路面，柏油铺筑，双排车道，令人赞叹。上山的路是这样，在山上从牯岭通往主要景点仙人洞、小天池、含鄱口的路，也是车来车往。而登华山，自古一条路，去五峰过千尺幢、百尺峡、天梯、苍龙岭、擦耳岩等奇险之路，只能徒步，没有胆量和力气是过不了这些关口的。且莫说乘机动车，就连坐滑竿也是莫大的奢望。攀登黄山，坐滑竿代步，仅是童叟的享受。唯有庐山，才以她那母亲般的情愫，敞开她的胸怀，用那畅达的道路，迎接来自四方的儿女。

仰望五老峰，五峰并立，如五位老翁联袂而立。五峰姿态各异，有的像垂眉入定的老僧，有的像俯首苦吟的诗人，有的像高歌猛进的勇士，有的像寒江垂钓的渔翁，有的竟像挥斧伐木的樵夫，神态栩栩，仪态万千。从远望去，五峰嵯峨，气势磅礴，白云蓝天，相互映照，好似俏丽的金芙蓉。李白《五老峰》诗云：“庐山东南五老峰，青天削出金芙蓉。九江秀色可揽结，吾将此地巢云松。”

远眺汉阳峰，耸入云霄。这座庐山第一高峰，据说“月白风清之夜，由此可望汉阳灯火”。从峰顶俯视，长江如带，鄱湖如镜，绿田沃野，一望无际。曹龙树一首《汉阳峰》写道：“东南屏翰耸崔巍，一柄芙蓉顶上栽，四面水光随地绕，万层峰色倚天开。”

两位诗人都把庐山名峰比作娇艳的芙蓉，喻为花朵。其实，在锦绣谷才真的鲜花铺地，花径路旁才真的怒放着奇花异卉。这些喻作的花，真实的花，把庐山装扮得多姿多彩，分外妖娆。于是，让人联想到那幻化的芙蓉花和蜂舞蝶恋的草木之花，岂不是庐山母亲头颈上的金簪和环佩吗。

庐山云雾称奇。去仙人洞，行走在佛手岩的山路上，忽见对面的山坡上涌来如同瀑布般的云浪。那如烟似雾的浪涛，起伏着，翻腾着，推拥着，奔跑着。顺着山势，忽儿缓缓飘升，忽儿飞泻而下。耳畔澎湃作响的瀑布水，眼前滚滚的瀑布云，气势磅礴，惊心动魄，几乎使人分不清哪是水哪是云。走到仙人洞前向山下俯视，在绿野上空竟不时地飘过洁白如雪、光亮如银的云朵。它们团团若絮，蓬蓬如棉，静静地铺展在蓝天幕布上，构造成奇妙的画卷，让人感到如入仙境一般。次日乘车到含鄱口，碰上漫山大雾。浓雾遮罩了山岭，包容了游人，万物浑然一体。张开双臂挥动，伸出手去抓摸那灰白色的雾，只觉得它是那样柔软、清凉、飘忽。松开手，却又是两手空空。稍停一刻，雾气渐散，极目四望，奇峰幽壑，绿树亭阁，仍是若隐若现，朦朦胧胧。亲历庐山的瀑布云、朵云和大雾，久久难忘。

庐山四季有雾。据庐山气象台观测，一年有 191 天有雾，经常是把整个山野覆盖。或许，这就是不识庐山真面目的原因之一吧。人们把随风飘动、如雪似棉、好像野马般的云叫做“乱云”；把静如锦缎、堆如棉絮的云叫作“朵云”；把轻风慢展、飘绕山腰的云唤作“玉带云”；把层层叠叠、相互攀连的云称作“云梯云”。这些形状各异、变化万千的云雾，是庐山独有的。人们把这瑰丽飘游的云雾，比做庐山的面纱，其实那不正是母亲头上的彩巾，装扮着她那慈祥秀美的面颊吗。

“日照香炉生紫烟，遥看瀑布挂前川。飞流直下三千尺，疑是银河落九天。”李白这首脍炙人口的诗，使庐山开先瀑布扬名天下。然而这仅仅是最负盛名秀峰飞瀑的一景。发源于汉阳峰一带的河流汇集流达秀峰一带，循断层陡崖或垂直或倾斜急泻而下，形成诸多秀峰飞瀑。诗云：“庐山瀑布天下闻，白河倒泻千丈云。”庐山瀑布，自古著称。除开先瀑之外，还有三叠泉、白龙潭、乌龙潭、玉渊等 10 多处。有的如银河从天而降，有的如珠玑飘洒空中，有的如袅袅匹练，有的如淙淙琴声。其实种种比喻，可谓形象，但难说它确切。友人说，那匹练倒悬、银丝四注的山泉瀑布，正是庐山母亲般奉献给她儿女的乳汁，这倒是深刻得多。试想，不正是这泉水养育着庐山特有的石鱼、石鸡，滋润着庐山特产的云雾茶，浇灌着山脚下万亩良田吗。

小贴士

中国最秀丽的十大瀑布

落差最大的瀑布：大龙湫瀑布（雁荡山）。
最柔美的瀑布：银练坠瀑布（贵州安顺）。
最细腻的瀑布：流沙瀑布（湘西）。
最洁净的瀑布：九寨沟瀑布（九寨沟）。
中国最大火山瀑布：镜泊湖瀑布（黑龙江宁安）。

世界第一黄色瀑布：壶口瀑布（黄河）。
亚洲最大的跨国瀑布：德天瀑布（广西大新）。
白水河上最雄浑瑰丽的乐章：黄果树瀑布（贵州安顺）。
最诗意的瀑布：庐山瀑布（庐山）。
中国最大瀑布群：马岭河瀑布（发源于乌蒙山脉，流入南盘江）。

庐山气候宜人。早餐后从南昌出发，穿件长袖衫还热得很，可是中午上了山，却不冷不热，难怪是盛夏避暑胜地。庐山海拔 1 000 米以上，南北环水，水气充沛。于是成为火炉旁的一片清凉世界，成为世人避暑胜地。庐山别墅群构成了这一胜地独特的风景线。

沿着牯岭东谷、长冲河两岸，耸立着各种形式和风格的别墅建筑一千多栋。这些别墅鳞次栉比，隐现于峰回路转、林木檐廊之中。我们下榻的庐山管理局 4 号别墅楼，造型奇丽别致，装饰丰富生动，房前古松参天，门前高台伸展，台前花坛点缀，院中石阶环绕。据说庐山会议时，董老在此居住。此楼坡下的 12 号别墅，即为“美庐”。当年为英国巴莉太太所建，后赠给宋美龄，现成为供游人参观的展所。庐山宜人的气候，天上的这片清凉世界，招引着人们登山避暑，显示了庐山母亲般对儿女冷暖的关怀，展现了她那慈爱和贤惠的美德和品质。

小贴士

“美庐”戏说

“美丽的庐山、美丽的美龄、美丽的房子”。

“美庐”别墅是蒋介石、宋美龄夫妇住过的地方，也是毛泽东同志上庐山时下榻的地方。国共两党最高领导人先后同住一栋房子，这在中国历史上，别无分店，庐山唯一。

白鹿洞书院为庐山书院园林的代表。它坐落于后屏山之阳，两山交织，涧水中流，无市井之喧，有泉石之胜。砖木结构，飞檐凌空，牌坊横额摹仿明代学者李梦阳题书：“白鹿洞书院”。粉墙高筑，林木葱茏，书院院内，众多建筑，错落有致。圣殿巍峨，讲堂宏敞，书房明亮，古亭傲立，小桥古朴，碑廊通幽。遥想当年朱熹弟子读书之暇，于古松蔽日、竹影婆娑、泉声淙淙的贯道溪旁，或倚栏观泉，或漫步碑廊，或登楼吟哦，或穿洞欢鹿，饱赏风景云壑之胜，安享山野恬静之美，势必能开拓胸襟，增进学业。难怪朱熹得意的 14 名弟子，都学有所成，大有作为。继白鹿洞书院之后，还建有濂溪书院。庐山还建有李氏山房，因在此藏书九千余卷，人们称为宋代庐山图书馆。这些文化场所的设立与建设，人们仿佛看到了庐山正是以它那浓厚的母爱，如孟母择邻、岳母刺字般的教育，启迪着她的儿女的智慧和才识。

难怪，在庐山的南山或北山，处处都留有文豪墨客的足迹和墨迹，以及名人的吟赞诗文和摩崖石刻。自东晋诗僧慧远始，名人纷至沓来。东晋陶渊明和王羲之，唐代的李白、白居易、孟浩然、韩愈、颜真卿等等，宋代的朱熹、范仲淹、欧阳修、王安石、苏轼、苏辙、黄庭坚、米芾、陆游、岳飞等人，都有登庐山的诗作。有人做过统计，这个时期登山的著名诗人有170余人，历代名人为后世留下诗歌就达4 000余首。故有“物换星移几千载，吟风弄月四千歌”之语。庐山母亲般的形象，在世人心中随之越发高大，“匡庐奇秀甲天下”的盛誉也必将随之传遍八方。

同当年一起登山的朋友相聚，谈论昔日庐山之游，诸君皆对本文所论之言拍手称道，对庐山这座母亲山更为尊崇。这也算作对庐山真面目的一种认知吧。

1.4.3 能力训练

1. 请说说陶渊明与庐山的渊源。
2. 请讲解庐山仙人洞、庐山三绝。

1.5 峨眉山

导读

四川峨眉山是我国的四大佛教名山之一，位于四川盆地西南边缘的峨眉境内，距成都约160公里。峨眉山高出五岳，秀甲天下。

在我国的游览名山中，峨眉山可以说是最高的一个，最高峰万佛顶海拔3 099米。山体南北方向延伸，绵延23公里，面积115平方公里。

长久以来，峨眉山以其秀丽的自然风光和神话般的佛教胜迹而闻名于世。她古雅神奇，巍峨媚丽。其山脉绵亘曲折、千岩万壑、瀑布溪流、奇秀清雅，故有“峨眉天下秀”之美称。

峨眉山风景如图1.22所示。

图1.22 峨眉山风景

1.5.1 峨眉山介绍

峨眉山位于我国四川省乐山市境内，在四川盆地西南部，西距峨眉山市 7 公里，东距乐山市 37 公里。景区面积 154 平方公里，最高峰万佛顶海拔 3 099 米。峨眉山以“旅游胜地”和“佛教圣地”享誉海内外。1996 年 12 月 6 日被联合国教科文组织批准列入《世界自然与文化遗产名录》，这座郭沫若笔下的“天下名山”更是举世瞩目。

知识链接

峨眉山的来历

从前，峨眉山只是一块方圆百余里的巨石，颜色灰白，高接蓝天，寸草不生。为了建设美好的家园，一个聪明能干的石匠同他的妻子巧手绣花女，决心用他们的双手巨石打凿成一座青山。天上的神仙为他们的决心和努力所感动。在神仙的帮助下，石匠把巨石凿刻成起伏的山峦和幽深的峡谷；绣花女把精心绣制的布帕和彩帕抛向天空。彩帕飘向山顶，变成艳丽无比的七彩光环；布帕飘舞在石山上，变成苍翠的树林、飞瀑流泉、怒放的山花，变成欢唱的飞鸟、跳跃的群猴和游走的百兽。一座座青山起舞，一道道绿水欢歌。因为这座青山像绣花女的眉毛一样秀美，所以人们把这座青山叫峨眉山。

小贴士

天下名山牌坊

峨眉山的山门于 1993 年 3 月重建。正面“天下名山”是郭沫若 1959 年题写；背面“佛教圣地”四字由中国佛教协会第三届副会长赵朴初手书。坊的左侧有大小自然石 3 块，大的足有 5 米多高，上刻“峨眉山”三字，系宋苏东坡书。牌坊高 17.8 米，宽 22 米，四列三跨，采用钢筋混凝土结构的仿木建筑形式。飞檐翘角古朴典雅，具有明、清建筑风格，是我国目前最大的牌坊之一。牌坊两侧，古榕相衬，雄伟壮观。道路两旁的行道树，整齐葱郁，如仪仗队恭迎佳宾。从这里向纵深望去，萝峰岭、虎头山，层层叠翠，祥云缭绕。

峨眉山景区包括大峨、二峨、三峨、四峨 4 座大山。大峨山为峨眉山的主峰，通常说的峨眉山就是指的大峨山。早在春秋战国时期，峨眉山就闻名于世。而峨眉山名，早见于西周。

小贴士

峨眉山称为“峨眉”的原因

一说是因“山高水秀”得名；一说是因“两山相峙”而得名；一说是峨眉山屹立在大渡河边上，大渡河古称“涐水”山爱水而得名，故称“涐眉山”。峨湄山只是因为是山，才离开了水，由“涐湄”变成了“峨眉”。

登峨眉山，从报国寺出发，有左、右两条路线，往左经伏虎寺、清音阁、洪椿坪、仙峰寺、洗象池到金顶；往右经龙门洞、白龙洞、万年寺、华严顶到金顶。

进入山中，重峦叠嶂，古木参天；峰回路转，云断桥连；涧深谷幽，天光一线；万壑飞流，水声潺潺；仙雀鸣唱，彩蝶翩翩；灵猴嬉戏，琴蛙奏弹；奇花铺径，别有洞天。春季万物萌动，郁郁葱葱；夏季百花争艳，姹紫嫣红；秋季红叶满山，五彩缤纷；冬季银装素裹，白雪皑皑，素有“一山有四季，十里不同天”之妙喻。登临金顶极目远望，视野宽阔无比，景色十分壮丽，真有“一览众山小”之感叹。观日出、云海、佛光、晚霞，令人心旷神怡；西眺皑皑雪峰、贡嘎山、瓦屋山，山连天际；南望万佛顶，云涛滚滚，气势恢弘；北瞰百里平川，如铺锦绣，大渡河、青衣江尽收眼底。

请您欣赏

四大奇观——云海、日出、佛光、圣灯。

云海——晴空万里时，白云从千山万壑冉冉升起，顷刻，茫茫苍苍的云海，雪白的绒毯一般平展展铺在地平线上，光洁厚润，无边无涯，似在安息、酣睡。

山风乍起时，云海飘散而去，群峰众岭变成一座座小岛；云海汇聚过来，千山万壑被掩藏得无影无踪。云海时开时合，恰似“山舞青蛇”，气象雄伟。风紧时，云海忽而疾驰，翻滚、忽而飘逸、舒展，似天马行空，似大海扬波，似雪球滚地（见图 1.23）。

最壮观的是，偶尔云海中激起无数蘑菇状的云柱，腾空而起，又徐徐散落下来，瞬息化作淡淡的缕缕游云。

日出——金顶黎明前的天空是美妙的。东方，墨紫墨紫的太空，天地一色，逐渐地，地平线上天开一线，飘起缕缕红霞，托着三两朵金色镶边的彩云，预示着一个辉煌的白昼即将降临。彩云下，空旷的紫蓝色的天幕上，一霎间，吐出一点紫红，缓慢上升，逐渐变成小弧、半圆；变成橘红、金红；然后微微一个跳跃，拖着一抹瞬息即逝的尾光，一轮圆圆的红日嵌在天边（见图 1.24）。伴随着旭日东升，朝霞满天，万道金光射向大地，峨眉山宛似从头至脚逐渐披上金色的大氅，呈现出全部的秀美身姿。北宋诗人苏东坡咏道：“秋风与作云烟意，晓日令草木姿。”

图 1.23 云海

图 1.24 日出

佛光——又称峨眉宝光，佛家称为普贤菩萨眉宇间放出的光芒。夏天和初冬的午后，摄身岩下云层中骤然幻化出一个红、橙、黄、绿、青、蓝、紫的七色光环，中央虚明如镜。观者背向偏西的阳光，有时会发现光环中出现自己的身影，举手投足，影皆随形，奇者，即使成千上万人同时同址观看，观者也只能只见己影，不见旁人（见图 1.25）。

圣灯——金顶无月的黑夜，摄身岩下有时忽见一光如萤，继而数点，渐至无数，在黑暗的山谷飘忽不定（见图1.26）。佛家称为“圣灯”，飘浮的神灯像是“万盏明灯朝普贤”。

图1.25 佛光

图1.26 圣灯

清代诗人谭钟岳将峨眉山佳景概括为十种：金顶祥光、象池月夜、九老仙府、洪椿晓雨、白水秋风、双桥清音、大坪霁雪、灵岩叠翠、罗峰晴云、圣积晚钟。现在人们又不断发现和创造了许多新景观，如红珠拥翠、虎溪听泉、龙江栈道、龙门飞瀑、雷洞烟云、接引飞虹、卧云浮舟、冷杉幽林等。峨眉新十景为：金顶金佛、万佛朝宗、小平情缘、清音平湖、幽谷灵猴、第一山亭、摩崖石刻、秀甲瀑布、迎宾滩、名山起点。无不引人入胜。

峨眉山不仅有“雄、秀、神、奇”的自然景观，而且有悠久的历史和丰富多彩的文化遗产。古往今来，不少文人墨客为峨眉山留下了许多瑰丽的诗文，为宣传峨眉山产生了极其深远的影响，如李白的“峨眉高出西极天”、“蜀国多仙山，峨眉邈难匹”更是千古绝唱。近些年来，又先后出版了一系列介绍峨眉山的书籍，如《话说峨眉山》、《峨眉丛谈》、《峨眉山楹联选》、《峨眉山名联欣赏》、《峨眉山旅游拾粹》等。这些书籍为中外游客在峨眉山的旅游提供了极大的方便。

知识链接

当涂赵炎少府粉图山水歌

峨眉高出西极天，罗浮直与南溟连。
名公绎思挥彩笔，驱山走海置眼前。
满堂空翠如可扫，赤城霞气苍梧烟。
洞庭潇湘意渺绵，三江七泽情洄沿。
惊涛汹涌向何处，孤舟一去迷归年。
征帆不动亦不旋，飘如随风落天边。
心摇目断兴难尽，几时可到三山巅。
西峰峥嵘喷流泉，横石蹙水波潺湲。
东崖合沓蔽轻雾，深林杂树空芊绵。
此中冥昧失昼夜，隐几寂听无鸣蝉。

长松之下列羽客，对坐不语南昌仙。
南昌仙人赵夫子，妙年历落青云士。
讼庭无事罗众宾，杳然如在丹青里。
五色粉图安足珍，真仙可以全吾身。
若待功成拂衣去，武陵桃花笑杀人。

峨眉山目前以佛教文化为核心，全山有僧尼约300人，大小寺庙近30座，著名的寺庙有报国寺、伏虎寺、万年寺、清音阁、华藏寺等。"万盏明灯朝普贤"这一规模空前的佛教盛事，在峨眉山已失传近千年后于2002年年底被挖掘和恢复，是峨眉山重点推出的一个特色旅游项目，每月初一和十五（农历）晚上都将在万年寺举办。

小贴士

万盏明灯朝普贤

峨眉金顶无月的暗夜，舍身岩下暮色苍茫，有时忽见一光如萤，继而数点，渐至无数，在黑暗的山谷间飘忽不定。这就是闻名世界的"圣灯"，又名"神灯"、"佛灯"。佛家说飘浮的神灯是"万盏明灯朝普贤"。"圣灯"现象仅峨眉山时有所见，近年来更是尤其罕见。

据科学家初步考察，"圣灯"应该是一种物理现象。一说是磷火，是含磷地层的磷化氢和联磷的作用，联磷在氧化过程中分解，激起磷化氢的它燃。但有时在下过蒙蒙细雨之后，仍然会出现圣灯。

有诗描述圣灯"细雨湿不灭，好风吹更明"，这又作何解释呢？一说是某些树木上有一种密环菌的真菌，遇雨后而发光。但到底是什么原因形成了"圣灯"现象，至今仍无科学结论。初步探索发现，圣灯出现必须具备四个条件：雨后初晴、天上没有明月、山间没有云层、山上无大风大雨。

饱览峨眉山秀色、参悟千年佛文化之后，还可以观看川剧滚灯、川剧木偶、峨眉武术、川剧变脸、杂技、茶艺等特色表演。另外，峨眉山特有的地方美食一定不能错过——"好吃街"位于峨眉山市中心繁华地带，这里的小吃数不胜数，有火锅、黄焖鸡（兔）、烘烤、酸汤鸭等，仅300米长的街道就有摊位200余家摊位。夜幕降临，灯火辉煌、人声鼎沸，这里的小吃绝对可以让人大饱口福，真正领略到地道的麻辣川味。可以给亲朋好友带回些竹叶青、中药峨参、虫白蜡、冬虫夏草等土特产品。

知识链接

滚灯和变脸

滚灯。一种集舞蹈、杂技、体育为一体的运动。舞者多为男子，以单人和双人表演为主。现发展演变到多人群体舞灯，亦有女子参加。滚灯动作由戏球、缠腰、跳灯等动作组成，集中了跳、滚、爬、窜、转、旋、腾、跃、甩等多种刚柔相济的体育、舞蹈动作。

变脸。相传是古代人类面对凶猛的野兽，为了生存把自己脸部用不同的方式勾画出不同形态，以吓唬入侵的野兽。变脸最先用于神怪角色，当时的变脸是演员进入后台改扮，后世则演变为当场变脸，成为一项表演特技，不少地方剧种都有，以川剧最为著名。变脸有大变脸、小变脸之分。大变脸系全脸都变，有3变、5变乃至9变；小变脸则为局部变脸。变脸的主要手法有3个：抹暴眼、吹粉、扯脸。前两种属涂面化妆，主要用于剧中人物惊恐、绝望、愤怒等情绪的突然变化。变脸2005年被列为非物质文化遗产。

1.5.2 作品赏析

了解峨眉山名字的由来；能准确描述伏虎寺、报国寺、万年寺的主要景色。

常忆峨眉山

宏强

“蜀国多仙山，峨眉邈难匹。”大诗人李白赞美峨眉山的诗句，不知唤起多少人远足峨眉的情思。不要说去品味峨眉的百里秀色，单是这个山名“峨眉”二字就令人琢磨不定它的奇丽与妩媚。

峨眉山，雄踞四川盆地西南，与莽莽昆仑一脉相承，主峰海拔3 099米，高差2 600余米，《水经注》里记载：“从成都远望大峨、二峨两山相对屹立，细长俊美，好像美女的两道弯弯蛾眉。”峨眉山的名字由此而来。她与五台山、普陀山、九华山并称为我国四大佛教名山。

初冬，成都平原仍一片葱绿。“上峨眉山！”这一消息令我们激动不已。

那天清晨，大家起得都很早，匆匆用过早餐，就登车上路。出乐山6.5公里，客车便载着我们驶进峨眉山山门。

仅有半天的游览时间，简直要人去分分秒秒计算。峨眉山的主要景点伏虎寺、清音阁、洪椿坪、仙峰寺、洗象池，以及那观赏日出、云海或佛光的胜地金顶是不能去了，只能到报国寺和万年寺站一站。真是世间多憾事，无奈蓄芳待来年。

客车停在报国寺车场，大家相约向报国寺走去。报国寺，人称名山的起点，为明万历初年明光道人所建。庙内祀奉了佛家的普贤菩萨、道家的广成子和儒家的楚狂接舆，浓缩了中国百姓信奉的儒、释、道三教合一。依此取名“会宗堂”。后来清代笃信佛教的康熙皇帝御题了“报国寺”匾额，才更名至今，演变成专门供祀普贤的佛教寺庙。

报国寺山门为清代建筑，结构自然，雄浑大方。前面四殿，依山而建，高低有致，黛瓦红墙，掩映在苍林古楠之中。

步入“圣积晚钟亭”，亭内一口大钟引人注目。大钟高3米，重2.5万斤，钟上刻有6万多字，记载着峨眉山佛教史迹。询问僧人大钟钟声如何，他说只要撞击一下，那洪亮清越的钟声久久回荡旷野，可延续1分50秒，每当夜深人静时，相距60公里的金顶山上也能听到。他还说，这口铜钟是明代别传和尚化缘所铸。当时共铸三口。这是最大的一口，另一口在金顶华藏寺，还有一口在万年寺。

寺庙周围，楠林蔽天，古柏森森，峨秀、凤凰两湖碧波荡漾，幽静秀雅，令人有超尘脱俗之感。特别令人赞叹的是寺内几株金闪闪的腊梅花，那花朵斑斑点点挂满枝头，或含苞，或吐蕊，或怒放，不及临近已被馥郁芬芳的花香所吸引，可要晓得那是香中含着蜜、裹着糖一般甜丝丝的气味。我想严冬腊月竟有如此的金色香花，也真是佛国仙山的造化。

走出报国寺，匆忙登上索道缆车。从车窗下望，脚下峰峦逶迤，松柏遍野，间或生长着一丛丛凤尾（观音）竹，一株株蒲葵，招摇着满山秀色，点染着空中的雾珠，彩化成一片绿色的云海。向前方远望，山腰流云飞雾，虚无缥缈，山顶忽隐忽现。缆车渐渐升高，身旁时而云缠雾绕，时而云飞雾散，仿佛进入蓬莱仙阁一般。

下了缆车，随人群向万年寺进发。路径由形状不一的平面石铺成，石面被晨雾打湿，看去光亮亮，踏上滑溜溜。路旁的古木参天，林中空气清新，还伴着丝丝凉意。真是连天碧色，扑面沾衣，顿生“碧树千重眉鬓绿，烟色万朵绕琼楼”的感觉。路径沿着寺庙的红墙盘山而上，走过一二里路仍不见寺庙山门，四周更加静寂森郁。参天的桢楠古木，绵软的枯枝落叶，啾鸣的山雀叫声，黑黝黝的沟沟壑壑，构成了峨眉山绿拥翠绕、风姿各异的风光秀色，令人若醉若迷，不知所向。

峨眉迷蒙缥缈的面纱已使同行的人们迷路，幸好这时，领队在远处呼喊我们，同行几人立即返回原路。原来，在一岔路口迷失方向，其实穿过那片绿云遮天、重翠隐寺的山林，由此向山上一折便可直达万年寺山门。

万年寺前有一处水池，池水清澈，相传是唐代诗人李白与寺内的广浚和尚弹琴酬诗的地方。池里的青蛙经常听他们弹琴也学会了琴艺，能鸣出悠扬的琴声，人们叫它“弹琴蛙”，朝山居士尊称为“仙姑弹琴”。

知识链接

弹琴蛙

有一次，大诗人李白来游峨眉山，到了万年寺，被广浚和尚优美的琴声吸引了，每天都要到毗卢殿听广浚和尚弹琴，两人交情很好。李白临走时，还写了一首诗送给广浚和尚。

李白是唐朝著名的大诗人。他为广浚和尚弹琴题诗的事一传出，广浚和尚的名声就愈来愈大了。许多诗人、画家来到峨眉山，都要到万年寺听广浚和尚弹琴。后来人们就把那个地方叫做“听琴台”。

有一天黄昏时候，广浚和尚像往常一样，焚起檀香，抱着绿绮弹起来。忽然看见一个身穿绿色衣裙的姑娘，倚在门外听琴。和尚感到很奇怪，就问道：“你是哪家的姑娘，在此听琴？”那姑娘用手掩面，笑而不答。经过和尚几次询问，她才含羞答道：“我家就在寺旁，自幼喜欢弹琴。今天是师父的琴声把我引来了。”和尚听她说会弹琴，就说：“姑娘既然喜欢弹琴，那就弹一曲吧？”姑娘害羞地说：“我的琴弹得不好，还请师父多指点。”于是手拨琴弦弹了起来。从此，和尚每次弹琴，绿衣姑娘就来听琴，有时也带着琴来请师父指点。

广浚和尚去世了，绿衣姑娘也不再来了。但每当黄昏的时候，庙里和尚仍然听到毗卢殿后面的听琴台，有琴声传来，都感到很奇怪。有一次，当琴声悠扬的时候，和尚们就悄悄地跑到听琴台去看，只见一群青蛙正在鸣叫。叫声叮叮冬冬，好像琴弦初拨，与广浚和尚的琴声相似。大家才知道广浚和尚弹琴时，前来听琴的绿衣姑娘，就是青蛙变的。它从广浚和尚那里学会了弹琴。和尚死后，就继续弹出优美动人的琴声。后来人们就给这种青蛙取名叫“弹琴蛙”。

走向寺庙山门，顿时眼界大开。山门前独立一古楠树，独卧一石狮，翘檐三重楼式牌楼高悬“万年寺”三字横匾，构建出佛门气势宏伟，神圣肃穆。

万年寺在晋代时为普贤寺。唐僖宗时改名白水寺，宋代更名白水普贤寺。明万历二十七年（公元1599年）神宗朱翊钧为他的母亲慈圣太后祝寿，题赠匾额改“白水普贤寺”为“圣寿万年寺”，一直沿用至今。

走进寺内，一处别无仅有的高大“无梁殿”令人驻足（南京紫金山下无梁殿不及此大）。它融合了印度、缅甸和我国寺庙建筑风格，全殿为砖砌圆顶方形建筑，象征着天圆地方。全殿没有一根梁柱，故称“无梁殿”。因没有梁柱的切割，殿堂显得非常宽阔雄浑、高大巍峨。

殿内有一尊重62吨、高7.4米的普贤铜佛。这尊庞大的铜佛造像安放在巨大的大象腰背之上。从门前向殿内望去，如同大象驮负着铜佛造像缓缓迈步走来。这种动感赋予了两像以生机和活力，佛亦活，象亦真。走近铜像，普贤佛佛冠辉煌，佛面闪光，身披袈裟，手执如意，质感真切，衣纹冠服玲珑剔透。铜佛安坐于硕大的铜制宝莲花盆中。再看那莲花盆下的大象，三对象牙微翘，粗壮的四脚分立于四个落地莲花盆中，显示着佛国的圣洁与尊严。

史料介绍，这尊普贤铜像，为北宋太平兴国5年铸造，至今已1 000多年。中外友人莫不为1 000多年前在海拔1 000多米的峨眉山铸造得如此巨大精美的铜佛，感到震惊，盛赞我国古代冶炼技艺的精湛和高超。

越过弥勒宝殿、七佛宝殿，又返回山门附近。这时一山民左手拿根木棍，右手托着一猴，正招徕同猴照相的游客。峨眉山猴是名猴，在路上没有碰到猴群，在这里照张相也算弥补一下缺憾，留个纪念，几个同行纷纷掏币照相。那猴十分灵性，在主人的吆喝下也算温顺，游人可抱猴拍照，可手托拍照，还可立在人头上拍照。

乘拍照间歇，一些被冰路所阻上不得高处和顶峰的同行们，跟这位憨厚的山民唠起猴群趣话。山民告诉大家，峨眉山猴通称“灵猴”，又叫“猕猴”。当地人叫它“山儿”，朝山居士尊称它为“猴居士”。全山共有四群，约400多只。一群在洗象池一带，一群在迁仙寺一带，一群在九老洞附近，还有一群在洪椿坪左右。它们分别由四个猴王统帅，由于各自头领奸雄不一，率下群猴善恶各异。洗象池、洪椿坪两群较为善良，它们有时也向行人索要食物，但决不强抢独吃，还常与人嬉戏。在迁仙寺、九老洞的两群就显得厉害，有些凶狠。它们占山为王，夹道拦劫，索要过路钱，稍不顺从，便龇牙咧嘴向你扑来，撕扯衣物，或夺走背兜，或掠走相机，或张口咬人，给人一个峨眉的遗憾。

听过这令人毛骨悚然的猴趣，便踏上下山的路程。我们边走边回首遥望峨眉缥缈的顶峰，想象着神奇的“金顶佛光”和“神灯”。同行友人约定，此行虽没登临金顶，但在未来的岁月中谁再次上峨眉、登金顶、观佛光、望神灯，一定要寄张照片，以补此憾。

果不其然，两年后一位朋友又有去峨眉山的机缘，且在金顶受佛光普照，吉祥如意。他还真的履约，寄来几张照片，分享他登顶的欢欣和快乐，照片背面送我明代诗人解缙的两句诗：“两川风景世间少，令人长忆峨眉山。”引人无限遐想。近日，又读李白七言绝句：“峨眉山月半轮秋，影入平羌江水流。夜发清溪向三峡谷，思君不见下渝州。”（《峨眉山月歌》）真是离情别意，感慨颇多。啊，峨眉山，长忆长思的山，我心中的名山。

知识链接

《峨眉山月歌》的文化意义

自从李白写下《峨眉山月歌》之后，“峨眉山月”遂成典故，对后世咏诵峨眉的诗文产生了深远的影响，常常被后人或直接引用，或套用、衍化，其魅力至今不减。

北宋苏东坡在杭州当太守时，撰有《送张嘉州》一诗，抒发怀念嘉州的深切情怀，其中写道：“‘峨眉山月半轮秋，影入平羌江水流。’谪仙此语谁解道，请君见月时登楼。”这里直接引用了李白的诗句。在《送海印禅师偈》中，苏东坡又有“当时半轮峨眉月，还在平羌江水中”两句，这是对李白诗句的衍化。

南宋陆游代理嘉州太守时，写了《舟中对月》：“百壶载酒游凌云，醉中挥泪别故人。依依向我不忍别，难似峨眉半轮月？”又在《凌云醉归作》中感叹：“峨眉月入平羌水，叹息吾行俄到此。谪仙一去五百年，至今醉魂呼不起。”这两首诗，都套用李白的诗句以抒怀。期间，他还依照李白诗中意境，在嘉州城南修建月榭，可惜今已不存。

南宋著名诗人范成大游峨眉，在《初入大峨》一诗中，明确地直叙“仍从太白问峨眉”，他是追寻李白的踪迹而来的。

明代江西才子解缙在《题峨眉山图》中，深情地写道：“峨眉春月斗婵娟……踏遍平羌江水边……陇西太白去不还……令人长忆峨眉山。”这里也衍化了李白的诗意。

明代川籍状元新都杨慎（升庵）在《和余懋忠青衣别后追寄之作》中妙语连珠：“云从青衣来，月自峨眉吐。云月两悠悠，光景为君留。”也是效仿李白，借咏月怀友人。

明代著名戏曲家汤显祖在《峨眉山僧》一诗中吟哦道：“峨眉山下玻璃水，长似天波写月波”，那也是明显地化用李白的诗句。

清初释元温的“半轮秋夜月，千古照巴川”，前句套用了李白“峨眉山月半轮秋”。

清代著名诗人王士祯（渔阳山人）在《寄朱峨眉方庵兼怀蒋修撰虎臣》中，有“愁中巫峡暮云合，望里峨眉秋月斜”，后一句显然也是套用“峨眉山月半轮秋”。

清代峨眉县人张宣训的《送友人》，其中两句“相思只有峨眉月，夜夜流光远照君”，直抒怀念家乡峨眉月，同时也像李白那样寄托了对友人的深情。

晚清著名诗人荣县赵熙的《晚行望大云壑》：“一自李仙去，千古山月斜。”后句还是衍化李白的诗意。赵熙另有题峨眉金顶联语：“有天地便有此山，当白雪团空，谁将万丈毫光荡成大澥？问菩萨并问诸天，自青莲归寂，可许将千年秋月提上西皇？”这里的“青莲”指李白，因他号青莲居士。西皇即西天。这下联，自然巧妙地将李白《峨眉山月歌》的意境化用进去了。

一轮峨眉月，千载唱深情。《峨眉山月歌》以它的亲和磁场承载着中华民族传统文化的强大凝聚力。它那摄人心魄的巨大魅力，还将继续放射着永恒的光辉。

1.5.3 能力训练

1. 请讲述峨眉山路的传说。
2. 请选取峨眉新十景（金顶金佛、万佛朝宗、小平情缘、清音平湖、幽谷灵猴、第一山亭、摩崖石刻、秀甲瀑布、迎宾滩、名山起点）中的一景进行讲解。
3. 查找资料，说说峨眉武术的起源。

1.6 长白山

导读

长白山面积19.07万公顷，森林覆盖率87.7%，堪称茫茫500里林海，是我国重点自然保护区之一，也被联合国确定为自然生态环境重点保护区。

受地质变迁及气候影响，区内从低到高海拔相差1 900多米，分针阔叶混交林、针叶林、岳桦林、高山苔原4个垂直植物带，形成独特的植物区系。著名的长白十六峰海拔均在2 500米以上，主峰白云峰海拔2 691米。

山巅有一由火山喷发形成的高山湖——天池，在群山环抱之中，成为松花江的源头。天池呈椭圆形，南北长4.5公里，东西宽约3.5公里，平均水深201米，最大水深373米，为我国最深的高山湖泊。

长白山风景如图1.27所示。

图1.27 长白山风景

1.6.1 长白山介绍

长白山位于吉林省东南部，是中、朝两国界山，是图们江、鸭绿江、松花江的三江发源地。广义的长白山是指长白山脉，是一条西南—东北走向绵延上千公里的一系列山脉，横亘于中国的吉林、辽宁、黑龙江三省的东部及朝鲜两江道交界处；狭义上的长白山则单指其主峰，最高峰为朝鲜界内的“将军峰”，海拔 2 749 米，中国一侧则是白云峰，海拔 2 691 米，也是中国东北第一高峰。

长白山是与五岳齐名、风光秀丽、景色迷人的关东第一山，因其主峰白头山多白色浮石与积雪而得名，素有“千年积雪万年松，直上人间第一峰”的美誉。闻名中外的美景，一望无际的林海，以及栖息其间的珍禽异兽，使它于 1980 年被列入联合国国际生物圈保护区。

小贴士

长白山的名称

长白山周秦以前称“不咸山”，汉朝称“单单大岭”，魏朝称“盖马大山”，南北朝时期称“从太山”，隋唐时期称“太白山”，辽金始称“长白山”。

由于长白山独特的地理构造，其景观也绮丽迷人，有 30 多处景观，处处秀丽诱人，驰名中外，登上群峰之冠，可谓“一览众山小”，令人大开眼界，叹为观止。由于山地地形垂直变化的影响，长白山从山脚到山顶，随着高度的增加形成了由温带到寒带的四个景观带，这种自然多彩的垂直景观带在世界上是罕见的，“一山有四季，十里不同天”。

知识链接

长白山的四个景观带

山脚，主要是阔叶林。往上，直到海拔 1 000 米左右，是针叶和阔叶混合林。在这混合林带，树木品种繁多，不同季节的风霜雨雪，使大森林的景观变化多端，千姿百态。海拔 1 000~1 800 米，是针叶林带。这里山高林密，生长着最有经济价值的各种针叶树，这些树树干笔直，生机盎然。再往上到近 2 000 米，是岳桦林带。岳桦树为适应高山寒冷潮湿的严酷气候，躯干短曲多枝，树皮节理斑纹极富图案趣味。2 000 多米以上，就没有树木，是苔藓地带了，每年六七月间，这一带盛开着各种颜色的鲜花，景色瑰丽。

游览长白山，穿越其 800 里林海，去攀援主峰天池，有 3 条路线，“三路登山、各有奇观”，无论从哪条路上山，其目的都是直达长白山顶峰。观看奇峰异石和碧水清波的天池，再回首俯瞰浩瀚无垠的长白林海，定会使您心旷神怡，流连忘返。在 3 条上山路途中，也都能看到从低到高分布的针阔叶混交林、暗针叶林、高山岳桦林和高山苔原 4 个垂直景观带。

第一条路线是从安图县二道白河镇（北坡）上山，二道白河镇是长白山自然保护区管理局所在地，建有长白山自然博物馆，可先在这里初步了解长白山的有关知识，再深入山中亲自体验。驱车50公里直达山巅，可看到蓝天倒映的天池，高达68米飞流直下的长白瀑布，清幽秀美的小天池，热气腾腾的“聚龙泉”温泉群，还可参观地下森林等景点。

第二条路线是从抚松县松江河镇（西坡）登山，主要景观有天池、中朝界桩、老虎背、喘气坡、梯子河、高山花园、锦江瀑布、王池、鸳鸯泡，以及驰名中外的长白山大峡谷等。

第三条路线是从南坡长白朝鲜族自治县登山，沿着中朝两国界河鸭绿江直上可达源头，可看到对岸风情，这条线景观以险峻著称，沿途奇峰怪石嶙峋，云雾缭绕，有骆驼峰、狼牙石等景点。

请您欣赏

天池——我国最大的火山口湖，荣获海拔最高的火山湖吉尼斯世界之最。四周奇峰林立，池水碧绿清澈（见图1.28），是松花江、图们江、鸭绿江三江之源。

长白瀑布——世界落差最大的火山湖瀑布，轰鸣如雷，水花四溅，雾气遮天（见图1.29）。

图1.28 天池

图1.29 长白瀑布

锦江瀑布——两次跌落汇成巨流，直泻谷底，惊心动魄，生动地再现了“疑似龙池喷瑞雪，如同天际挂飞流”的神奇境界（见图1.30），游者身临其境，会产生细雨飘洒、凉透心田的惬意感受。

地下森林——谷底南北长约3公里，古松参天、巨石错落，是长白山海拔最低的风景区，沿着略加整饰的原始林中的小路，走入密林深处，踏着厚实的苔藓，翻过横在面前的倒木，穿过剑门，可看到整个谷底森林。

长白山大峡谷——集奇峰、怪石、幽谷、秀水、古树、珍草为一体，沟壑险峻狭长，溪水淙淙清幽。

高山花园——又称“天堂花园”，每到春夏之交，各种野花竞相开放，一眼望去，漫山遍野姹紫嫣红，生机盎然（见图1.31），花朵之多，面积之广，无不令人称奇，特别是10座园中园。

图 1.30 锦江瀑布

图 1.31 高山花园

到长白山旅游除了观赏自然风光之外，还有不可缺少的活动就是滑雪、泡温泉。密林深处的长白山高原冰雪运动训练基地，是我国目前为数不多的集滑冰、滑雪训练和体育旅游于一身的综合性基地，在这里可以开雪上摩托，参加冬泳、滑冰、滑雪等运动项目；从远处来长白山观光旅游，不妨先到长白山温泉度假村，先洗去一路风尘，略赏风光，洗洗泡泡，舒舒筋骨，再瞄准了一个好路线，或南进长白山，或北上白山湖，或东去长白山国际狩猎场，或就近游览中国的人参之乡——抚松县的中国最大的人参种植园，以及亚洲最大的人参市场——万良长白山人参市场。

小贴士

长白山温泉度假村

长白山温泉度假村是长白山区一处规模最大的温泉、矿泉疗养康复胜地和旅游度假的胜地，更是长白山旅游观光休整、集散的驿站。

长白山地处延边朝鲜族自治州和白山地区境内，是东北各族人民世代繁衍生息的摇篮、东三省地区的生态屏障、满族的发祥地，清朝时期定它为圣地。曹雪芹以长白山为背景撰写了《红楼梦》。《红楼梦》是一部伟大的文学巨著，长白山是欧亚大陆的一座名山，二者关系的发掘，仿佛给长白山罩上一个美丽的光环，绚丽夺目，召唤着人们去探索去欣赏这别有韵味的美。

知识链接

长白山与《红楼梦》

《红楼梦》中从祭奠祖先到生活习俗，从宗教信仰到服装衣饰，从文物食品到方言土语，都与长白山有着千丝万缕的联系。

开篇楔子中，用虚幻隐喻的手法说贾宝玉是女娲炼得的36 501块天石中的一块无才顽石，而这顽石出源于“大荒山无稽崖青埂峰下。”从《山海经·大荒西经》、《三国志·魏志·东夷传》考证，将曹雪芹的大荒山与今天长白山联系起来是入情入理的。其实“无稽崖”即为勿吉国的谐音，而“青梗峰”则为清根（大清之根）的谐音。勿吉，或沃沮、窝集、乌稽等都是“勿吉”的音转，意为“森林部落”，是我国古代东北的一个少数民族，也是满族的先祖，所以“大荒山无稽崖青梗峰”可译为“长白山勿吉哀清根封”。

第53回描写宁国府除夕祭宗祠的场面，其中提到黑山村乌庄头交租，租单上所列贡物全都是长白山的山珍特产，如大鹿、狍子、野猪、青羊、鲟鳇鱼、野鸡、熊掌、榛松穰等。曹雪芹实际上是把《吉林岁贡》的贡单隐写过来了。从进贡者“在大雪泡天中走了一月零二天”，按时间推算，黑山村大约在打牲乌拉（今吉林）以北的地方，那里正是长白山所在。

众所周知，长白山是满族的发祥地。而满族在金代以前，信奉萨满教。这是一种原始的多神教，以万物有灵为思想基础，包括对天、地、山、河、虎、蟒、蛇、树等自然物的崇拜及对图腾和祖先崇拜。《红楼梦》中关于萨满教的传统余韵比比皆是。第11~12回，说贾瑞见王熙凤“花容玉貌，体态风骚”，恍若神仙妃子，于是淫心陡起，借机引诱、调戏并欲上手。王熙凤乃女中丈夫，面善心毒，岂肯轻饶于贾瑞。于是两次设相思毒计，直害得贾瑞“梦魂颠倒，惊怖异常”，得了病入膏肓的邪症。此时一跛足道人给他一面“宝镜”称为“风月宝鉴”，“天天照时，此命可保矣”，但“千万不可照正面，只照它的背面。”古代称镜子为“鉴”，镜子是太阳图腾的象征，是萨满最重要的神具。萨满治病离不开镜子，有神镜者有法术，无神镜者丧失法术。曹雪芹所描述的跛足道人留宝镜于贾瑞，实际上是满族先人留镜习俗的再现。

满族的许多风俗习惯，在《红楼梦》中都可寻到影子。第73回中，丫环傻大姐拾到一只绣春囊，恰好被从这里经过的尤氏碰见，拿起春囊一看，却吓得非同小可。原来这春囊上绣的并非花鸟鱼虫，而是一对男女搂抱在一起，还写了注字。于是据实向上禀报，导致让人魂飞魄散的抄检大观园。死了司棋，折了晴雯，撵了入画，逐了芳官，大观园一派恐怖，搅得贾府如塌了天一般，而事情的起因只为一只小小的春囊。春囊即荷包，满族先人在狩猎时，缝制皮囊挂在腰间，弓箭、食物等用具一应装在里面。带囊的习惯逐渐延续下来，但却不断变小，越来越精细，只装些香料、定情之物等。年轻人相爱时，女方往往将亲手缝制的精美的春囊送给恋人。

长白山与《红楼梦》经曹雪芹的巨笔连在了一起。除上述内容外，书中所揭示的东北风情还有不少，如将打猎称“打围”、描写狩猎生活的“割腥啖膻，烧烤鹿肉”、拉冰床等，多是东北满族的风情。

长白山区的饮食特色以东北风味和朝鲜风味为主，东北风味主要是炖菜和凉拌菜。再加上这里有丰富的山珍资源，以山珍为原料制成的菜肴味道鲜美，是到长白山不可不尝的美味。在宾馆中一般都有“山珍宴”，可让人一饱口福。长白山是中朝两国的界山，当地朝鲜族众多，朝鲜族的日常饮食以米饭为主食，包括大米、小米及五谷饭等，副食则为汤、酱、咸菜和一些泡菜，风味独特。朝鲜泡菜非常有名，多以桔梗、蕨菜、白菜、萝卜、黄瓜、芹菜等为原料，吃来清脆爽口，辣得恰到好处。长白山珍宴是长白山最具特色的风味菜肴，采用长白山的山珍如人参、鹿茸、熊掌、飞龙、雪蛤、松茸蘑等数十种珍稀产品为原料制成，共分六道大菜，做法精致，注重色泽，特点是药膳结合，在品尝美味之余，还可强身健体。其他还有狗肉汤、打糕等特色食品，准能让你尽兴而归。

1.6.2 作品赏析

请用文学语言对松花江、天池、地河、锦江大峡谷进行描述。

长白山短笛

清晨，小客车载着我们驶离了闷热烦躁的城市空间，朝着太阳，急驰而去。车上的同伴以近乎虔诚的心态去登长白山，去看国家级长白山自然保护区。

车子在盘山路上旋转，尽管路上的砂石被车轮碾得尘土飞扬，车尾拖着灰龙似的尾巴，路旁树枝树叶上挂满尘埃，但放眼远眺，却是一片浓浓的绿意。路旁的河水墨绿，山间田野的玉米葱绿，稻秧娇绿，山上的松林苍绿。仔细观看，近处绿得是那样真切，远处绿得又是那样朦胧，就连那升腾流动的空气都滴翠负青。

大地跳动着生命的节律，气流显现着动感的活力。绿色给人们带来了无限的愉悦和惬意，在城里热浪袭击之下的那种焦躁、无奈和怠惰都一扫而光。

这充满生机和活力的绿色世界，把我们迎进了那魂牵梦绕的长白山。

一、绿水

长白山下的第一县抚松，群山环抱，它那美丽整洁的城郭依偎在松花江畔。

骄阳高悬，山里并不如想象的那样凉爽宜人。饭后，接待我们的主人好客地说："天热，走，咱们到江里冲冲凉！"自然大家恨不得立时跳入水中。

顺着笔直高筑的江堤，向上游走去。江面宽阔，对面的山峦遮住了西斜的太阳，黛绿色的山峦辉映着水中墨绿色的倒影。近岸洒满阳光的江水清澈见底，水中大小不一、形状各异的石头，以及石头激起的漩涡，都闪现着绿莹莹的光泽。

水流很急，但却很浅。趟水往江中走去，踟蹰而行。透过浪花，水中的石头虽清晰可辨，但上面满布绿苔，想踩着大块石头移步，一踏上去就滑得身子东倒西歪。大石头踩不住，小石头又硌脚，有的人干脆手脚并用，爬着向江心进发。

江心的水流湍急，可仍没有游泳的深水。难怪主人叫我们到江里来冲凉消暑，而不说请我们游泳。有棱角的江石，奔涌、清凉的江水，告诉人们，这仅仅是松花江的上游。主人说，它源于长白山主峰小白山南麓，纳锦江、梯子河、桦皮河等河流，注入漫江、松江河，流经抚松才称得上松花江。看来，真是有幸，在松花江源头戏水，非同寻常。躺下身子，朵朵晶莹的浪花被激流推到眼前，股股清澈的水流刷刷的声响鼓动着耳膜，涓涓的激流冲刷着肌肤，神经传递着麻酥酥的兴奋。为了不被激流冲走，双手在背下抓着石块。手指扳得久了，渐渐放松，不知不觉中好像云在走，水在移，身体已被激流冲走。只好再次抓块大石头，才稳住身体。

仰望着蓝天，头枕着江水，哗哗银铃般的水声不绝于耳，我仿佛听到松花江的低声细语，感知到松花江向人们述说的心声。

你说，你从数百里之外的天池珠垂玉坠般跌荡而来，你从长白山山巅的明河暗涧挟波逐浪涌来，你从长白山山麓的苍茫林海绕松载花奔来。我说，你不息的生命在于跌涛流瀑地喧泻，你无尽的力量在于堆雪飞雾地奔腾，你无限的美誉在于化作松辽平原串串明珠和滚滚的稻浪。

啊，松花江，关东人的江，关东大地母亲的江！

二、天池

5时整，迎着东方刚刚升起的朝阳，客车驶离抚松，伴随着轰鸣的马达声步步爬山，载着我们向天池进发。

时而穿云破雾，那云像绕在山顶的围巾，那雾像系在山腰的白纱；时而盘山而上，林在车旁掠过，路在车前隐现；时而一路下坡，刀削斧劈般的山崖一闪而过，炊烟袅袅的山村只留下个轮廓。车子驶过松江河镇，再前行一个小时就跨进了长白山山门，进入了一草一木都不准动的长白山原始森林保护区。

尽管心想早早登上天池，极目搜索高山巅峰，但眼前仍是一片片高大挺拔的松树，亭亭玉立的白桦，间或横躺竖卧的枯木，高悬垂挂的葛藤。车子驶过这片遮天蔽日的针阔混交林，便进入单一树种的针叶林。千姿松棵棵笔直挺拔，高大的树干使树冠显得有些窄小。众多枝杈斜插树干，如同箭羽。远远望去，那树倒像天外射来的箭，牢牢地扎在铺满苔藓的玄武岩高原上。车子再前行，道路两旁一身银白、老态龙钟的岳桦林闯进视野。那棵棵岳桦或匍匐状，或虬曲状，极力地向空间伸枝展叶，显示着它们同高山严寒飓风的搏击和奋争。这种明显的植被垂直分布，构成了长白山独特的自然景观。

车子加大了油门，马达更加轰响，左盘右旋，眼前顿时一片敞亮，爬过几处高坡，远处环抱天池的高耸峰巅映入眼帘，近处圆弧形的地貌上铺满了地毯般的绿茵，五颜六色的山花点缀其间。主人说，这里就是“老虎背”，是典型的高山苔原景观带。主人指着漫冈似的“老虎背”，津津乐道地介绍，你们秋天再来，那可是另一番景象，那低矮的越桔、凤毛菊、松毛翠等花草，变得色彩斑斓、黄褐相间，远远望去，可真的如同一只老虎卧在那里，威风凛凛，让人不敢近前。

知识链接

老虎背

传说长白山下，有个周家窝棚，有个叫周三的小伙子，以打猎为生。一天在山上救了一只受伤的老虎。自从周三把小老虎放回山中，时刻都在惦记着小老虎。老虎报恩，变作女子巧姐嫁给周三为妻。一天，巧姐告诉周三“这里后天要发大水”，周三立刻告诉了乡亲们，结果发洪水时一个人也没淹着。乡亲们十分感激巧姐，起了个外号叫灵姐。这事得罪了上天，说巧姐泄漏了天机，让太白金星查一查巧姐的来历。巧姐知道大祸临头，告知周三自己就是那个被救的小老虎，为报答救命之恩，拜师变为人形，本想白头到老，可因为泄漏了天机，要受天帝处罚。说完就向长白山顶飞跑过去。这时闪电雷鸣，大雨瓢泼，只听一声巨雷，山上一道闪光，闪光中一只猛虎化作烟尘，消失在风雨之中。一个月后，出现了一个形似老虎背的平坡。为纪念巧姐，人们给这个山坡起名叫老虎背。

车子在开凿不久的火山石碴路面上颠簸起来，马达发疯般轰鸣，车速却越来越慢下来，大家赶紧下来推车，想让车子再往上冲一程。不料，车下的火山碎石和粉尘飞扬，车胎冒着烟，散发着股股橡胶味，只好作罢。

长白山上的天气说变就变，一阵凉风袭来，从南天涌来如烟似雾般的云涛，铺天盖地压到头顶。等待云过天晴登山的时机，满足饥肠辘辘的胃腹，大家只好在此早餐。不想，路旁争奇斗妍的从来未见过的山花吸引了我们。主人介绍说，那黄花是金莲，蓝花是龙胆，白花是黎芦，还有匍匐状的高山杜鹃和直挺鲜绿的高山红景天。几位摄影爱好者全都举起相机，把这奇花异草摄入镜头，把高山花园之美化作永恒的记忆。

饭后，主人指着眼前的陡坡说："这坡叫喘气坡，大伙拿出劲儿来，看谁的气喘得匀呀！"大家心里有数，爬过这道 800 米长的坡，从海拔 1 800 米爬到 2 600 米，升高海拔 800 米，可不是轻松的路哟。几个老同志却青春焕发，竟抢先登坡，挟云裹雾，不惜汗水，走到了前头。不知是空气稀薄，腿脚无力，还是足下火山灰松软缺少弹力，迈步十分费劲。年轻的丈夫只好携挎着妻子，爸爸妈妈拽着孩子，艰难地向坡顶爬去。队伍曲曲弯弯，越拉越长，当先头部队已登上山口时，尾部还在山坡蠕动。

小贴士

喘气坡

喘气坡为长白山西麓一大景观，是以前徒步登山的必经之路，由于坡度均在 70° 以上，中间没有平坦之处，游人必须一直攀登，加之杂木丛生，只有一条羊肠小路（现已开发成台阶式路面），视野不开阔，空气稀薄，因此这一段山路名为喘气坡。

尽管高山凉风习习，但汗珠仍不停地从额头上滚落下来，拂去一把又一把，我和一位老友登上了坡顶，跨过中朝分界 5 号桩，再迈三至五步就到了天池边。极目远眺，在云隙透过的阳光照耀下，一个墨绿色椭圆形的湖面尽收眼底。俯瞰天池，16 座奇峰，山游绿水水游山，山水相依。远处墨绿色的湖面和黛青色的群峰连成一片，水绕青山山绕水，山水一色。向北眺望，阳光透过薄云辉映的座座山峰，壁立千仞，险峻峭拔，气势磅礴，甚为壮观。突然冷风骤起，雨燕穿天，雨点稀疏，乌云再次盖在头顶，天空再次暗淡下来，湖面顿时遁入一片迷茫混沌之中。这时才赶到山口的大部队，诸位为晚到片刻没有观赏到天池真面目后悔不迭。

知识链接

长白山十六峰的来历

相传很久以前，东海龙王的三太子从小娇生惯养，不务正业。一日，玉皇大帝大宴群臣，东海龙王携三太子前去天庭参加圣宴。席间，三太子偷偷溜了出来，胆大包天地盗出了王母娘娘珍藏的一颗价值连城的宝珠，仓皇逃走。王母娘娘立即禀告玉帝。玉帝得知，勃然大怒，即刻命16位天将，火速前去捉拿窃贼，追回宝珠，不得有误。16位天将领旨后腾云驾雾追赶来，终于在长白山上空追上盗贼并将他团团围住。打斗中，三太子寡不敌众，渐渐有些招架不住，只听咔嚓一声，竟被打掉一只龙角。他疼痛难忍，一失手，宝珠落到长白山顶，只听一声巨响，宝珠化作一潭池水，这就是天池。三太子则变成了一只独角龙藏匿池中。天池上空时而飞沙走石，时而狂风暴雨，就是这只独角龙在作怪。这16位天将也化作16座美丽的山峰，卫士般日夜守卫着这颗神圣宝珠化成的天池。

知识链接

长白山十六峰的历史

古时，所有的山峰没有一个正式的名字，经常是山下的百姓，根据山峰的形状，起几个乡土气息十分浓烈的名字，叫鹰嘴砬子等。

清朝光绪三十四年（公元1908年）清末秀才奉天候补知县刘建封奉旨勘查长白山。历时四个月的实地踏查之后，除《长白山三江源流考》等官方报告，还撰写了《长白山江岗志略》。刘建封是秀才，又是诗人。尽管考察十分艰苦，甚至有生命危险，面对祖国雄奇的山水，常常情不自禁地吟诗，兴致勃勃地为各山峰命名。他说：“辽东第一佳山水，留到于今我命名。”《长白山江岗志略》的开篇，即为长白山的奇峰起了名字：“长白山，古不咸山也……中有天池，环池多奇峰。大者有六：曰白云、曰冠冕、日白头、曰三奇、曰天豁、曰芝盘。小者有十：曰玉柱、曰梯云、曰卧虎、曰孤隼、曰紫霞、曰华盖、曰铁壁、曰龙门、曰观日、曰锦屏。”并绘有详细的地形图，标吐十六峰的位置。

先睹为快，是后登上来的人所体验不到的情愫。天池变化无常的万千气象，绘出了“水光潋滟晴方好，山色空蒙雨亦奇”的绝妙景观。而这绝妙景观的欣赏者，都是肯下力，勇攀登，一路奋进的人们。其实，人生之路又何尝不是如此！当然，我们拼力登山，也有一睹天池怪兽奢望的刺激。不要说近百年来“天池怪兽”被传说得沸沸扬扬，悬念丛生，单说1995年七、八月间就有群众和边防战士连续几次看到怪兽出现。按照人们的描述，有关部门雕塑了两只怪兽的雕像，一只像龙，金黄色，长有龙鳞；一只像牛，嘴呈鸭状。令人瞩目和惊叹的是，在这海拔2 189米，积水20亿立方米，年平均气温为-7.3℃，中国最高最大最冷的高山湖泊中，在水中有机质及浮生物极少、生存食物匮乏的条件下，它们是以怎样的适应力得以生存并延续下来的？这谜着实令人费解。尽管有天池怪兽监测站昼夜观测，仍有一批又一批登山的人神往亲眼目睹怪兽。

天池的神话传说也为它披上了一层神秘的色彩。传说，在天文峰东赤峰山西北侧有个圆池，那是“朱果孕祖”之地。三百多年前，恩古伦、正古伦、佛库伦三位天女降浴圆池，恰巧有一神鹊口衔朱果吐在佛库伦的衣裙上，被她吃掉而怀孕。遂生一男孩，相貌异常，生而能言，名叫布库里雍顺，即是大清皇帝的祖先，这圆池便认作是清朝皇祖的发祥地。后来康熙皇帝将长白山封为“长白山之神”，并赋诗《望祀长白山》："名山钟灵秀，二水发真源。翠霭笼天窟，红云拥地根。千秋佳兆启，一代典仪尊。翘首瞻晴昊，岧峣逼帝阍。"清祖的后人又把传说当作历史，故长白山被清朝历代奉为神山，每年都享受祭祀之礼。

小贴士

康熙三十五年，祭长白山文

维神天作锺祥，地灵启运。肇基王迹，诞锡鸿休。朕勤恤民依，永期殷阜。迩年以来，郡县水旱间告，年歉登，蚤夜孜孜，深切轸念。用是专官秩祀，为民祈福。冀雨之时若，庶稼穑之屡丰，惟神鉴焉。

人们感叹着长白山的神奇，更增添了不见天池真面目不罢休的劲头，也增强了看一看池中怪物的奢望。大家顶着难以抗御的寒风，徘徊在山口，等待乌云过后的艳阳。天若有情天亦晴，10分钟后，云雾腾空而起，渐渐散去，阳光透过云隙再次把光辉洒向天池。我和几位摄影爱好者迅速按动快门，把这雄伟与神奇摄入镜头。遗憾的是天池怪兽始终没有露面，我们只好和它相约，下次再见。

啊，天池，一湖墨绿清澈的高山之水，一池难以破译的神奇之水。

三、地河

再三的呼唤，再三的等待，总算把看不够又留不住的同伴们聚齐在停车地。

马达的隆隆声催促人们登车，可有人仍在车下向高耸的青石峰眺望，有的在向老虎背招手致意。啊，再见了，神秘的长白山，再见了，神奇的天池水。客车载着同伴们渐渐驶离了山巅。

穿过岳桦林带，驶过岳桦松树混生带，客车刚过一座小桥，主人发出停车的指令："请大家下车看一看梯子河。"河，哪里有河？可是那明明有座短桥，好似架在二三米宽的地裂缝隙间。在主人的指点下，从枯枝野草遮盖的裂缝边缘往下看，湿漉漉墨青色的两壁直立，顺着弯曲的走势远望，看得见处足有二三十米深，一线白亮亮的水流淙淙作响，声震石壁。令人甚觉阴冷森严，不寒而栗，不敢轻易挪动脚步，生怕一脚踏不准跌下河去。

主人介绍说，长白山火山喷发后天池西侧出现了长达十多公里的大断裂带，从梯云峰向下延伸，横腰截断了上山的通道，这条断裂带终年流淌着天池渗出的水，因落差较大，似梯子迭落，称为梯子河，也叫地下暗河，或称猎物河。

猎物河确实能狩猎野物。主人很有情趣地讲述着。原来，每逢夏季，长白山巅清新凉爽，又没有蚊虫，成群结队的狍子、马鹿、野猪便上山避暑。它们绕不过横腰截断的上山通道，奔跑到梯子河边时，或许荒草野藤的遮掩看不到这深渊之河，或许急于上山乘凉披星戴月的急速奔跑，有的竟失足于这地河，跌落时的哀嚎，又震惊了同伴，疲于奔命的腾跃，又使一些野物扑通扑通地直往下掉，自然加重了它们群体的伤亡。掉下去的大部分摔死，个别的骨折腿伤，上有悬崖峭壁，下有刺骨凉水，只能冻饿而死。

小贴士

梯子河

梯子河发源于梯云峰西侧，向西流入锦江，系头道松花江的二级支流。河床宽仅两米左右，深几十米，两壁陡峭，水流湍急，河水清冽甘甜。梯子河段被植被和岩石覆盖，只能听到流水声，却看不到水，因河水凉彻透骨，又被称为天然冰箱。

1980年夏，一个踏查小组，走到梯子河旁，看到一大片被压倒的蒿草，便断定掉下去了动物。他们用绑腿和腰带连成绳子，一位姓陈的中年人，手攀脚蹬，下到河底，发现一只小狍子正在水里扑腾。他用绳子把它捆住，三声为号，上边的人一齐拉动绳子，拽上来一只狍子。维东边防站的战士，每年也都能从梯子河里打捞上来一些野物。因这河又深又冷，水凉彻骨，摔死饿死在河里的野物从不腐烂，都能充作改善生活之物。他们还利用这天然冷库，每到夏季都把山下运来的肉、鱼放到梯子河里冷藏保鲜。

看过梯子河，听完这令人咋舌的故事，大家不约而同地为我后怕一番。概因我在梯子河百米远处曾请司机停车，到路旁抢拍“松桦之恋”的镜头。我去蒿草丛生的坡地上围着枝干相依、根系相连的松树桦树四周，调着角度拍特写，真的没有看看下脚之处，如果一道又狭又窄的裂缝突现，陷进地河之中也在所难免，呜呼，真乃大命之人。

啊，梯子河，令人生畏、让人胆寒的神秘之河。

四、峡谷

顺着锦江大峡谷的路标一路驶去，约20分钟后车停在林中空地上。主人带领我们，在原始森林中顺着曲曲弯弯小径，或跨过横卧路上的倒木，或钻过林中垂挂的野藤，踏着腐枝烂叶的腐殖质土，艰难地向前行进。

林中本没有太阳光照，阴暗潮湿，加上不远处隆隆的雷声，闷热潮湿的空气，给人平添了几分忧虑之情，大峡谷，你千万别躲进雨雾中！

主人在队伍前头站定，人们顺着他手指的方向俯身向下望去，不禁倒吸了一口气，在百米深百米宽的大地裂中，赤露的沟谷纵深，两岸的崖岩密布，这又狭又深的峡谷，底部却淙淙流淌着一川碧水。山谷两侧怪崖耸立，形态各异，为这锦江大峡谷描绘了壮观、幽深和神秘的色彩。

每走几步、十几步就是一个观景点。大家驻足下望，峡谷的谷坡都非常陡峭，近于直立，不同的是在坚硬的玄武岩石中，大自然的鬼斧神工造就了形态各异的奇石佳作。有的像动物，有的像仙人，有的高大直立，有的横卧峰腰，或动或行，或愠或怒，各具神韵，成为巧夺天工的壮丽景观。

同伴们争相站立在我的镜头前，同那些“吸水双象”、“登山双熊”、“双峰骆驼”、“长啸雄狮”、“鸡凤和鸣”等奇石珍品共入画面。

在这天然动物雕塑群像中，最令人叫绝的是那活灵活现的“双峰骆驼”，那高30

多米、宽20多米的整块熔岩恰似连为一体的骆驼“双峰”，高大的骆驼在峡谷中拔地而起，伴衬着峡谷中的江水，似在缓缓前行。叫人拍手称奇的还有“吸水双象”，那高大身躯的两只“大象”，从半山伸到谷底，两只长长的“鼻子”直插江中。

沿谷下行，水流时隐时现，狭谷时窄时宽。在林立的石峰中，“长城峰”、“五指峰”、“女娲峰”，峰峰高耸，惟妙惟肖。还有那仙人聚会之地——“观音遥拜图”、“结缘石”、“照情石”，各路仙人神态自若，栩栩如生。

据资料介绍，长白山由于火山喷发时的天崩地裂，溶浆横溢，才形成了这独特奇异的地质地貌。在千百年来寒冻风化的重力作用下形成了这冰缘岩柱多姿多彩的自然景观。至于锦江大峡谷中究竟有多少激流险滩、地下暗河、岩中石洞，隐藏着多少奇石异物，都有待于进一步探明。

近日，中央电视台在黄金段位的新闻联播节目中首次向世人披露吉林省长白山发现一条11公里长锦江大峡谷的消息。几幅画面就令笔者如同再次置身大峡谷近旁，同时，不觉为已捷足先登感到些许快意。

啊，天崩地裂造就的峡谷，满布奇石怪物的仙境，深邃苍莽尚待开发的大峡谷。

1.6.3 能力训练

1. 根据提供的网址（http://tieba.baidu.com/p/544406831），欣赏满民族长白山祭祀活动主题歌曲。

2. 请选取长白山十六峰的一峰，查找资料，配以图片进行讲解。

3. 请以“朝鲜族”为关键词查找资料，熟悉其民族概况、人口分布、民族文学、民俗文化。

1.7 天　山

导　读

新疆天山是我国西北干旱地区典型的山岳型自然景观，其景观性质是以完整的植物垂直景观带和雪山冰川、高山湖泊为主要特征，以远古瑶池神话及宗教和民族风情为文化内涵。

天山山脉把新疆分成南疆与北疆。南疆是塔里木盆地、昆仑山脉、吐鲁番盆地；北疆是乌鲁木齐、吐鲁番地区、阿勒泰地区、塔城地区、昌吉地区、伊犁、博尔塔拉等地区。

新疆的地理特征是“三山夹两盆”，新疆最北部为阿尔泰山，中部为天山，最南部为昆仑山。阿尔泰山和天山之间为准噶尔盆地，天山和昆仑山等之间为塔里木盆地。

天山的雪峰——博格达峰上的积雪终年不化，人们叫它雪海。在博格达的山腰上，有一个名叫天池的湖泊，海拔有1 901米，深约90米。池中的水都是由冰雪融化而成，清澈透明，像一面大镜子。洁白的雪峰，翠绿的云杉倒映湖中，构成了一幅美丽的图画，是新疆著名的旅游胜地。

天山风景如图1.32所示。

图 1.32 天山风景

1.7.1 天山介绍

天山，地处中华人民共和国的西北边陲，是中亚东部地区的一条大山脉，横贯中国新疆的中部，西端伸入哈萨克斯坦。高达 21 900 尺(1 尺≈0.33 米)，长约 2 500 公里，宽约 250~300 公里，平均海拔约 5 000 米。最高峰是托木尔峰，海拔为 7 435.3 米，汗腾格里峰海拔 6 995 米，博格达峰的海拔 5 445m，这些高峰都在中国境内，峰顶白雪皑皑。新疆的三条大河——锡尔河、楚河和伊犁河都发源于此山。天山 1982 年被列为国家重点风景名胜区。

天山，古名“白山”，又名“雪山”，匈奴谓之“天山”，唐时又名“折罗漫山”。自古以来就是中国与中、西亚联系的重要通道。西汉时，细君公主、解忧公主下嫁乌孙王，即通过此道。驰名中外的唐代佛僧玄奘，公元 629 年去印度取经也经过这里。

小贴士

古代丝绸之路

古代丝绸之路是一条 7 000 多公里长，自古代中国的政治、经济、文化中心古都长安(今天的西安)通往西方直达罗马帝国的贸易之路，由长安出发，经河西走廊、今新疆境内、安息（古波斯）、西亚到大秦（古罗马）。

知识链接

解忧公主下嫁乌孙王

太初二年（前 103），西域最远的乌孙国客人来到长安，上书汉廷为乌孙王求娶汉家公主，以此延续乌汉联盟，汉武帝爽快地答应了乌孙的请求。

迎接解忧公主的地方在乌孙的夏都特克斯草原，那里的风光秀丽迷人。雨过天晴的山色空明透亮，蓝天上祥和的白云相依相偎；丰盛的牧草此起彼伏扬波欢歌，叮咚作响的山泉悠然如琴。一道彩虹飞架在层峦叠翠的山峰上，河谷里的百鸟啾啾欢唱也来迎亲。硕大华丽的蒙古包门外，乌孙的王公贵族们伸长了脖子翘足远眺；公主的专车被欢乐的人们前呼后拥，迎亲的队伍足有10里之长。

喜筵达到高潮时，君臣和牧民在一堆堆篝火旁载歌载舞。乌孙人的风情歌舞热情奔放，汉家儿女的歌舞更是大放异彩。公主应邀向大家展示才艺，两支古朴典雅的《幽兰》、《白雪》名曲，美妙的引诱凤凰飞临；公主的贴身侍女也离席献艺助兴，精湛的剑舞恍如银蛇飞动，舞剑的人却身轻似燕。

公主初到乌孙时嫁给军须靡，多年没有怀孕遭到冷落。汉朝与匈奴的战事多有失利，乌孙王军须靡又因病去世，解忧公主和匈奴公主都依照乌孙国的习俗改嫁给了号称肥王的翁归靡。解忧公主始终位居右夫人的不利地位，始终处在亲汉派和亲匈奴派的矛盾冲突和宫廷王位争夺战的险象环生的逆境中，忍辱负重的解忧公主志向坚定，极力维护汉朝和乌孙的联盟，致力于乌孙国的兴国之路。

6、7、8月是到天山旅游的最佳季节。时值天山中部的初夏，美丽的草原，遍地金黄的野花，纯净的湖水，倒映的雪山，成群的牛羊，一望无际的金色油菜花，淳朴的民族风情，构成一幅优美的画卷。天池石门、五十盘天、王母脚盆、西小天池瀑布、醴泉隐乳、仙女泳池、悬泉飞瀑、鳄鱼吐珠、西王母祖庙都能让人流连忘返。如若来天山欣赏冬景，以12月前或2月后为宜。

千百年来流传西王母在瑶池开蟠桃会的故事，那瑶池在哪里？原来新疆的天山果真有个瑶池，它也叫“天池”。天池在天山上，海拔1 980多米的地方，来到天池如登仙境，“瑶池仙境世绝殊，天上人间遍寻无”。

知识链接

西王母与天池的传说

西王母在瑶池宴请西游的周穆王，两人暗生爱意。西王母沉浸在甜蜜的爱情之中，特别爱美，爱梳洗打扮。于是，她就使了仙法，在天山下划了3个天池，一个洗脸，一个洗澡，一个洗脚。这洗澡的最大，便是大天池，洗脸的是东小天池，洗脚的是西小天池。这三个大小天池里全是天山上流下的雪水，水如玉汁，清澈透亮，偌大的三个大天池专门供西王母一人所用。

天池供西王母梳洗之用，不能让别人随意进出，就连窥一眼都不行。王母娘娘就在西小天池外修了一个石门。这石门两峰夹峙，中通一线，门窄仅10余米，极易把守。西王母洗澡的地方有这一道门，就派小白龙去看守，可以万无一失了。

再说，这天池里本来有一个水怪，因为西王母在开蟠桃会的时候没有请他，便惹怒了他。所以，他就兴风作浪，扰得天池之水沸沸扬扬，不让西王母娘娘洗澡。西王母大怒，拔下头上的宝簪向天池投入，这宝簪化为一棵大榆树，锁镇了水怪。按说这海拔近 2 000 米的地方榆树根本不能成活，可天池边就有这棵千年古榆如今还郁郁葱葱挺立池边，且池水再涨也不及其根部，就因为它是西王母的宝簪化的，人们称它为“镇海神针”，成了天池八景之一。

共工怒触不周山，捅破了天，就连西天也要塌下来了，搞不好，这天池就毁了。西王母要保住她的西天，要保住她的天池，就用手把天山的一座山峰劈成三柱，用以撑住了西天。西天不会塌了，全靠这顶天三石。几千年了，这顶天三石还屹立在天池边。西王母娘娘的江山永固。

看守石门的小白龙不老实，有一天他偷偷地绕过西小天池，淌过东小天池，爬上大天池，要偷看王母娘娘梳洗。当然，王母娘娘觉察了小白龙的意图，就在他将到天池边时把他点化了。于是，小白龙变成了大天池与东小天池之间的白龙峡瀑布。这白龙峡瀑布银链高悬，烟水缥缈，发出惊天骇地的响声，这是小白龙向王母娘娘求饶的喊声。

西王母天天在天池梳洗，因雪水是取天地日月之精华，乃玉汁琼浆，清冽晶莹，西王母天天洗，越发年轻漂亮。伴侍王母娘娘的玉女既羡慕又惊讶，于是她在一个清晨，乘西王母未起床时，来到天池。这时，海峰晨曦，天山绝顶冒出红日，万道霞光直泻池中，映照仙境如幻如梦，玉女情不自禁地宽衣解带，披发跣足，投入天池，尽情地畅游。西王母一觉醒来，不见玉女，寻到天池，猛见玉女胆敢下池畅游，怒火中烧，就大喝一声。玉女听到，心惊胆战，慌忙爬上西岸，可是来不及了，才爬上岸就被王母娘娘点化了，她的一头美发化成西山翠绿的云杉。天池八景之一的西山云杉，亭亭玉立，就是玉女的披肩飘发，只是玉女饱含冤屈，这云杉总是发出迫人的寒气，人们把这一景称为“西山寒松”。

天池老是出事，这小白龙、水怪、玉女都闯祸了，西王母的领地总有人要贸然踏上，于是王母娘娘衣袖一拂，天池边便长出一种“血汗草”来。这草看似平常，可人畜却不能靠近它，一旦碰上它，就会血流如注，疼痛难当。有了这“血汗草”，西王母的天池再也没法靠近了。

隋唐时期，“天山”已在我国史籍和诗句中大量出现。李白的“明月出天山，苍茫云海间。长风几万里，吹度玉门关。”就是脍炙人口的千古绝唱。而到了当代，天山注定是梁羽生武侠最重要的道具与场景，甚至是天山成就了梁羽生武侠。

知识链接

梁羽生与天山

从《白发魔女传》开始，《塞外奇侠传》、《七剑下天山》延续到后期的《弹指惊雷》等，梁氏重要作品大多与天山有或多或少的联系。西方学者认为作者“转向少数民族文化，把这些文化当作现存的真实性的源泉，这种做法给原始的和传统的东西增添了浪漫主义色彩，同时也把他者内在的和与过去联系在一起的那些特点加以提炼”。

天山最好的美味莫过于烤全羊，维吾尔语称之为“吐努尔喀瓦甫”，这是新疆最著名的大菜。还有羊肉焖饼、野蘑菇炖鲜鱼等美味等着您品尝。如果想吃简单一些，可以吃另一道传统名小吃——拉条子。走时带给亲朋好友一些天山雪莲。

小贴士

天山雪莲

天山雪莲又名“雪荷花”，当地维吾尔语称其为“塔格依力斯”。生长于天山山脉海拔4 000米左右的悬崖陡壁之上、冰渍岩缝之中，这种独有的生存习性和独特的生长环境使其天然而稀有，并造就了它独特的药理作用和神奇的药用价值，人们奉雪莲为“百草之王”、“药中极品”。

1.7.2 作品赏析

请用优美的语言描绘7月的天山；口述“迷人的夏季牧场”中某一片段。

天山景物记

碧野

朋友，你到过天山吗？天山是我们祖国西北边疆的一条大山脉，连绵几千里，横亘塔里木盆地和准噶尔盆地之间，把广阔的新疆分为南北两半。远望天山，美丽多姿，那常年积雪高插云霄的群峰，像集体起舞时的维吾尔族少女的珠冠，银光闪闪；那富于色彩的连绵不断的山峦，像孔雀开屏，艳丽迷人。

如果你愿意，我陪你进天山去看一看。

一、雪峰·溪流·森林·野花

7月间新疆的戈壁滩炎暑逼人，这时最理想的是骑马上天山。新疆北部的伊犁和南部的焉耆都出产良马，不论伊犁的哈萨克马或者焉耆的蒙古马，骑上它爬山就像走平川，又快又稳。

进入天山，戈壁滩上的炎暑就远远地被撇在后边，迎面送来的雪山寒气，立刻使你感到像秋天似的凉爽。蓝天衬着矗立的巨大的雪峰，在太阳下，几块白云在雪峰间投下云影，就像白缎上绣上了几朵银灰的暗花。那融化的雪水从峭壁断崖上飞泻下来，像千百条闪耀的银练。这飞泻下来的雪水，在山脚汇成冲激的溪流，浪花往上抛，形成千万多盛开的白莲。可是每到水势缓慢的洄水涡，却有鱼儿在跳跃。当这个时候，饮马溪边，你坐在马鞍上就可以俯视那阳光透射到的清澈的水底，欣赏那五彩斑斓的水石间，鱼群闪闪的鳞光映着雪水清流，这给寂静的天山添上了无限生机。

再往里走，天山越来越显得优美。在那白皑皑的群峰的雪线以下，是蜿蜒无尽的翠绿的原始森林，密密的塔松像无数撑天的巨伞，重重叠叠的枝丫间，只漏下斑斑点点细碎的日影。骑马穿行林中，只听见马蹄溅起在岩石上漫流的水的声音，更增添了密林的幽静。在这林海深处，连鸟雀也少飞来，只偶然能听到远处的几声鸟鸣。当你下马坐在一块岩石上吸烟休息时，虽然林外是阳光灿烂，而在这遮住了天日的密林中却闪着烟头的红火光。从偶然发现的一棵两棵烧焦的枯树来看，这里也许来过辛勤的猎人，在午夜生火宿过营，烤过猎获的野味。这天山上有的是成群的野羊、草鹿、野牛和野骆驼。

如果说进到天山这里还像是秋天，那么再往里走就像是春天了。山色逐渐变得柔嫩，山形逐渐变得柔和，很有一伸手就可以触摸到凝脂似的感觉。这里溪流缓慢，萦绕着每一个山脚，在轻轻荡漾着的溪流的两岸，满是高过马头的野花，红、黄、蓝、白、紫，五彩缤纷，像绵延的织锦那么华丽，像天边的彩霞那么耀眼，像高空的长虹那么绚烂。这密密层层成丈高的野花，朵儿赛过8寸的玛瑙盘。马走在花海中，显得格外矫健；人浮在花海上，也显得格外精神。在马上你用不着离鞍，只要一伸手就可以捧到满怀的你最心爱的大鲜花。

虽然天山这时并不是春天，但是有哪一个春天的花园能比得过这时繁花无边的天山呢？

二、迷人的夏季牧场

就在雪的群峰的围绕中，一片奇丽的千里牧场展现在你的眼前。墨绿的原始森林和鲜艳的野花，给这辽阔的千里牧场镶上了双重富丽的花边。牧场上长着一色青翠的酥油草，清清的溪水齐着两岸的草丛在漫流。无边的草原是这样平展，就像风平浪静的海洋。在太阳下，那点点水泡似的蒙古包闪烁着白光。

当你策马在这千里草原上尽情驰骋的时候，处处可见成千上万的羊群、马群和牛群。它们吃了含有乳汁的酥油草，膘肥体壮，毛色格外发亮，好像每一根毛尖都冒着油星。特别是那些被碧绿的草原衬托得十分清楚的黄牛、花牛、白羊、红羊，在太阳下就像绣在绿色缎面上的彩色图案一样美。

有时候，风从牧群中间送过来银铃似的叮当声，那是哈萨克牧女们坠满衣角的银饰在风中击响。牧女们骑着骏马，健美的身姿映衬在蓝天、雪山和绿草之间。她们欢笑着跟着嬉逐的马群驰骋，而每当停下来，就轻轻地挥动着牧鞭歌唱她们的爱情。

小贴士

哈萨克族

习俗：尊敬老人，喝茶吃饭要先敬老人，一般在进餐时习惯长辈先坐，其他人依次围着餐布屈腿或跪坐在毡子上。

食俗：日常食品主要是面类食品、牛、羊、马肉、奶油、酥油、奶疙瘩、奶豆腐、酥奶酪等。平时喜欢把面粉做成“包尔沙克”（油果子）、烤饼、油饼、面片、汤面、那仁、杰恩特等，或将肉、酥油、牛奶、大米、面粉调制成各种食品。

婚俗：婚礼一般要举行3天，第一天，新郎带领伴郎还有各种贺礼前去娶亲，女方会迎接招待他们，接受亲朋好友、左邻右舍的贺喜；第二天休息一天；第三天正式娶新娘。

节庆：主要节日有古尔邦节、肉孜节和那吾热孜节（纳吾肉孜节）。

这雪峰、绿林、繁花围绕着的天山千里牧场，位置在海拔两千米以上。每当一片乌云飞来，云脚总是扫着草原，洒下阵雨。牧群在雨云中出没，加浓了云意，很难分辨出哪是云头哪是牧群。而当阵雨过后，雨洗后的草原更加清新碧绿，像块巨大的蓝宝石；那缀满草尖上的水珠，却又像数不清的金刚钻。

特别诱人的是牧场的黄昏，落日映红周围的雪峰，像云霞那么灿烂。雪峰的红光映射到这辽阔的牧场上，形成一个金碧辉煌的世界，蒙古包、牧群和牧女们，都镀上了一色的玫瑰红。当落日沉没，周围雪峰的红光逐渐消退，银灰色的暮霭笼罩着草原的时候，你就会看见无数点的红火光，那是牧民们在烧起铜壶准备晚餐。

你用不着客气，任何一个蒙古包都是你的温暖的家。只要你朝着有火光的地方走去，不论走进哪一家蒙古包，好客的哈萨克牧民都会像对待亲兄弟似的热情地接待你。渴了你可以喝一盆马奶，饿了有烤羊排，有酸奶疙瘩，有酥油饼，你可以一如哈萨克牧民那样豪情地狂饮大嚼。

当家家蒙古包的吊壶三脚架下的野牛粪只剩下一堆红火烬的时候，夜风就会送来冬不拉的弦音和哈萨克牧女们齐集到一家比较大的蒙古包里，欢度一天最后的幸福时辰。

小贴士

冬不拉

冬不拉又名“东不拉”、“东布拉”，是中亚地区的哈萨克、诺盖、卡拉卡尔波克等民族的传统弹拨乐器，在哈萨克斯坦及中国新疆的哈萨克族中尤其流行。琴杆细长，音箱有瓢形和扁平的两种。一般用松木或桦木制作，琴颈即指板，过去多用整木斫成。音箱上有发音小孔，张羊肠弦两根，琴身有羊肠弦品位。

过后，整个草原沉浸在静夜中。如果这时你披上一件皮衣走出蒙古包，在月光下或者繁星下，你就可以朦胧地看见牧群在夜的草原上轻轻地游荡。夜的草原是这么宁静而安详，只有漫流的溪水声引起你对这大自然的遐想。

三、野马·蘑菇圈·旱獭·雪莲

夜幕中，草原在繁星的闪烁下或者在月光的披照中，该发生多少动人的情景，但人们却在安静的睡眠中疏忽过去了。只有当黎明来到这草原上，人们才会发现自己的马群里的马匹在一夜间忽然变多了，而当人们怀着惊喜的心情走拢去，马匹立刻就会分为两群，其中一群会立刻奔腾，离你远去，那长长的鬣鬃在黎明淡青的天光下，就像许多飘曳的缎幅。这个时候，你才知道那是一群野马。它们由几匹最膘壮的公野马领群，机警善跑，游走无定，夜间混入牧群。它们对许多牧马都熟悉，相见时彼此用鼻子对闻，彼此用头亲热地摩擦，然后就合群在一起吃草、嬉逐。黎明，当牧民们走出蒙古包，就是它们分群的一刻。公野马总是掩护着母野马和野马驹远离人们。当野马群远离人们站定的时候，在日出的草原上，还可以看见屹立护群的公野马的长鬣鬃，那鬣鬃一直披垂到膝下，闪着美丽的光泽。

日出后的草原千里通明，这时最便于发现蘑菇。天山蘑菇又大又肥厚，鲜嫩无比。这个时候你只要立马瞭望，便可以发现一些特别翠绿的圆点子，那就是蘑菇圈。你朝着它策马前去，就很容易在这三四丈宽的一圈沁绿的酥油草丛里，发现像夏天夜空里的繁星似的蘑菇。眼看着这许许多多雪白的蘑菇隐藏在碧绿的草丛中，谁都会动心。一只手忙不过来，你自然会用双手去采；身上的口袋装不完，你自然会添上你的帽子甚至马靴去装。第一次采到这么多新鲜蘑菇，对一个远来的客人是一桩最快乐的事。你把鲜蘑菇在溪水里洗净，不要油，不要盐，光是白煮来吃就有一种特别鲜甜的滋味；如果再加上一条野羊腿，那就又鲜甜又浓香。

天山上奇珍异品很多。我们知道水獭是生活在水滨和水里的，而天山上却生长着旱獭。在牧场边缘的山脚下，你随处都可以看见一个个洞穴，这就是旱獭居住的地方。从九十月大雪封山，到第二年四五月冰消雪化，旱獭要整整在洞穴里冬眠半年。到了夏至后，发青的酥油草把它们养得胖墩墩，圆滚滚。这时它们的毛色麻黄发亮，肚子拖着地面，短短的四条腿行走迟缓，正可以大量捕捉。

另一种奇珍异品是雪莲。如果你从山脚往上爬，在那天山雪线以上，就可以看见在青凛凛的寒光中挺立着一朵朵玉琢似的雪莲。它习惯于生长在奇寒环境中，根部扎入岩隙，汲取着雪水。它承受着雪光，蓝洁晶莹，柔静多姿。这生长在人迹罕到的雪线以上的灵花异草，据说是稀世之宝——一种很难求得的妇科良药。

四、天然湖与果子沟

在天山的高处，常常可以看到巨大的天然湖。湖面明净如镜，水清到底。高空的白云和四周的雪峰清晰地倒映水中，把湖光山色天影融为晶莹的一体。在这幽静的湖上，唯一活动的东西就是天鹅。天鹅的洁白增添了湖水的明净，天鹅的叫声增添了湖面的幽静。人家说山色多变，而我看事实上湖色也是多变的。如果你站立高处瞭望湖面，眼前是一片赏心悦目的茫茫碧水，如果你再留意一看，接近你的视线的是那闪闪的粼光，像千万条银鱼在游动，而远处平展如镜。湖色越远越深，由近到远，是银白、淡蓝、深青、墨绿，非常分明。传说中有这么一个湖，湖水是古代一个不幸的哈萨克少女滴下的眼泪，湖色的多变正是象征着那个古代少女的万种哀愁。

就在这个湖边，传说中的少女后代子孙们现在放牧着羊群。湖水滋润着湖边的青草，青草喂肥了羊群，羊奶哺育着少女的后代子孙。这象征着哈萨克族不幸的湖，今天已经变为实际的幸福湖。

山峦爽朗，湖水清静，日里披满阳光，夜里缀满星辰。牧民们的蒙古包随着羊群环湖周游，他们的羊群一年年繁殖，他们弹琴歌唱自己幸福的生活。

高山的雪水汇入湖中，又从像被一刀劈开的峡谷岩石间泻落到千丈以下的山涧里。水从悬崖上像条飞练似的泻下，即使站在十里外的山头上，也能看见那飞练的白光。如果你走到悬崖跟前，脚下就会受到一种惊心动魄的震撼。俯视水链冲泻到深谷的涧石上，溅起密密的飞沫，在日中的阳光下，形成蒙蒙的瑰丽的彩色水雾。就在急湍的涧边，绿色的深谷里也散布着一顶顶牧民的蒙古包，像水洗的玉石那么洁白。

如果你顺着弯弯曲曲的涧流走，就会看见沿途汇入千百条泉流，逐渐形成溪流，再汇入许多涧流和溪流，就形成河流，奔腾出天山。

就在这种深山野谷的溪流边，往往有着果树夹岸的野果子沟。春天繁花开遍峡谷，秋天果实压满山腰。每当花红果熟，沟里正是鸟雀野兽的乐园。这种野果子沟往往不为人们所发现。其中有这么一条野果子沟，沟里长满野苹果树，连绵五百里。春天，五百里的苹果花开无人知；秋天，五百里的累累的苹果无人采。老苹果树凋枯了，更多的新苹果树苗长起来。多少年来，这条长沟堆积了几丈厚的野苹果泥。

现在，已经有人发现了这条野苹果沟，开始在沟里开辟猪场，用野苹果来喂养成群的乌克兰大白猪。而且已经有人计划在沟里建立酿酒厂，把野苹果酿造成大量芬芳的美酒，让这大自然的珍品化成人们的营养，增进人们的健康。

朋友，天山的丰美景物何止这些，天山绵延几千里，不论高山、深谷，不论草原、森林，不论溪流、湖泊，处处有丰饶的物产，处处有奇丽的美景，你要我说可真说不完。如果哪一天你有豪情去游天山，临行前别忘了通知我一声，也许我能给你当一个不很出色的向导。不过当向导在我只是一个漂亮的借口，其实我私心里很想找个机会去重游天山。

文学常识

《天山景物记》特色

《天山景物记》是一篇脍炙人口的写景状物的散文。作者的笔触深入到天山景物的各个方面：巨大的雪峰，冲激的溪流，蜿蜒无尽的翠绿的原始森林，高过马头的五彩缤纷的野花，迷人的夏季牧场，夜间混入牧群、黎明又分群而去的野马，又大又肥厚、鲜嫩无比的蘑菇，被发青的酥油草养得胖墩墩、圆滚滚的旱獭，在青凛凛的寒光中挺立的玉琢似的雪莲，明净如镜、水清见底的天然湖，果树夹岸的野果子沟。这些景物荟萃在一起，构成了一幅天山景物的壮丽画卷。

1.7.3 能力训练

1. 请讲解天山天池。

2. 在天山山系中，海拔在 5 000 米以上的山峰大约有数十座，请查找博格达峰、托木尔峰的相关资料和图片。

3. 请以“维吾尔族”为关键词查找资料，熟悉其民族概况、民族习俗、民族节庆、饮食习惯、民族禁忌、民族音乐。

2 中华秀水

导读

人类以水而居，有水的地方，才会有生命活动的迹象。哺育中华儿女的黄河长江、造福子孙后代的都江堰，还有那秀美的漓江、迷人的西湖、精灵的九寨沟……她们或奔腾咆哮、一泻千里，或如诗如画、如梦如幻，都令人心驰神往。

江河、湖海、飞瀑、流泉、冰山、雪峰不仅独自成景，更能点缀周围景观，使得山依水而活，天得水而秀。目前中国可供观赏的水域景观主要有江河、溪涧、湖泊、飞瀑、流泉、冰川、风景海域，她们是动中有静、静中有动，是大自然风景的“灵气”之所在。

技能目标

1. 专业能力

能熟练地讲解主要景点并撰写导游词。

2. 方法能力

(1) 景点的学习，学生用标识法筛选信息，抓住重点，把握主旨。

(2) 游记的学习，学生之间采用交头接耳法，围绕游踪，提炼景点。

3. 社会能力

做人要真诚、乐观；要有良好的职业道德素质。

学习任务

(1) 能用文学语言对中华秀水进行简介。
(2) 能熟练地对文学作品进行赏析。
(3) 能对主要景点进行绘声绘色的讲解。

2.1 长　江

导　读

长江和黄河一起并称为“母亲河”，发源于青藏高原唐古拉山的主峰各拉丹冬雪山，亚洲第一大河，其流域面积、长度、水量都占亚洲第一位。长江全长 6 397 公里，是世界第三长河，仅次于非洲的尼罗河与南美洲的亚马孙河，水量也是世界第三，总面积 1 808 500 平方公里（不包括淮河流域），约占全国土地总面积的 1/5，流域从西到东约 3 219 公里，由北至南 966 公里有余，流经青藏高原、青海、四川、西藏、云南、重庆、湖北、湖南、江西、安徽、江苏、上海，注入东海。

三峡，是万里长江一段山水壮丽的大峡谷，由瞿塘峡、巫峡、西陵峡组成，是长江风光的精华，神州山水中的瑰宝，古往今来，闪耀着迷人的光彩。

长江三峡风景如图 2.1 所示。

图 2.1　长江三峡风景

2.1.1　长江三峡介绍

长江三峡是瞿塘峡、巫峡和西陵峡三段峡谷的总称，西起重庆奉节的白帝城，东至湖北宜昌的南津关，长 204 公里，建有世界上最大的水利枢纽工程——三峡工程。两岸悬崖绝壁，江中滩峡相间，水流湍急，是中国古文化的发源地之一，是中国十大名胜古迹之一，居中国 40 佳旅游景观之首。长江三峡是世界上唯一可以乘船游览的大峡谷，是中国最早向世界推荐的两条黄金旅游线之一（另一条为丝绸之路）。

瞿塘峡，位于重庆奉节境内，长 8 公里，是三峡中最短的一个峡，其特点是“雄伟险峻”。入口处，两岸断崖壁立，相距不足100米，形如门户，名“夔门”，也称“瞿塘峡关”，山岩上有“夔门天下雄”5个大字。左边的名赤甲山，相传古代巴国的赤甲将军曾在此屯营，尖尖的山嘴活像一个大蟠桃；右边的名白盐山，不论天气如何，总是迂出一层层或明或暗的银辉。瞿塘峡虽短，却能“镇渝川之水，扼巴鄂咽喉”，有“西控巴渝收万壑，东连荆楚压摹山”的雄伟气势。古人形容瞿塘峡说，“案与天关接，舟从地窟行”。

请您欣赏

白帝城——位于重庆奉节县瞿塘峡口的长江北岸，奉节东白帝山上，原名“子阳城”，为西汉末年割据蜀地的公孙述所建，公孙述自号“白帝”，故名城为“白帝城”。白帝城是观“夔门天下雄”的最佳地点，历代著名诗人李白、杜甫、白居易、刘禹锡、苏轼、黄庭坚、范成大、陆游等都曾登白帝、游夔门，留下大量诗篇，因此白帝城又有“诗城”之美誉。

白帝城风景如画，古迹甚多。今天的白帝城系明清时候的建筑，有明良殿（见图2.2）、武侯祠（见图2.3）、观星亭（见图2.4）、望江楼（见图2.5）等建筑，还有刘备、诸葛亮、关羽、张飞等人的涂金塑像及风箱峡悬棺展览。

图2.2　明良殿

图2.3　武侯祠

图2.4　观星亭

图2.5　望江楼

白帝庙内陈列有瞿塘峡悬棺内的文物和隋唐以来73块书画碑刻，以及历代文物1 000余件，古今名家书画100余幅。其中“竹叶字碑”诗画合一，风格独特；“三王碑”镌凤凰、牡丹、梧桐，精美华丽，堪称瑰宝。

小贴士

夔门

夔门是三峡西大门，南白盐山，北赤甲山，拔地而起，双峰欲合，如门半开，故称“夔门”，素有“夔门天下雄”之称。与“剑门天下险、峨眉天下秀、青城天下幽”，并称巴渝名胜。

巫峡，位于重庆巫山和湖北巴东两县境内，西起巫山县城东面的大宁河口，东至巴东县官渡口，绵延45公里，包括金蓝银甲峡和铁棺峡。巫峡又名“大峡”，以“幽深秀丽”著称。峡谷特别幽深曲折，是长江横切巫山主脉背斜而形成的。整个峡区奇峰突兀，怪石嶙峋，峭壁屏列，绵延不断，是三峡中最可观的一段，宛如一条迂回曲折的画廊，充满诗情画意，可以说处处有景，景景相连。

小贴士

巫山十二峰

巫山十二峰被称为“景中景、奇中奇”，北岸由西向东依次为登龙、圣泉、朝云、神女、松峦、集仙六峰；南岸也有六峰，但江中能见到的依次为飞凤、翠屏、聚鹤三峰，其余净坛、起云、上升三峰并不临江。古文人以十二峰名编缀成诗：

曾步净坛访集仙，朝云深出起云连；
上升峰顶望霞远，月照翠屏聚鹤还。
才睹登龙腾汉宇，遥望飞凤弄晴川；
两岸不住松峦啸，断是呼朋饮圣泉。

请您欣赏

神女峰——峰上有一挺秀的石柱，形似亭亭玉立的少女，故名“神女峰”；每天最早迎来朝霞，又最后送走晚霞，故又称“望霞峰”（见图2.6）。据唐广成《墉城集仙录》载，西王母幼女瑶姬携狂章、虞余诸神出游东海，过巫山，见洪水肆虐，于是“助禹斩石、疏波、决塞、导厄，以循其流”。水患既平，瑶姬为助民永祈丰年，行船平安，立山头日久天长，便化为神女峰。

大宁河小三峡——是大宁河下游流经巫山境内的龙门峡、巴雾峡、滴翠峡的总称，南起龙门峡口，北至涂家坝，全长60公里，被誉为“中华奇观”、“天下绝景”（见图2.7）。

马渡河小小三峡——位于宁河滴翠峡支流马渡河畔，全长5公里，水流湍急，水清见底，峡江两岸，岩石如削，奇花异草，俯首可拾，抬头仰望，天开一线，环顾江岸，绿树成荫，是一处集旅游、探险和漂流等多功能于一体的风景区。小小三峡漂流，被誉为“中国第一漂”，是勇敢者磨炼意志和毅力的天堂（见图2.8）。

图 2.6　神女峰

图 2.7　大宁河小三峡

图 2.8　马渡河小小三峡

西陵峡在湖北宜昌市秭归县境内，西起香溪口，东至南津关，约长 66 公里，是长江三峡中最长、以滩多水急闻名的山峡。整个峡区由高山峡谷和险滩礁石组成，峡中有峡，大峡套小峡；滩中有滩，大滩含小滩。自西向东依次是兵书宝剑峡、牛肝马肺峡、崆岭峡、灯影峡四个峡区，以及青滩、泄滩、崆岭滩、腰叉河等险滩。

请您欣赏

兵书宝剑峡——又名“米仓峡”，位于新滩和香溪之间，长约 4 公里。峡谷北岸陡崖石缝中，看去好似放着一个像书卷的东西，传说是诸葛亮的“兵书”；兵书石的下面突起一根上粗下尖，竖直指向江中，酷似浮雕的一柄宝剑的石头，这是“宝剑石”（见图 2.9）。其实，所谓“兵书”，实为北岸悬崖石缝中的古代悬棺葬遗物，它下面的“宝剑”，只不过是一块崩落的绝壁上的突出的岩块。

图 2.9　兵书宝剑峡

牛肝马肺峡——两岸峰峦崔嵬，江面狭窄，江流湍急，北岸两团重叠而悬的钟乳石最为有趣。它们一团形似牛肝，一团形似马肺，牛肝马肺峡因此而得名（见图2.10）。

图2.10　牛肝马肺峡

崆岭峡——内有崆峪滩，是长江三峡中“险滩之冠”。滩中礁石密布，枯水时露出江面如石林，水涨时则隐没水中成暗礁，加上航道弯曲狭窄，船只要稍微不小心即会触礁沉没（见图2.11）。

灯影峡——又名“明月峡”，河谷狭窄，岸壁陡峭，峰顶奇石腾空，岩间瀑布飞泉。南岸马牙山上，有4块岩石屹立，形似《西游记》中的唐僧、孙悟空、猪八戒和沙和尚（见图2.12）。

图2.11　崆岭峡

图2.12　灯影峡

三峡特产：美景、美人、美石。美景有三峡自然风光、三峡人家、三峡大坝；美人有王昭君；美石有景观奇石幻彩虹、三峡浪。

知识链接

三峡人家

三峡人家属国家5A级风景区，位于长江三峡中最为奇幻壮丽的西陵峡境内，三峡大坝和葛洲坝之间，跨越秀丽的灯影峡两岸，面积14平方公里。

三峡人家之美，美在“湾急、石奇、谷幽、洞绝、泉甘”，它包括龙进溪、天下第四泉、野坡岭、灯影洞、抗战纪念馆、石牌古镇、杨家溪漂流等景区，其旅游内涵可以用“一二三四”来概括，即一个馆（石牌抗战纪念馆），两个特别项目（三峡人家风情项目和杨家溪军事漂流项目），三个第一（三峡第一湾——明月湾、中华第一神牌——石令牌、长江第一石——灯影石），天下第四泉——蛤蟆泉。其中三峡人家风情项目又分为水上人家、溪边人家、山上人家、今日人家。

古往今来，历代文人骚客用他们的灵性之笔，或写三峡人家，或写橹声帆影，或写蛤蟆甘泉，或写青山飞瀑，或写秀峰奇石……这些诗篇，使人恍若身临其境，饱览三峡人家的神奇景色和浓郁风情。

知识链接

三峡大坝

三峡大坝是世界第一大的水电工程，位于西陵峡中段的湖北省宜昌市境内的三斗坪，距下游葛洲坝水利枢纽工程38公里。三峡大坝工程包括主体建筑物工程及导流工程两部分，工程总投资为954.6亿元人民币。于1994年12月14日正式动工修建，2006年5月20日全线建成。

经国家防总批准，三峡水库于2011年9月10日零时正式启动第四次175米试验性蓄水，至18日19时，水库水位已达到160.18米。2012年7月23日，三峡枢纽开启7个泄洪深孔泄洪。上游来水流量激增至每秒4.6万立方米。2012年7月24日，三峡大坝入库流量达7.12万立方米/秒，是三峡水库建库以来遭遇的最大洪峰。

长江三峡风景区，是融游览观光、科考怀古、艺术鉴赏、文化研究、民俗采风、建筑考察等为一体的国家级旅游风景名胜区，散落其间的涪陵周易园、白鹤梁水下石铭、丰都名山、“江上明珠”石宝寨、“文藻胜地”张飞庙、“三国遗迹”白帝城、八阵图、屈原祠、古黄陵庙、三游洞、南津关等景点更是多不胜数。

小贴士

张飞庙三大看点

一看奇特的建筑艺术：这座具有1 700多年历史的庙宇，充分利用三峡库区地形的高差变化，依山取势，坐岩临江，形成“品”字结构。现存张飞庙是经过历代整修留下来的，基本上汇集历代建筑的精华。结义楼、得月亭、正殿等10多处独具特色的古建筑构成一幅完美的山水立体画，有“巴蜀胜景”之美誉。

二看瑰丽的书法艺术：庙内现存大量的书法珍品，远至汉唐，近至明清，无数名人墨客在这里挥毫抒情，赋诗留联。现在馆内收藏的碑刻、楹联、匾额、字画等800多件，流派众多，风格各异。在字画廊、碑室、助风阁、《出师表》展室等亭阁里，能看到琳琅满目的题刻汇集了各种书画珍品，成就张飞庙“文藻胜地”的地位。

三看深蕴的历史文化：张飞庙是当地老百姓为了纪念三国猛将张飞而修建的，里面用雕塑再现了张飞的英雄事迹。游客来到这里，不仅可以在解说员的娓娓道来中了解张飞耿直豪爽的性格，而且可以回顾悠久的三国文化和历史。

知识链接

屈原祠

屈原祠包括山门、大殿和左右配殿等建筑。山门为四柱三楼式碑坊，高14米，正中额题“清烈公祠”四字，两侧榜题“孤忠”“流芳”。新祠山门保持清烈公祠原貌，扩大规模，有高17米的牌楼，配房向左右各扩展7米。牌楼盖琉璃瓦，一级屋角为鳌鱼，二级为卷龙，三级为草龙。正中脊饰为宝瓶。牌楼正面，中为天明堂。左右为二龙盘柱，中嵌郭沫若题“屈原祠”三字。额枋为襄阳王树人题“孤忠流芳”，门匾为张秀题“光争日月”。整体建筑气势磅礴，耸立桔树丛中。一级屋脊下饰飞凤，天明堂下为松鹤延年，两旁为麒麟吐玉书，墙面花边为卷草汉纹、回纹等。内有屈原铜像、屈原石雕像、碑廊、屈大夫墓、屈原纪念馆，上下展厅设有“秭归出土文物展览”和“屈原生平事迹展览”。

到三峡游玩用餐多在船上，在五星级游轮上，川鄂美味应有尽有，但在船上用餐价格自然不会便宜。想真正了解三峡的饮食，还是应该下了船，走到农家的集市前，坐下来吃些地方的特色小吃，包括用鱼虾和地方山珍做的菜，也有一些更朴实的菜品。三峡的美食不但味道鲜美，而且很多还是“大有来头”的历史名菜：曹操曾大设萝卜宴犒劳三军将士、“张飞鱼”的美丽故事千年流传、昭君桃花鱼至今仍是春季时节的传统名菜……一言概之，三峡美食既有川菜善于利用麻辣而不囿于麻辣的优点，又有鄂菜善于烹鱼和蒸菜的特长，绝对是来三峡旅游不错的享受。

知识链接

昭君桃花鱼

相传西汉元帝，和亲匈奴的王昭君入宫前路过香溪河时，因故土难离，伤心不已，泪流满面，用来擦拭眼泪的香罗帕当时已被眼泪浸透，于是她就到香溪河边去洗香罗帕。当她把香罗帕往水中一放，溪水顿时芳香四溢；当她一串串伤心的泪珠落到溪水中后，就又变成了一群群状如团伞，轻若罗绡，颜色各异的桃花鱼。

2.1.2 作品赏析

快速阅读，理清文章结构，并做简要概述；找出描写瞿塘峡、巫峡、西陵峡不同特点的句子，最后分别用两个字概括其特点。

长江三峡

刘白羽

在信中，我这样叙说：“这一天，我像在一曲雄伟而瑰丽的交响乐中飞翔。我在海洋上远航过，我在天空中飞行过，但在我们的母亲河流长江上，第一次，为这样一种大自然的伟力所吸引了。”

蒙眬中听见广播说，到了奉节。“江津号”停泊时，天已微明。起来看了一下，峰峦刚刚从黑夜中显露出一片灰蒙蒙的轮廓。启碇续行，我来到休息室里。只见前边两面悬崖绝壁，中间一条狭长的江面，船已进入瞿塘峡了。江随壁转，前面天空上露出一片金色阳光，像横着一条金带，其余各处还是云海茫茫。瞿塘峡口为三峡最险处。杜甫《夔州歌》云："白帝高为三峡镇，瞿塘险过百牢关。"古时歌谣说："滟滪大如马，瞿塘不可下；滟滪大如猴，瞿塘不可游；滟滪大如龟，瞿塘不可回；滟滪大如象，瞿塘不可上。"这滟滪堆原是对准峡口的一堆黑色巨礁。万水奔腾，冲进峡口，便直奔巨礁而来，你可想象得到那真是雷霆万钧。船如离弦之箭，稍差分厘，便会撞得粉碎。现在，这巨礁早已炸掉。不过，瞿塘峡中依然激流澎湃，涛如雷鸣，江面形成无数漩涡。船从漩涡中冲过，只听得一片哗啦啦的水声。过了八公里长的瞿塘峡，乌沉沉的云雾突然隐去，峡顶上一道蓝天，浮着几小片金色浮云，一柱阳光像闪电样落在左边峭壁上。右面峰顶上一片白云像银片样发亮了，但阳光还没有降临。这时，远远前方，层峦叠嶂之上，迷蒙云雾之中，忽然出现一团红雾。你看，绛紫色的山峰衬托着这一团雾，真美极了，就像那深谷之中反射出红色宝石的闪光，令人仿佛进入了神话境界。这时，你朝江流上望去，也是色彩缤纷：两面巨崖，倒影如墨；中间曲曲折折，却像有一条闪光的道路，上面荡着细碎的波光；近处山峦，则碧绿如翡翠。时间一分钟一分钟过去，前面那团红雾更红更亮了。船越驶越近，渐渐看清有一高峰亭亭笔立于红雾之中，渐渐看清那红雾原来是千万道强烈的阳光。八点二十分，我们来到这一片明朗的金黄色朝晖之中。

抬头望处，已到巫山。上面阳光垂照下来，下面浓雾滚涌上去，云蒸霞蔚，颇为壮观。刚从远处看到的那个笔直的山峰，就站在巫峡口上，山如斧削，隽秀婀娜。人们告诉我，这就是巫山十二峰的第一峰。它仿佛在招呼上游来的客人说："你看，这就是巫山巫峡了。"江津号"紧贴山脚进入峡口。红彤彤的阳光恰在此时射进玻璃厅中，照在我脸上。峡中，强烈的阳光与乳白色云雾交织在一起，数步之隔，这边是阳光，那边是云雾，真是神妙莫测。几只木船从下游上来，帆给阳光照得像透明的白色羽翼。山峡越来越狭，前面两山对峙，看去连一扇大门那么宽也没有，而门外完全是白雾。

知识链接

巫山十二峰之由来

传说很久以前，长江巫峡南岸翠屏峰下的青石洞里，住着12条蛟龙。一天，这12条恶龙出了山洞，搅得巫峡上空天昏地暗，百姓们被大风卷上天空，房屋树木被飞沙走石打得稀烂，人畜死伤无数。这时，西王母的小女儿瑶姬正好从东海云游归来，她驾着彩云路过巫山上空时，看到12条恶龙为非作歹，十分生气。瑶姬用手一指，天上响起了惊天动地的炸雷，把12条恶龙炸成了千万段碎尸，纷纷落下地来。可是，恶龙的碎骨堆成了一座座崇山峻岭，利刃般的山峰直插云霄，填满了河谷，堵塞了水道。江水急剧上涨，淹没了村庄、田野和城镇，眼看就要把四川变成一片汪洋大海了。瑶姬情急之中想起了治水英雄大禹，连忙驾云去找大禹来帮忙。大禹听说后，一口气赶到巫山。他挥舞神斧，驱赶神牛，不停地开山疏流。谁知恶龙化成的山石坚硬无比，怎么也劈不开。瑶姬被大禹治水的精神感动了，又邀请她的姐姐们下凡来帮助大禹开凿河道。她还回到天宫，向王母娘娘搬兵求救。王母十分疼爱她的小女儿，就趁玉皇大帝午睡的时候，到他的宝库中找到治水天书，授予了大禹。大禹得到宝书后，呼风唤雨，用雷炸，用电击，用水浇，很快劈开了三峡，疏通了积水，从此，四川变成了物产丰富的“天府之国”。大功告成之后，瑶姬本来要回天宫去的，但是，她看到还有很多恶龙尸骨化成的顽石隐藏在江水里，形成了无数暗礁险滩，来往的船只经常被阻或触礁沉没。瑶姬放心不下，决定和她的11个姐姐一起留下来，为船工们导航。天长日久，12位仙女化作了12座山峰，耸立在幽深秀美的巫峡两岸。

八点五十分，满船人都在仰头观望。我也跑到甲板上，看到万仞高峰之巅，有一细石耸立，如一人对江而望，那就是充满神气色彩的传说的美女峰了。据说一个渔人在江中打鱼，突遇狂风暴雨，船覆灭顶。他的妻子抱着小孩从峰顶眺望，盼他回来，一天一天，一月一月，他终未回来，而她却依然不顾晨昏，不顾风雨，站在那儿等候着他——至今还在那儿等着他呢。

如果说瞿塘峡像一道闸门，那么巫峡简直像江上一条迂回曲折的画廊。船随山势左一弯，右一转，每一曲，每一折，都向你展开一幅绝好的风景画。两岸山峰连绵不断，山势奇绝，巫山十二峰各有各的姿态，人们给它们以很高的评价和美的命名，使我们的江山增加了诗意。而诗意又是变化无穷的：突然是深灰色石岩从高空直垂而下，浸入江心，令人想到一个巨大的惊叹号；突然是绿茸茸的草坂，像一支充满幽情的乐曲。特别好看的是悬崖上那一堆堆给秋霜染得红艳艳的野草，简直像是满山杜鹃了。峡陡江急，江面布满大大小小的漩涡，船只能缓缓行进，像一个在崇山峻岭之间慢步前行的旅人。但这正好使远方来的人有充裕时间欣赏这莽莽苍苍、浩浩荡荡长江上大自然的壮美。苍鹰在高峡上盘旋，江涛追随着山峦激荡，山影云影，日光水光，交织成一片。

十点，江面渐趋广阔，“江津号”急流稳渡，穿过了巫峡。十点十五分到巴东，进入湖北境内，十点半到牛口，江浪汹涌，船在浪头上摇摆着前进。江流刚奔出巫峡，还没来得及喘息，却又冲入第三峡——西陵峡了。

西陵峡比较宽阔，但是江流至此变得特别凶恶，处处是急流，处处是险滩。船一下像流星随着怒涛冲去，一下又绕着险滩迂回浮进。最著名的三个险滩是：泄滩、青滩和崆岭滩。初下泄滩，看着那万马奔腾的江水，到这里突然变成千万个漩涡，你会感到江水简直是在旋转不前。“江津号”剧烈地震动起来。这一节江流虽险，却流传着无数优美的传说。十一点十五分到秭归。秭归是楚先王熊绎始封之地，也是屈原的故乡。后来屈原被流放到汨罗江，死在那里。民间流传着：屈大夫死日，有人在汨罗江畔看见他峨冠博带，骑一匹白马飘然而去。又传说：屈原死后，被一条大鱼驮回秭归，终于从流放之地回到故乡。这一切初听起来过于神奇怪诞，却正反映了人民对屈原的无限怀念之情。

秭归正面有一大片铁青色礁石，森然耸立江面。经过很长一段急流才绕过泄滩。在最急峻的地方，“江津号”用尽全副精力，战斗着、震颤着前进。急流刚刚滚过，前面有一奇峰突起，江水沿着这山峰右面流去。山峰左面却又出现一道河流，原来这里就是王昭君诞生地香溪。它一下就令人记起杜甫的诗：“群山万壑赴荆门，生长明妃尚有村。”我们遥望了一下香溪，船便沿着山峰进入一道无比险峻的长峡——兵书宝剑峡。这儿完全是一条窄巷。我到船头上，抬头仰望，只见黄石碧岩，高与天齐。再行驶一段，就到了青滩。江面陡然下降，波涛汹涌，浪花四溅，你还没来得及仔细观看，船已像箭一样迅速飞下，巨浪被船头劈开，旋转着，合在一起，一下又激荡开去。江水像滚沸了一样，到处是泡沫，到处是浪花。船上的同志指着岩上一处乡镇告诉我：“长江航船上很多领航人都出生在这儿……就是木船要想渡过青滩，也得请这儿的人引领过去。”这时我正注视着一只逆流而上的木船，看起来这青滩的声势十分吓人，但人们只要从汹涌浪涛中掌握了一条前进的途径，也就战胜大自然了。

小贴士

香溪

香溪位于西陵峡口长江北岸，距重庆市区 572 公里，又名昭君溪，《水经注》称乡口溪，《清史稿》称县前河，传说王昭君出塞前常于溪中浣洗香罗帕，溪水尽香，故名。相传香溪上游宝坪村乃汉元帝妃子王嫱（王昭君）出生地，宝坪村又叫“明妃村”。宝坪村四周秀山碧水，层烟叠翠，茂林修竹，橘树连片，尚有许多纪念昭君姑娘的建筑和遗迹，如“昭君宅”、“梳妆台”、“楠木井”、“望月楼”等。现已新建昭君陈列馆，展示了昭君作为和平使者出嫁塞外的实情实景和传说故事。

中午，“江津号”到了崆岭滩跟前。长江上的人都知道：“泄滩青滩不算滩，崆岭才是鬼门关。”可见其凶险了。眼看一片灰色礁石布满水面，船抛锚停泊了。原来崆岭滩一条狭窄航道只能过一只船，这时有一只江轮正在上行，我们只好等着。谁知竟等了好久，可见那上行的船是如何小心翼翼了。“江津号”驶下崆岭滩时，只见一片乱石林立，我们简直不像在浩荡的长江上，而是在苍莽的丛林中寻找小径跋涉前进了。

文学常识

《长江三日》特色

《长江三日》写作家乘“江津号”自重庆顺流而下穿过三峡的沿途见闻与感受。

作者笔下的长江一会儿激流澎湃，涛如雷鸣；一会儿安静温柔，像微微拂动的丝绸；一会儿万瀑悬空，砰然万里；一会儿旋转不前，一千个、一万个漩涡。仿佛长江在高唱、在低吟、在咆哮、在深思。那云雾变幻、朝晖夕照、电闪雷鸣，更给这显示大自然生命力的河流增添了无限的诗意。

在作者笔下，江轮在前进，景色在变幻，思潮在翻腾。长江三峡气象万千的壮丽景色，同作家胸中汹涌澎湃的战斗激情，完全交融在一起了，使作品充满着一种时代精神、战斗激情和英雄光彩。

2.1.3 能力训练

1. 查找吟咏长江三峡的诗词，集锦成册。

2. 大型电视纪录片《话说长江》是中央电视台20世纪80年代最受欢迎的电视纪录片，也是中国纪录片的高峰。虹云和陈铎两位老艺术家绘声绘色的解说，浓墨重彩、翰墨华章的解说词，长江两岸的旖旎风光，以及长江从古到今的传奇故事……还有那首脍炙人口的《长江之歌》，教人回肠荡气。请根据表2-1提供的网址，选取3~5个片段欣赏。

表2-1 《话说长江》的网址

集数	名称	网址
第1集	源远流长	http://jilu.cntv.cn/humhis/huashuochangjiang/classpage/video/20100126/100838.shtml
第2集	巨川之源	http://jilu.cntv.cn/humhis/huashuochangjiang/classpage/video/20100126/100839.shtml
第3集	金沙的江	http://jilu.cntv.cn/humhis/huashuochangjiang/classpage/video/20100126/100841.shtml
第4集	四川盆地	http://jilu.cntv.cn/humhis/huashuochangjiang/classpage/video/20100126/100848.shtml
第5集	岷江秀色	http://jilu.cntv.cn/humhis/huashuochangjiang/classpage/video/20100126/100843.shtml
第6集	成都漫步	http://jilu.cntv.cn/humhis/huashuochangjiang/classpage/video/20100126/100842.shtml
第7集	峨眉凌云	http://jilu.cntv.cn/humhis/huashuochangjiang/classpage/video/20100126/100847.shtml
第8集	从宜宾到重庆	http://jilu.cntv.cn/humhis/huashuochangjiang/classpage/video/20100126/100858.shtml
第9集	大足石刻	http://jilu.cntv.cn/humhis/huashuochangjiang/classpage/video/20100126/100852.shtml
第10集	川江两岸	http://jilu.cntv.cn/humhis/huashuochangjiang/classpage/video/20100126/100851.shtml
第11集	壮丽的三峡	http://jilu.cntv.cn/humhis/huashuochangjiang/classpage/video/20100126/100855.shtml
第12集	长江第一坝	http://jilu.cntv.cn/humhis/huashuochangjiang/classpage/video/20100126/100856.shtml
第13集	荆江览古	http://jilu.cntv.cn/humhis/huashuochangjiang/classpage/video/20100126/100887.shtml
第14集	洞庭天下水 岳阳天下楼	http://jilu.cntv.cn/humhis/huashuochangjiang/classpage/video/20100127/100671.shtml
第15集	从武赤壁到 文赤壁	http://jilu.cntv.cn/humhis/huashuochangjiang/classpage/video/20100127/100672.shtml
第16集	庐山独秀	http://jilu.cntv.cn/humhis/huashuochangjiang/classpage/video/20100127/100677.shtml
第17集	瓷都景德镇	http://jilu.cntv.cn/humhis/huashuochangjiang/classpage/video/20100127/100678.shtml

续表

集数	名称	网　址
第18集	佛教圣地九华山	http://jilu.cntv.cn/humhis/huashuochangjiang/classpage/video/20100127/100681.shtml
第19集	飞红滴翠记黄山	http://jilu.cntv.cn/humhis/huashuochangjiang/classpage/video/20100127/100685.shtml
第20集	古城南京	http://jilu.cntv.cn/humhis/huashuochangjiang/classpage/video/20100127/100682.shtml
第21集	漫话扬州	http://jilu.cntv.cn/humhis/huashuochangjiang/classpage/video/20100127/100688.shtml
第22集	镇江三山	http://jilu.cntv.cn/humhis/huashuochangjiang/classpage/video/20100127/100692.shtml
第23集	太湖平原	http://jilu.cntv.cn/humhis/huashuochangjiang/classpage/video/20100127/100695.shtml
第24集	黄浦江畔	http://jilu.cntv.cn/humhis/huashuochangjiang/classpage/video/20100127/100696.shtml
第25集	走向大海	http://jilu.cntv.cn/humhis/huashuochangjiang/classpage/video/20100127/100691.shtml

3. 讲解自己喜欢的一处长江三峡景点。

2.2 漓　江

导　读

漓江发源于“华南第一峰”——猫儿山，全长437公里，南流至兴安县司门前附近，东纳黄柏江，西受川江，合流称溶江；由溶江镇汇灵渠水，流经灵川、桂林、阳朔，至平乐，汇入西江。

“世上无水不东流”是因为地球西部地形高，东部地形低所造成的，但唯有湘江的水是由南向北而去，漓江的水由北向南而下，所谓“湘漓分流”、“相离而去”，漓江故此得名；漓江的“漓”字，在字典里面是清澈、透明的意思，大概也是漓江名称最佳的含义。

漓江两岸的山峰，神韵各异，千姿百态，奇峰峻石争先恐后地涌入江水，群峰沉碧，一江神奇。漓江，是中国锦绣河山的一颗明珠，是桂林风光的灵魂，是桂林风光的精髓。

漓江风景如图2.13所示。

图2.13　漓江风景

2.2.1 漓江介绍

漓江风景区指的是由溶江镇汇灵渠水，流经灵川、桂林、阳朔，至平乐一段，全长160公里。漓江风景区是世界上规模最大、风景最美的岩溶山水游览区之一，千百年来它不知陶醉了多少文人墨客。漓江两岸山峰，伟岸挺拔，形态万千。石峰上，片片茸茸灌木和小花，若美女身上的衣衫；堤坝上，碧绿凤尾竹，似少女的裙裾，随风摇曳，婀娜多姿。最可爱的是山峰倒影，几分朦胧，几分清晰，渔舟轻驾，俯看水中真是“船在青山顶上行”。

漓江自桂林至阳朔83公里水程，酷似一条青罗带，蜿蜒于万点奇峰之间，沿江风光旖旎，碧水萦回，奇峰倒影、深潭、喷泉、飞瀑参差，构成一幅绚丽多彩的画卷，人称“百里漓江、百里画廊”。

小贴士

百里画廊

百里漓江，依据景色的不同，大致可分为3个景区：第一景区，桂林市区至黄牛峡；第二景区，黄牛峡至水落村；第三景区，水落村至阳朔。正如著名文学家韩愈诗句所言：“江作青罗带，山如碧玉簪”，3个景区的这一段水路被誉为“百里画廊”。

江水依山而转，尤以草坪、杨堤、兴坪为胜，景致美不胜收。五大风景为杨堤烟雨、浪石仙境、九马画山、黄布倒影、兴坪佳境。

请您欣赏

杨堤烟雨——雨中的杨堤，云绕千峰，瀑悬飞练，船影若幻，雨浪如烟，周围的一切全都变得朦朦胧胧、如幻似梦（见图2.14）。

浪石仙境——两岸奇峰挺秀，水碧山青，茂林翠竹，村舍古韵，风景宜人。特别是倒映江中的疏林、群峰、远山，有如淡墨浑挥，化入天际，沉入水中。船浪过处，犹如卷动的山水画卷（见图2.15）。

图2.14 杨堤烟雨

图2.15 浪石仙境

九马画山——临江绝壁上沿渗水带生长的藻类等低等生物死亡、钙化而形成了颜色不同、深浅有别的山崖色带，恍似天然骏马图（见图2.16）。当地有歌谣：“看马郎、看马郎，问你神马有几双？看出七四中榜眼，能见九四状元郎。”

图 2.16　九马画山

黄布倒影——蓝天白云下，山似玉笋瑶簪，峰像青髻螺黛，黄布滩附近的漓江波平似镜，水中镜影格外的美丽、清晰，享誉“黄布倒影”（见图 2.17）。

每当竹排、渔舟破镜人画，黄布滩附近的倒影凝就了“分明看见青山顶，船在青山顶上行”的诗情画意。

兴坪佳境——从兴坪回望中心，一个美丽的绿洲如翡翠镶嵌在画屏中央，还有那里时常呈现出的鸬鹚渔火、水牛牧歌，给人一种回归大自然的野趣（见图 2.18）。

新版 20 元人民币背面所印的漓江山水也正是从这个角度逆水取景的。

图 2.17　黄布倒影

图 2.18　兴坪佳境

漓江酷似一条青罗带，蜿蜒于万点奇峰之间，构成了一幅绚丽多彩的画卷，令人惊叹不已。唐代大诗人韩愈曾以“江作青罗带，山如碧玉簪”的诗句来赞美这条如诗如画的漓江。

知识链接

罗带玉簪的传说

织女在天上是把好手，织的绫、罗、绸、缎、锦，在天上数第一。玉皇大帝最看重她，专门为她造了织锦殿，并且规定，织女织的绫、罗、绸、缎、锦，专供玉皇大帝一家使用。

于是，就只有王母娘娘和王子王孙们才有福气穿织女织的布料了。玉皇大帝和王母娘娘把织女织的布料当宝贝，哪怕遇上再大的庆典，也不肯拿织女织的布料赏给众星官一寸半尺。

这样，织女的地位越显得高了，不仅天上闻名，连人间也知晓。织女也神气极了，除了在王母娘娘面前低声下气外，一遇上别的仙女们，总是把头抬得高高的，不理人。

织女在天上得意，其他的仙女们就遭灾。因为众星官穿不上一件像样的衣服，上朝议事时，和玉皇大帝、王母娘娘穿的一比，就显得土里土气的。他们很憋气，都回各人仙府中拿府中的仙女们出气，骂她们是笨蛋，连像样的布料都织不出。有的仙女不仅挨骂，还要挨打。

仙女们没办法，一个个都跑到织锦殿去，要拜织女做师傅学手艺。

织女才不干呢："都学会了，都能织出好布料，我织女在天上的名声和地位岂不完了。"因此，来一个她推一个，来两个她辞一双，好话和她讲了千担万箩，她横直就是不答应收徒弟。后来，她见向她拜师求艺的仙女像七月七为她架鹊桥的喜鹊一样一个接一个，腻烦了，干脆把织锦殿的大门关得严严实实的，谁也别想见到她的面。

织女这么傲慢，把天上的众仙女们都惹火了，她们跑到广寒宫，请嫦娥出主意。嫦娥织布也织得不好，她身上穿的漂亮衣服还是奔月时从人间带来的呢，所以教不了仙女们。她为仙女们出主意："织女的手艺原来也不怎么样，好手艺是她当年偷下凡尘时向人间姑娘学的。我也是从人间来的，人间能人就是多，漓江边就有一个织布手艺比织女更高的姑娘，你们何不到人间去拜她为师!"

仙女们一听很高兴，可是她们没有一个到过人间，谁也不敢去，便都央求嫦娥："嫦娥姐姐，你是从人间来的，就回去一趟吧，熟门熟路的容易找。"

嫦娥很乐意为仙女们解急难，答应了。她走到广寒宫前的桂花树下，伸手摘下一粒桂花籽朝人间丢去，说："让桂花来为我们搭桥吧!"这粒桂花籽就滴溜溜的地落到漓江源头一家人家的庭院里。那时的漓江远远没有现在美丽，水没现在清，两岸也尽是土岭。

漓江的发源地叫海洋山，山下住着巧姑和她娘。

巧姑心灵手巧，是织布的好手，别说百余里漓江，就是人间恐怕也难找出第二个。她织得真是又快又好，能织各式各样图案，织花花喷香，织水水能流，织的走兽能奔跑，织的鸟儿会唱歌。

母女二人，就靠巧姑这双巧手织布过日子。

这天晚上，月亮亮光光，巧姑借着月光，把布机摆在院子里正在飞梭织布，突然"啪嗒"一声，从天上掉下一颗黄爽爽的豆豆来。巧姑捡起来一看，中间圆，两头尖，不知是什么种子，就顺手种在庭院里。

真是天大的怪事：巧姑刚把种子种下地，这粒种子就发芽了，巧姑回厨房洗手转出院子，芽儿就长成了一人多高的树。巧姑见了大声喊："娘快出来看稀奇!"等她娘出来看时，这蔸树已长得高过屋顶了。细一看，原来是一蔸从未见过的树，她们哪知道这是月宫才有的桂花树呀。母女俩就一直看着桂花树长呀，长呀，一直长到天上去了。

桂花树一长到月亮上的广寒宫前就不长了。嫦娥一见，就对仙女们说："我先下凡去帮你们找师傅，找到师傅后，我再叫桂花树长上来接你们。"

嫦娥站到树梢上，桂花树就一个劲地往地面缩，一会儿，就缩成普通树儿一般大，嫦娥也就跟着来到人间。

巧姑母女俩见桂花树长上天去又缩回来，树梢上还站着个姑娘家，吓得母女俩偎依着不敢出气。后来还是巧姑胆子大些，上前一步问："你是人是妖，怎么来此惊扰我们！"

嫦娥见巧姑母女吓成这样，嘻嘻笑起来："我不是妖，本是人，后来上天成了仙，月亮上的嫦娥就是我，大娘巧姑莫吃惊。"话说得就像数顺口溜。说罢，跳下树来。

母女俩听说是月宫里的嫦娥仙子，顿时就高兴起来了，又摆凳子又端茶，热情相待。

嫦娥哪顾得喝茶，忙对巧姑说："天上的仙女晓得你的手艺顶呱呱，织的布料好，硬要我下来请你为师呢！"说罢，就要代仙女们行拜师大礼。

巧姑一听着了急，忙摆手说："使不得，使不得，织女天上闻名，人间也知晓，天上的仙女何不就近拜织女做师傅呢？"

嫦娥将织女不愿教，害得天上仙女们挨打遭骂的事一一数给巧姑听。巧姑是个软耳朵，直心人，听了后心里也有气："想不到织女肚里弯弯拐拐多，我就要为仙女们出口气！"满口答应教仙女们。不过有一条，只在人间教，不愿上天庭。

嫦娥见巧姑答应了，乐得合不拢嘴，走过去拍拍桂花树说："桂花树，快把仙女们接下来。"桂花树又向上长，一直长到广寒宫前，正在广寒宫前等消息的仙女们知道桂花树是来接她们的，都一窝蜂地往桂花树上爬。桂花树被挤得像果实累累的人参果树，树梢梢、树丫杈都挂满了仙女。

桂花树缩到地面。仙女们一个个从树上跳下来，堂屋挤不下，庭院盛不下，没有一千，也不止九百八。这么多仙女"叽叽喳喳"的，可热闹了。

巧姑她娘乐极了："巧姑呀，你看看，这些仙女们都长得水灵灵的，可惜没有漂亮衣服穿，你快教她们吧！"

巧姑却急坏了："这么多仙女，叫我怎么教呀？"

嫦娥也觉得不妥，天上的仙女们都跑到人间学艺来了，不仅乱了天庭，也扰了人间。她就出了个好主意，推选几个向巧姑学，学会后再回天上教大家。

没多会，大家就选出了7位心灵手巧的仙女，行了拜师大礼，别的仙女就由桂花树送上天庭去了。

从此，每到月亮出来的时候，桂花树就长到广寒宫把7位仙女接到人间，巧姑手把手地教她们。月亮不出来的时候，这七位仙女在天上把学到的手艺又手把手教给天上的仙女们。天上的仙女，个个都是心灵手巧的，不用很久，抽纱、纺线都学会了。又过不久，都能在布机上织出布料来了。再过一段时间，个个都能在布料上织出好看的图样了。

不用说，天上各府文武星官的穿戴都慢慢好起来了，再不像以前那样土头土脑的。

玉皇大帝觉得怪，以为他们的衣料也是织女织的。召织女来一问，不是。派人一打听，才知道是天上的仙女们到凡间向巧姑学的。

玉皇大帝胡子气得翘翘的："要是都和我一样穿得好，还能显我的尊严么？"便要以私自下凡为名，通通治罪。

王母娘娘在一旁提醒说："各文武星官府第的仙女都去了，都治罪，不出乱子才怪呢！不如就汤下面条，召巧姑上天和织女比试，如果胜过织女，让她长住天庭为我们织布，岂不一举两得！"

玉皇大帝连连称："好主意，好主意！"忙下圣旨，叫嫦娥速到凡间召巧姑上天比手艺。

巧姑本来不想上天庭，又怕天上的仙女们因此受罪，只得跟着嫦娥，从桂花树上天去了。

这次巧姑和织女比织布手艺，玉皇大帝破了大例，亲自做主考。

第一场赛花样。巧姑和织女当着玉皇大帝的面献技，各织了一匹锦，呈送到玉皇大帝面前。玉皇大帝将两匹锦放在龙案上观赏，只见巧姑在锦上织的花漂亮又逼真，还有香味，织的鸟展翅欲飞，张嘴欲唱。把玉皇大帝看迷了。相比之下，织女织的锦呆板又难看。

第一场赛花样，巧姑赢了织女。

第二场赛色彩。巧姑和织女当着玉皇大帝的面，各织了一匹绸，呈送到玉皇大帝面前。这一场是织女赢了，因为织女织的绸是用天上黄云抽丝纺成的轻纱织成的，花样虽差，却黄灿灿的鲜亮得很。巧姑织的绸是用人间的棉纱织的，花样虽好，却不鲜亮。

两场比赛，各赢一场，还分不出高低。玉皇大帝又传旨，再加一场织绫罗比赛。比花样、比色彩，还要比谁织得快，织得多，百日之后见高低。

织女以为自己织得不慢，库房里又备有现成的轻纱，第三场准赢无疑。临走，在巧姑面前哼了一声："凭你凡间的棉纱，也敢和我比高低，也想夺我的金饭碗，毁我的好名声。"

巧姑才不想夺织女的金饭碗呢，更不想毁织女的名声，她只是想治一治织女的傲气。可第三场比赛要想胜织女又很难。难什么呢？比快、比花样，巧姑都不怕。比色彩，人间却无轻纱。

巧姑回到家，白天想轻纱，晚上做梦也梦轻纱。

嫦娥和7位仙女从天上下来，替巧姑想办法。

嫦娥说："要轻纱好办，我们把天上的云彩虹拖下来抽丝纺纱。"

巧姑摇摇头："天上的云彩和彩虹我都不能要，我只能在人间找轻纱。"

这就难办了。有一个仙女想呀想呀，想得头皮发痒也想不出个好办法，急得她抽下头上的碧玉簪挠头痒。另一仙女伸手把她的玉簪夺过来，说："你还有心思在这里抓痒痒呢？"顺手丢到庭院外，正好插在漓江边的山坡下。

这玉簪是天上仙女用的，带着天上的灵气，插到地上后，遇着地下灵气，就猛然变大了，一会儿就变成一座玲珑剔透的石山。最有趣的是，从玉簪山下还"丝丝"响着冒出缕缕岚气。巧姑见了，眼睛一亮，忙跑到玉簪山下，把缕缕岚风收拢，拿回庭院里，和仙女们一起抽成丝，拧成轻纱。把轻纱对着月光一看，轻飘飘的，柔柔软软的，青里透蓝，蓝中泛绿，真是太美了。

可惜一座山的岚气太少，不够用。

第二天晚上，嫦娥和七位仙女把天上的仙女们都请到巧姑家，她们把头上插的碧玉簪拔下来了，把首饰箱里的碧玉簪也全带来了。她们将碧玉簪从漓江的源头，一直插遍了漓江两岸。很快，这些碧玉簪都化成了玉簪山。座座玉簪山下，都"嗞嗞"地冒出一团团、一缕缕岚气。整条漓江，烟岚缭绕。

仙女们又帮着巧姑，把岚气收拢，抽成丝，拧成纱，一扎扎，一捆捆便堆满巧姑的家，垛满巧姑家的庭院。

仙女们帮巧姑把轻纱备足了，才回天上去。

有了轻纱，巧姑便架好织机织起绫罗来。她织的花样太好看了，把世间最美丽的鲜花、最机灵的百鸟、最优美的图案都织到绫罗上。不仅织的花样好看，还织得快极了，绫罗就像漓江水从织机哗哗流淌下来，日也织，夜也织，织到第九十九天，巧姑把仙女们为她备好的轻纱都织成了绫罗。织成的绫罗堆满屋，堆满庭院。

巧姑也累坏了，该好好歇一晚，准备第二天上天庭和织女比高低。

那天两场比赛后，织女也不敢小看巧姑。回到织锦殿后，急急忙忙地躲进库房里挑选好轻纱。最后，她选中了用天上红霞抽丝纺成的红纱。她也是拼命地织呀、织呀，织了98天半，红纱都织成了绫罗，她也停机了。定输赢也不在乎这一天半天，何不趁今天到凡间走走，打听打听巧姑织了多少，花样色彩如何。

于是，织女美地织歇了半天，到晚上，她就驾着一朵彩云飘到人间，来到巧姑家。织女一进庭院，就被巧姑织的绫罗堆惊呆了，比她织的多好几倍呢！她见巧姑不在，就偷偷地抽出一匹，就着月光展开一看，惊得她张大嘴巴合不拢，只见巧姑织的绫罗图案比她织的美，用料也比她用的精，那青中透蓝、蓝里泛绿变化无穷的色彩，更是比她用红纱织的单一的红绫罗好看千万分。

看来，明日在玉皇大帝面前和巧姑比高低，织女她是定输无赢得了。

织女气得差点瘫在地。可她又不甘心，此次一输，玉皇大帝定然要冷落她，天上人间，她的名声也要完蛋了。织女下狠心："我赢不了巧姑，巧姑也别想赢我！"织女到天上后，也从天上神仙那儿学到点怪名堂。她驾云飞到巧姑家附近的一座山顶，深吸一口气，把气憋得足足的，用力向巧姑家吹去，就驾起彩云回天上去了。

织女来捣鬼的时候，巧姑正在屋里睡觉，多日辛苦一觉补，睡得正甜呢！猛然间，一阵狂风吹来。这阵风来得怪，树不摇，屋不晃，单单向绫罗堆刮来。巧姑听见响声醒了，和她娘出屋一看，只见码在庭院里的绫罗被风卷着，一匹接一匹地散开，一匹接一匹地飘下漓江。狂风把院内绫罗卷完了，又接着卷屋里的。巧姑和她娘去扑救，却拉也拉不住，扯也扯不回。把全部绫罗卷进漓江，风也停了。

巧姑和她娘急忙追到漓江边，只见满江的绫罗直往下游漂去。巧姑赶紧伸手去捞，却捞不起了。原来绫罗全都溶在江水里。

从此漓江从源头到小埗头，两岸的山特别清秀，因为这些山是仙女们的碧玉簪化成的玉簪山，水特别的清澄碧绿，因为巧姑织的青中透蓝，蓝里透绿的绫罗也刚好漂到小埗，溶进了江水里的缘故。江水就像青罗带一样漂亮。

到漓江旅游，可以体验众多少数民族的民间节庆活动，可以品尝到米粉、清蒸漓江桂鱼、漓江啤酒鱼、阳朔田螺酿、苗家"羊瘪汤"、壮家五色糯米饭、巴马香猪、南宁武鸣柠檬鸭等美味。

小贴士

壮家五色糯米饭

壮家五色糯米饭又称"五色饭"、"花色饭"、"乌米饭"，民间节日传统食品。将红兰草、黄花、枫叶、紫番藤的根茎或花叶捣蛋烂，取汁分别浸泡糯米，然后蒸熟，成为红、黄、兰、紫四色，加上糯米本色，构成五色饭。色彩缤纷，香味袭人。每年农历三月三日清明时节，家家户户都有做五色饭，用于祭礼和食用，或馈赠亲友。

2.2.2 作品赏析

快速阅读《漓江秀》，理清思路，说说漓江“秀”在哪里，作者真正理解的漓江秀的意蕴是什么。

漓江秀

来到漓江，才真正领略到“秀”字的意蕴。

漓江的秀在于水。绵长的漓江悠然自得地蜿蜒于群山之中，江水从从容容地由猫儿山流向平乐。漓江水没有长江水的浩瀚，没有黄河水的雄威，但它静而不寂，清而不寒，翠而不俗，细腻而又轻柔地流着。微风拂过，水波不兴，恬静得如同一位纯洁秀气但又不失大方的姑娘。

漓江的秀在于山。桂林山水甲天下，水是难得清冽的水，山更是一种奇特的神韵。漓江两岸的山玲珑小巧，每一座山都藏有一个美丽动人的传说，每一个山头都被赋予一种象征。山因此不再是死的，而是充满生气、富有灵性的。与其说徜徉于群山之中，不如说流连在一条神奇的故事长廊里。在这里，你不仅被秀丽可人的山色打动，更被那些古老凄美的传说所感动。

漓江的秀在于绿。进入漓江，撞进眼里的便都是绿。山是绿的，水也可爱地泛着淡青色。连那自然形成的河滩上也被绿染透了。瞧，那绿茸茸的、生命力极旺盛的小草儿爬满了山坡；看，那青翠欲滴的竹儿垂首江边，更增添了几分诗意。那绿色又分明是有层次的：墨绿、浅绿、黛绿，由深入浅渐隐天边。一切仿佛是一幅山水画，大手笔处泼墨如水，细腻处又惜墨如金。这满眼的绿，使天色显得格外的清丽。看着这山，这水，这蓝天，人的心情也是绿的。只觉得心中充满着远离城市喧嚣而被这方山水的秀气过滤后的盈盈的绿。这可贵的、纯净的绿，象征着生命、欢愉和博大的胸怀。大自然发挥的就是这种耳濡目染的作用。

人毕竟是自然创造出来的精灵，只要你贴近大自然，便可以返璞归真，恢复人的纯然本色。而能做一个纯粹的人是何等的愉快。

倍添漓江秀丽的，便是那些村庄和人了。村庄并不是普通的村庄，它们已成为掩映于绿树翠竹中的的点缀了。试想，一幅秀丽的山水画中假如缺少了它们该是多么的失色！远远地看着那几处黑瓦白墙，那几缕袅袅上升的炊烟，吟唱着“白云深处是农家”的诗句，顿觉好一派田园风光！人也不再是平常的人！渔夫们驾着一叶扁舟，慢悠悠地行于江水之上。竹的篙，竹的箩，还有那虽经风霜却依然还着纯朴微笑的一张张脸庞，古朴原始但又情真意切！那一刻让人深信：漓江上最好的景色莫过于此了。

小贴士

山行

唐·杜牧

远上寒山石径斜，白云深处有人家。
停车坐爱枫林晚，霜叶红于二月花。

漓江的秀，真让人难以忘怀。在漓江上，仿佛可以看到美丽热情的壮族少女的微笑，仿佛能听到悠扬而又高亢的山歌在耳边回响。这时，心中的千般柔情便难以抹去。想起塞外那种令人荡气回肠一马平川的景象，猛然悟到：无论是北方的粗犷，还是南方的秀气，都是大自然赐给我们的。而我们，只有去欣赏，去包容这祖国的大好河山，才能感受到不同的景观带来的那一份相同的快乐。

小贴士

壮族

壮族是中国56个民族中人口最多的少数民族，主要分布在广西、云南、广东和贵州等省区。语言属汉藏语系壮侗语族壮傣语支，1 000多年前曾出现过一种“土俗字”，但只在一部分区流行。中华人民共和国成立后，创制了以拉丁字母为基础的新壮文。壮族文学，主要是口头文学，也有壮族知识分子用汉文创作的书面文学。其中口头文学源远流长，内容丰富，包括神话、传说、故事、民歌、戏剧及说唱文学等。

2.2.3 能力训练

1. 查找资料并讲述双象伴月的传说。
2. 熟练讲解望夫石、仙人推磨、九马画山、蝙蝠山等景点。
3. 请以“壮族”为关键词查找资料，熟悉其民族概况、民族历史、文化贡献、文化艺术、民族禁忌、饮食习惯、节日庆祝。

2.3 九 寨 沟

导　读

九寨沟位于四川省阿坝藏族羌族自治州九寨沟县漳扎镇，是白水沟上游白河的支沟。地处岷山山脉南段尕尔纳峰北麓，是长江水系嘉陵江源头一支狭长而美丽的沟谷，海拔2 000~4 300米。遍布原始森林，沟内分布108个湖泊，有“童话世界”之誉。

九寨沟为全国重点风景名胜区，1991年被列入联合国《世界风景名录》，1992年12月由联合国教科文组织批准，正式列入《世界自然遗产名录》，2010年10月29日，通过院士专家们的评审验收，九寨沟正式成为全国首个“智慧景区”。

现代诗人肖草《九寨沟》诗：“放眼层林彩池涟，鱼游云头鸟语欢；飞瀑洒落拂面来，九寨山水扬海天”便是对九寨沟真实的诠释。

九寨沟风景如图2.19所示。

图2.19　九寨沟风景

2.3.1　九寨沟介绍

九寨沟以有9个藏族村寨（又称“何药九寨”）而得名，景区长约6公里，面积6万多公顷，有长海、剑岩、诺日朗、树正、扎如、黑海六大景观，呈“Y”字形分布，以水景最为奇丽。水是九寨沟的精灵，湖、泉、瀑、滩连缀一体，飞动与静谧结合，刚烈与温柔相济。泉、瀑、河、滩将108个海子连缀一体，碧蓝澄澈，千颜万色，多姿多彩，异常洁净，能见度高达20米。以翠海、叠瀑、彩林、雪山、藏情、蓝冰“六绝”驰名中外，有“黄山归来不看山，九寨归来不看水”和“世界水景之王”之称。

小贴士

9个藏族村寨

9个藏族村寨是指盘信寨、尖盘寨、彭布寨、则查洼、黑角寨、盘那亚寨、故洼寨、荷叶寨、树正寨。其中荷叶寨、树正寨为最大、最有名，以田园风光和藏族民居建筑著称。

知识链接

九寨沟的来历

古时大山之神比央朵明热巴有9个女儿，个个美貌、勤劳、善良，然而神恨女难成大器，害怕女儿们嫁人归去，自己孤身难待来日，便于大岩中选出秀丽舒适的楼阁庭院，锁女于其中。姑娘们深感父爱，又望出秀楼阁世界，思来想去，大姐变为蜜蜂，附于父体，学得父亲开关山门方法，一天趁父外出，领众妹妹化为彩蝶，飞出山门，翔于蓝天，窥览山外人间。

正午姑娘们来到十二山峰上空，看见地上沟谷纵横，毒烟四起，生灵涂炭。访得一病危老妈，老妈道有妖魔叫“蛇魔扎”，言欲收杀十万生灵，比央朵明热巴几次都败给妖魔了。姑娘们听了此话，恍然明白阿爸愁颜原委，急忙返回家。

姑娘们共同商量灭妖大计。大姐对众妹妹说道：“阿舅本领超常，何不请他灭妖?”主意已定，众姐妹又叹不知阿舅住在何方。于是大姐从阿爸房中偷出图纸，约众姐妹，化为9条飞龙，直往西天而去，路径千难万险，终于在一处烟波浩渺的山洞前找到舅舅金刚降魔神雍忠萨玛。舅舅见了它们，明了事情原委，取出玉石绣花针筒、绿色宝石一串，赐予姑娘们：这针筒是你们阿妈炼成的“万宝金针”，遇见蛇魔扎，只要把金针筒对着妖魔叫声你们阿妈的名字，万根金针就会刺破妖魔的眼珠和心脏；若还不行，你们就连叫3声我的名字，我即来协助你们。

姑娘们记牢舅舅的话，回到山峰脚下，战败了蛇魔扎，但此妖顽冥不化，垂死中将地上污水卷起巨浪，冲毁了良田房舍……姑娘们见此情景，急呼舅舅名字，突然天空霹雳一声，一面闪射金光之大镜插于洪水前，洪水立即消失，而恶魔的头，血淋淋地挂在宝镜前。姑娘们即跪拜感谢舅舅，随后将绿宝石全都撒向十二山峰下，霎时，山清水秀，林木苍翠。宝石落地砸出的坑成了海子，线则成了溪流瀑布。

后来9个姑娘分别嫁给了9个强壮的藏族青年，她们分别住在9个藏族村寨里，开始新的生活，后人便称此地为“九寨沟”。据说荷叶寨从山顶向下看，其形状像是一个大荷叶，藏语“荷叶”的发音差不多为“何药”，所以又被山外的人称之为“何药九寨”。

九寨沟四季有不同的风情和韵味，春之花草，夏之流瀑，秋之红叶，冬之白雪，无不令人为之叫绝。春日：冰雪消融、春水泛涨、山花烂漫、春意盎然，远山的还未融化的白雪映衬着童话世界，温柔而慵懒的春阳吻接湖面，吻接春芽；夏日：五色的海，流水梳理着翠绿的树枝与水草，银帘般的瀑布抒发四季中最为恣意的激情，温柔的风吹拂经幡，吹拂树梢；秋日：五彩斑斓的红叶、彩林倒映在明丽的湖水中，缤纷地落在湖光流韵间漂浮。悠远的晴空湛蓝而碧净，自然自造化中最美丽的景致充盈眼底；冬日：山峦与树林银装素裹，瀑布与湖泊冰清玉洁、蓝色湖面的冰层在日出日落的温差中，变幻着奇妙的冰纹，冰凝的瀑布间，细细的水流发出沁人心脾的音乐。

九寨沟以3沟118海为代表，包括5滩12瀑，10流及数十泉等水景，与9寨12峰联合组成高山河谷自然景观。目前已开通树正、日则、则查洼、扎如4条旅游风景线，长60余公里，主要景点分布在树正、日则、则查洼3条沟内，沟内可分五大景区：树正景区、日则景区、长海景区、宝镜崖景区、原始森林生态景区。

树正景区由树正沟上段的芦苇海、盆景海、双龙海、卧龙海、火花海、树正群海、树正瀑布、老虎海、犀牛海、诺日朗瀑布等组成，全长13.8公里，共有各种海子40余个，顺沟叠延五六公里，水光潋滟，碧波荡漾，鸟雀鸣唱，芦苇摇曳。

请您欣赏

水晶宫——千亩水面，深达四五十米，远眺阔水茫茫，近看积水空明。距水面约10米的湖心深处，有一条乳黄色的碳酸钙堤埂，仿佛一条长龙横亘湖底。山风掠过湖面，漾起粼粼水波，看那卧龙卷曲蠕动；风逐水波，那“龙”像是摇头摆尾，呼之欲出（见图2.20）。

图2.20 水晶宫

树正瀑布——由首尾相接的众多梯湖的飞瀑组成，水大势猛，勾连迴环，瀑布下泻深沟，犹如千军万马擂鼓摇旌，吼声如雷。梯湖堤埂之上，耸立着一株株、一丛丛高原特有的各种灌木，扎根于水底，傲立在激流，常年经受流水的冲击而不倒，不烂根，风姿绰约，形成特殊的植物群落和世间罕见的自然奇观（见图2.21）。

诺日朗瀑布——高25米、宽300余米的滚滚流瀑，磅礴大气地翻越海拔2 365米的钙化堤埂，飞泻而下，千万颗水珠织成一道宽银幕呈现在你眼前，不论从哪一个角度观赏，诺日朗都同样的动人心魄（见图2.22）。

图2.21 树正瀑布

图2.22 诺日朗瀑布

日则景区全长18公里，在诺日朗和原始森林之间，是九寨沟风景线中的精华部分。这里，有的海子色彩艳丽，如变幻莫测的万花筒；有的原始自然，如入仙境；有的幽深宁静，如摄人的宝镜；其间更有落差最大的瀑布、聚宝盆似的滩流，古木参天的原始森林，各个景点排列有序，高低错落，转接自然，给人以强烈的美感。

请您欣赏

镜海——倒影独霸九寨沟，就像一面镜子，将地上和空中的景物毫不失真地复制到了水里。当晨曦初露，朝霞染红东方天际之时，海水一平如镜，蓝天、白云、雪山悉数被映放在海底，呈现出“鱼在云中游，鸟在水中飞”的奇观（见图2.23）。

五花海——被誉为“九寨沟一绝”。由于海底的钙华沉积和各种色泽艳丽的藻类，以及沉水植物的分布差异，使一湖之中形成了许多斑斓的色块，宝蓝、翠绿、橙黄、浅红，似无数块宝石镶嵌成的巨型佩饰，珠光宝气，雍容华贵（见图2.24）。

图2.23 镜海

图2.24 五花海

珍珠滩瀑布——从珍珠滩上奔涌而来的水流自悬崖边滚落而下，形成一道宽阔的新月形瀑布。瀑布跌落谷底，发出震耳欲聋的吼声，形成一道狂溅的激流，飞花滚玉般一路急奔而去。这道激流，是九寨沟所有激流中水色最美、水势最急、水声最大的一段（见图2.25）。

图2.25 珍珠滩瀑布

箭竹海——湖面开阔，水色碧蓝，湖岸四周生长着大量的箭竹，因箭竹是大熊猫喜食的食物，且箭竹海也与熊猫海相邻，故而得名（见图2.26）。

2001年，张艺谋的名片《英雄》曾在此选景拍摄，那绝美的画面摄人心魄。

芳草海——深居峭壁下，湖面修长，清秀安谧。夏秋时节，草丛里繁花似锦，黄的、白的、红的、紫的，星星点点，摇曳多姿，水鸟在花海中凫游，间或发出几声疏朗呼唤；特别是雨日，淡蓝的雨雾徘徊湖面，斜雨似千万支银箭射入水中，溅起一道道翠环，呈现出一种空灵境界（见图2.27）。

图2.26 箭竹海

图2.27 芳草海

长海景区从诺日朗至长海的8公里地段，包括下季节海、上季节海、五彩池及长海。高山湖泊的雄伟壮丽是其特色。

请您欣赏

五彩池——九寨沟湖泊中的精粹，以秀美多彩、纯洁透明闻名于天下。寒冬地冻三尺，而池水依然清波荡漾，四季雨旱交替，而池水似无增减。湖里生长着水绵、轮藻、小蕨等水生植物群落和芦苇、节节草、水灯芯等草本植物。这些水生群落所含叶绿素深浅不同，在富含碳酸钙质的湖水里，呈现不同的颜色，有的水域蔚蓝，有的浅绿，有的绛黄，有的流泉粉蓝……变化无穷。日头当顶，山风吹拂或以石击水时，溅开一圈圈金红、金黄和雪青的涟漪，分外妖艳（见图2.28）。

长海——呈墨蓝色，是九寨沟湖面最宽阔、湖水最深的海子。春秋时节，水中琉璃世界，春日倒映出百花簇拥的雪山，金秋则映衬着层峦叠嶂的黄栌红枫；隆冬时节，四山琼花玉树，令人叹为观止。长海从不会干涸，也不会溢堤，因此藏民称之为“装不满，漏不干”宝葫芦（见图2.29）。

图2.28 五彩池

图2.29 长海

宝镜崖景区即树正沟下段，主要的景点有扎如寺（苯教）、盆景海、芦苇海等。

请您欣赏

扎如寺——坐落于扎如马道中途，是九寨沟附近最大、最有名气的喇嘛庙，是一座具有浓厚藏族寺庙色彩的建筑（见图2.30）。寺内最高大建筑主殿分为3层：一层是公开举行宗教活动、喇嘛念经、信徒拜佛礼佛的场所；二层是修炼密宗之所；三层藏有大量佛经、佛像及唐卡等。农历三月十五日是九寨沟世故民的麻芝节，每年都在此举办最大规模的庙会。

扎依扎嘎神山——矗立在扎如马道尽头，海拔4 400米。农历每月十五日的转山朝拜、三月十五日的麻芝节，都在这举行。最近处风景是扎如瀑布入红池。扎如瀑布在神山半山腰的密林中，飞瀑穿林而出，跌落悬崖，被4级台阶拦截成4段叠瀑，九寨藏民视之为神水；红池因周围山土呈现红色而得名，位于神山转山环山道路的一个山脊下，被视为神圣的池子（见图2.31）。

图 2.30 扎如寺

图 2.31 扎依扎嘎神山

原始森林生态景区即日则沟的上段，主要有天鹅海、草海、剑岩悬泉、原始森林等景观。

请您欣赏

剑岩悬泉——在草海与原始森林之间，一座孤峰拔地而起，巍然屹立。峰高 500 多米，峰壁如削，宛若一柄出鞘的宝剑直插云霄，故名“剑岩”；剑岩面向芳草海的一面，有一股泉水从半山腰处飞落，如白练横空，高约 130 米，这就是悬泉，传说这是女神色嫫寻找男神达戈时落下的相思泪（见图 2.32）。

原始森林——置身林间，脚下踩着深厚柔软的苔藓落叶，鼻子嗅着芬芳潮湿的空气，耳朵听着松涛与鸟语，身上拂着野林山风，眼中看着林木葱郁，游人好似来到另一个世界，顿时有种超凡脱俗的感觉（见图 2.33）。

图 2.32 剑岩悬泉

图 2.33 原始森林

置身九寨沟，你如果追求一天内高效地游览完所有的景点，推荐先乘坐观光车从入口处（“Y”字的底部）一直开到“Y”字的两个顶端之一，即长海或原始森林，然后一步步地往下游览，到诺日朗旅游服务中心后，再转乘至 Y 字的另一个顶端，再一直向下，顺着树正沟游玩至沟口，行程省时省力；如果追求较好的观赏和拍摄效果，可以早上先去镜海看倒影，上午游览树正沟，拍照效果最佳，下午游览日则沟和则查洼沟；如果想细致地游览各个景点，最好在景区内游玩两天，第一天游览两条沟，第二天补上剩下的一条沟。

置身九寨沟，你能亲身感受当地多彩民俗，品尝到烤全羊、手扒牛排、杂面、洋芋糍粑、青稞酒等民族风味食品。

小贴士

多彩民俗——请山神、迎圣水、桑烟

请山神：主要的法器是一根交叉结实的“Y”字形木杈，两位姑娘是由法师根据当年天文历法推算的生辰八字来确定的。藏历正月十五这一天，为预知新年的未来，几乎每个寨子都要十分隆重地举行一次请山神的活动。

迎圣水：九寨沟藏族同胞有着在藏历的除夕夜到海子边背水的传统。当各寨的鸡第一次打鸣儿时，寨里的人就会争先恐后地赶到水源地，先烧香泼水，然后背回新年最早的圣水，供全家人团圆饮用。

桑烟：又称“熏香”，多用在盟誓上，是让天神作证的意思，是藏民族最普遍的一种宗教祈愿礼俗，沿袭至今已有3 000多年的历史。民间性的桑烟，更多的是为自己、家人和亲朋好友祈福。

2.3.2 作品赏析

快速阅读全文，理清思路；介绍长海、五彩池、孔雀海景点。

九寨沟的美在水

记得贾宝玉曾说过：女人是水做的。然则天下之美，独钟于水。不信？来九寨沟看看。

驱车来到查则洼的尽头——长海。走出车门，所有的游客都惊呆于眼前的景象，如痴如醉：抬头是白云流走的蓝天，四周是苍郁的青山，而长海则若无其事地展示着它的天生丽质。色彩翠蓝是浓，却浓而不艳；水质碧柔是清，却柔而不媚；空气清馨是净，却净而不寂。置身其中，压抑的烦恼顿消，心境像早晨的雾，像缥缈的梦。游客们蹑手蹑脚地走近，按动快门，留下这完美的一瞬。而我则端坐在一段枯木上，面对这一片醇美而幽沉的碧水和水上浮动的白云沉思……

五彩池深藏在幽幽的谷底，虽说“五彩”，其实只有一彩，那是绿——一片能变幻出十种百种千种万种异彩的绿，即使再名贵的祖母绿，在华灯明烛之下，也难闪耀出这么夺目的光彩。而它却宁可嵌藏在这深幽的山谷中，伴守着隐士高洁的梦境，映入池心的青山秀水中，在浅浪微波里摇摆不定……

来到日则沟的孔雀海，这儿又是另一套色调，别有一番风景在其中。蓝色的水——孔雀羽毛上的蓝，无数孔雀羽毛织成的一大片蓝。蓝得使你心醉，沉醉在自己的一双蓝色的眸子里。想象中，即使再高明的画家也难调出这一片入精入髓的蓝，这是大自然难得一见的本色。

小贴士

孔雀海

孔雀海即五花海，从老虎嘴俯瞰五花海的全貌，俨然是一只羽毛丰满的开屏孔雀。

一条栈道，铺在水上，知趣地把我们引向一片又一片的海，如同走在明镜的镜架上。不知不觉，水势渐缓，漫过凹凸不平的岩石，激起千万珍珠似的水花，水珠一粒粒地滚，一串一串地冒，一片一片地流走，只是拾不起，捡不回。而游人则如同置身于大大小小的玉盘之中，四周是大大小小的珍珠在滚泻。

峰回路转，山势逶迤而下。转身之间，一道峭壁如长墙，壁上挂满了各式各样的瀑布。山风永恒吹拂，那悬泉就千年万代飘飘洒洒。近临如垂帘，远看似轻雾，更高远处，衬着苍苍山体，则幻为龙飞凤舞之势。排天拂地而来，其声如雷——响雷、轻雷、远雷、近雷交织在一处；其势若奔，白马、白羊、白兔、白天鹅联翩而下。涧谷之底并无土穴，亦无石窟，却有石泉涌出。天泉地泉相接，汇为碧水，像一群在长长的石床上奔跑、嬉戏、滚爬、欢笑、哈欠、酣睡的水娃娃。那就是潺潺的溪，溅溅的瀑，浅浅的湖，湛湛的潭。我们一路走一路看，一路看一路听。风儿用沾了水雾的翅膀，飞过青岩绿树的溪谷，轻拂我们的衣袂，像爱人的鼻息吹着我的手一样，令人通体舒畅，俗念顿消。石上水流的那种动，静，刚，柔的意态更是领略无遗。

古人云："水者，天地之血也！"，"石者，天地之骨也！"而在九寨沟，则是水为石之魂，石为水之骨。水美，美的原始，美的宽阔，美的粗犷，美的壮烈，美的苍茫，美的凄厉，美的不定形，美得赤裸裸……以至天下一切美好的事物，都是水做的，当然包括女人。

这一回，我是大彻大悟了。

2.3.3 能力训练

1. 请参照表 2-2 提供的信息，设计两三条"长春—成都（或兰州）—九寨沟"双飞 7 日游线路。

表 2-2 双飞 7 日游线路

序号	旅游线路
线路一	成都—都江堰市—汶川—茂县—松潘，沿途有都江堰，青城前、后山、叠溪海子等名胜。可采购茂县苹果。至黄龙寺约 393 公里，九寨沟 440 公里。此路修缮较好，基本都走这条路
线路二	成都—汶川—理县—米亚罗—红原—瓦切—川主寺，路程较长，但路面宽阔，安全舒适。沿途可观赏壮丽的草原风光，欣赏羌族姑娘的"溜索"，领略奇异的藏乡风情。公路里程约 702 公里

续表

序号	旅游线路
线路三	乘宝成线火车至江油站下，换汽车经平武经甘肃文县至九寨沟县，沿途游窦团山、李白纪念馆、海灯武馆、报恩寺等名胜。公路里程约303公里
线路四	乘宝成线火车至广元（或昭化），换汽车经甘肃文县至九寨沟县，沿途有广元古城、昭化古城、皇泽寺、千佛岩、剑门蜀道、碧口水库、古阴平道等。公路里程约308公里。此路是土路，雨季易滑坡
线路五	乘宝成线火车至略阳站下，换乘汽车经成县、武都、文县、九寨沟县前往。公路里程约441公里。沿途有西北地区罕见的大溶洞——武都万象洞
线路六	乘陇海线火车至天水站下，换乘汽车经武都、文县、九寨沟县前往。公路里程约546公里。沿途有麦积山石窟、石门风景区、成县杜甫草堂、西汉摩崖颂（黄龙碑）等名胜
线路七	兰州—甘南—川西—九寨沟，全程汽车路线。由兰州经郎木寺、若尔盖、川主寺前往。沿途有刘家峡水库、炳灵寺石窟、拉卜楞寺、桑科草原、黄河大拐弯、松潘草地等名胜。此路路程较长，但道路平直，藏、羌、回民族风情浓郁，不失为内地人进九寨沟的绝佳线路

2. 熟练讲解自己喜欢的一处景点。

3. 请以“藏族”为关键词查找资料，熟悉其民族概况、民族历史、风俗禁忌、宗教文化、藏寨木楼，以及歌舞、劝酒、山歌、劳动、竹笛、竹口弦、锅庄、藏戏等艺术。

4. 你能说出“真彼岸似真非真，点心店有心无心”这副对联中“点心店”的典故吗？

2.4 西　　湖

导　读

杭州西湖以秀丽的西湖为中心，三面云山，中涵碧水，面积60平方公里，其中湖面为5.68平方公里。作为中国首批、极少数免费对外开放的国家重点5A级景区和中国十大风景名胜之一，西湖凭借着上千年的历史积淀所孕育出的特有江南风韵和大量杰出的文化景观而入选世界文化遗产，这同时也是现今《世界遗产名录》中少数几个、中国唯一一处湖泊类文化遗产。出现于人民币壹圆纸币背面的三潭印月景观，亦体现着西湖在中国风景名胜中特殊的地位。

沿湖地带绿荫环抱，山色葱茏，画桥烟柳，云树笼纱，逶迤群山之间，林泉秀美，溪涧幽深。90多处各具特色的公园、风景点中，有三秋桂子、六桥烟柳、九里云松、十里荷花，更有著名的“西湖十景”及21世纪初相继建成开放的十多处各具特色的新景点，将西湖连缀成了色彩斑斓的大花环，使其春夏秋冬各有景色，晴雨风雪各有情致。

西湖风景如图2.34所示。

图 2.34 西湖风景

2.4.1 西湖介绍

西湖古称“钱塘湖”，古代诗人苏轼诗云：“欲把西湖比西子，淡妆浓抹总相宜。”所以又名“西子湖”。西湖位于浙江省杭州市西部，杭州市市中心，著名泻湖，湖面为5.68平方公里，南北长约3.2公里，东西宽约2.8公里，平均水深2.27米，水体容量约为1 429万立方米。西湖拥有三面云山，一水抱城的山光水色，云山秀水是西湖的底色，山水与人文交融是西湖风景名胜区的格调。西湖之妙，在于湖裹山中，山屏湖外，湖和山相得益彰；西湖的美，在于晴中见潋滟，雨中显空蒙，无论雨雪晴阴都能成景。

知识链接

西湖的来历和名称历史沿革

相传很久以前，天上的玉龙和金凤在银河边的仙岛上找到一块白玉，他们一起磨琢许多年，白玉就变成一颗璀璨的明珠，这颗宝珠的珠光照到哪里，哪里的树木就常青，百花就盛开。但是后来这颗宝珠被王母娘娘发现，王母娘娘就派天兵天将把宝珠抢走，玉龙和金凤赶去索珠，王母不肯，于是就发生争抢，谁知王母的手突然一松，明珠就降落到人间，变成了波光粼粼的西湖，玉龙和金凤也随之下凡，变成了玉龙山（即玉皇山）和凤凰山，永远守护着西湖。

西湖最早称武林水，后又有钱水、钱塘湖、明圣湖、金牛湖、石涵湖、上湖、潋滟湖、放生池、西子湖、高土湖、西陵湖、龙川、销金锅、美人湖、贤者湖、明月湖诸般名称。但只有两个名称为历代普遍公认，并见诸文献记载：一是因杭州古名钱塘，故名钱塘湖，如白居易的《钱塘湖春行》；二是因湖在杭城之西，故名西湖，如白居易的《西湖晚归回望孤山寺赠诸客》。北宋以后，名家诗文大都以西湖为名，钱塘湖之名逐渐鲜为人知。而苏轼的《乞开杭州西湖状》，则是官方文件中第一次使用“西湖”这个名称。

湖区以苏堤和白堤的优美风光见称，苏堤和白堤横贯于西湖，把西湖分隔为西里湖、小南湖、岳湖、外湖和里湖五部分。每当晨光初启，宿雾如烟，湖面腾起薄雾时，便出现“六桥烟柳”的优美风景，是钱塘十景之一。绕湖一周近15公里。西湖湖中被孤山、白堤、苏堤、杨公堤分隔，按面积大小分别为外西湖、西里湖、北里湖、小南湖、岳湖等5片水面，其中外西湖面积最大。孤山是西湖中最大的天然岛屿，苏堤、白堤越过湖面，小瀛洲、湖心亭、阮公墩3个人工小岛鼎立于外西湖湖心，夕照山的雷峰塔与宝石山的保俶塔隔湖相映，由此形成“一山、二塔、三岛、三堤、五湖”的基本格局，被世人赋予“人间天堂”的美誉。

请您欣赏

一山——孤山。

孤山——位于北侧外西湖中，是栖霞岭的支脉，也是西湖中最大的岛屿。西接西泠桥，东连白堤，海拔35米，占地面积20万平方米。孤山景区的名胜古迹多达30多处，沿湖岸所能欣赏到的有西泠桥、秋瑾墓、西泠印社、楼外楼、中山公园等（见图2.35）。

图2.35 孤山

孤山景色唐宋年间就已闻名，南宋理宗曾在此兴建规模宏大的西太乙宫，把大半座孤山划为御花园。清朝康熙皇帝又在此建造行宫，雍正皇帝改行宫为圣因寺，与当时的灵隐寺、净慈寺、照庆寺并称“西湖四大丛林”。

那么为什么取名“孤山”呢？这是因为历史上此山风景特别优美，一直被称为孤家寡人的皇帝所占有。从地质学上讲，孤山是由火山喷出的流纹岩组成的，整个岛是和陆地连在一起的，所以“孤山不孤、断桥不断、长桥不长”被称为“西湖三绝”。

二塔——雷峰塔、保俶塔。

雷峰塔——位于杭州西湖南岸南屏山日慧峰下净慈寺前，为吴越国王钱俶因黄妃得子建，初名“黄妃塔”，因地建雷峰，后人改称“雷峰塔”，又称“西关砖塔”。

原塔共7层，重檐飞栋，窗户洞达，十分壮观。每当夕阳西下，塔影横空，别有一番景色，故被称为“雷峰夕照”（见图2.36）。

明嘉靖年间，塔外部楼廊被倭寇烧毁，塔基砖被迷信者盗窃，致使塔于1924年9月25日倾圮。1999年年底，按塔原有的形制、体量和风貌建造雷峰新塔，新塔通高71.679米，由台基、塔身和塔刹3个部分组成，由上至下分别为塔刹、天宫、五层、四层、三层、二层、暗层、底层、台基二层、台基底层。

保俶塔——位于杭州西湖北缘宝石山巅，又名“保俶塔”、“宝石塔”、“宝所塔”、“保所塔”。

初建于五代后周吴越忠懿王钱俶年间，历经宋、元、明、清3代6次重修。

乾隆五十四年曾在塔下发现吴延爽造塔记残碑，当时塔有七层木檐；现塔为民国二十二年照古塔原样重建的。塔为8面7级实心砖塔，通高45.3米，背面嵌《重修保俶塔记》碑，塔刹铁质黑色，由宝瓶、相轮等组成（见图2.37）。

相关景点有宝石流霞、葛岭。因塔名而衍生的有信佛教吴越王钱俶还愿建塔、吴延爽祈求国王平安造宝塔、宋嫂为保佑小叔造宝塔、慧娘一家舍身为乡亲等传说故事。

图2.36　雷峰夕照

图2.37　保俶塔

三岛——小瀛洲、湖心亭、阮公墩。

小瀛洲——前身为水心保宁寺，也称湖心寺，北宋时为湖上赏月佳处，其园林建筑和景物布局，在18世纪初已基本形成。从空中俯瞰，全岛如一个特大的田字，构成了“湖中有岛，岛中有湖”的奇景（见图2.38）。小瀛洲具有典型的江南水上园林特色，主要景点包括浙江先贤祠、九曲桥、九狮石、开网亭、亭亭亭、竹径通幽和我心相印亭。

上联：岛中有岛，湖外有湖，通以九折画桥，览沿堤老柳，十顷荷花，食莼菜香，如此园林，四洲游遍未尝见；

下联：霸业销烟，禅心止水，阅尽千年陈迹，当朝晖暮霭，春煦秋月，山清水秀，坐忘人世，万方同慨更何之！

——康有为：西湖小瀛洲楹联

湖心亭——在外西湖中心，据清雍正《西湖志》卷九记载，旧湖心寺乃今放生池，而今之湖心亭，乃三塔中北塔之基地。

阮公墩——在外西湖中，位于湖心亭西，俗称“阮滩”，岛南北长34米，东西宽33米，面积0.57公顷，长期以来杂树荒草丛生，成为候鸟栖息地。新中国成立后岛上建有“环碧小筑”、忆芸亭、云水居等建筑（见图2.39）。1982年岛上开辟西湖第一处垂钓区，1984年起岛上举办“环碧庄”仿古旅游。

图2.38　小瀛洲

图2.39　阮公墩

三堤——白堤、苏堤、杨堤。

白堤——由唐代白居易在杭州时主持所修，东起断桥（因民间故事“白蛇传”在西湖诸桥中最享盛名），经锦带桥向西，在“平湖秋月”与孤山相接，长约1公里（见图2.40）。在唐即称“白沙堤”、“沙堤”，其后在宋、明又称“孤山路”、“十锦塘”。古时以白沙铺地，后改为柏油路面，两侧广种碧桃翠柳，是欣赏西湖全景和周边诸山的最佳观赏点。

图2.40 白堤

苏堤——由宋代苏东坡任杭州知府时主持所修，南起南屏山麓南山路，北至岳王庙东，横贯湖中，堤长2 797米，宽30~40米，旧称“苏公堤”。苏堤上共有6座石拱桥，从南往北分别为映波、锁澜、望山、压堤、东浦、跨虹。堤的两侧多植花木，春季桃红柳绿，景色尤其动人（见图2.41）。

图2.41 苏堤

杨堤——由明代杭州郡守杨孟瑛主持所修，位于西湖的西岸，现名叫“环湖西路”，堤全长2公里，上有环碧、流金等6座桥，与苏堤6座桥相对，合称为“西湖十二桥”。

西湖处处有胜景，历史上除有“钱塘十景”、“西湖十八景”之外，最著名的是南宋定名的“西湖十景”，即苏堤春晓、曲院风荷、平湖秋月、断桥残雪、花港观鱼、南屏晚钟、双峰插云、雷峰夕照、三潭印月、柳浪闻莺。1985年评出“新西湖十景”，即云栖竹径、满陇桂雨、虎跑梦泉、龙井问茶、九溪烟树、吴山天风、阮墩环碧、黄龙吐翠、玉皇飞云、宝石流霞。2007年评出“西湖新十景”，即灵隐禅踪、六和听涛、岳墓栖霞、湖滨晴雨、钱祠表忠、万松书缘、杨堤景行、三台云水、梅坞春早、北街梦寻。

千百年来，西湖风景有着经久不衰的魅力，她的丰姿倩影，令许多中外名人对她情有独钟。毛泽东一生中共40次来杭州，最长的一次整整住了7个月之久，他把杭州当作“第二个家”。毛泽东常常称赞西湖秀美，但他生前从未正式发表过描写西湖风光的诗词，据在他身边工作过的同志回忆，毛泽东曾说过：“苏东坡的《饮湖上初晴后雨》实在绝了，我不敢造次。”毛泽东手书过不少古诗词，其中有5首描写西湖景色。国际友人对西湖更是流连忘返，美国前总统尼克松两次来杭州，他赞叹地说“北京是中国的首都，而杭州是这个国家的心脏，我还要再来。”尼克松还把家乡加利福尼亚州出产的红杉树送给了杭州。

西湖这么美，孕育着许多动人的传说，“苏州杨柳任君夸，更有钱塘胜馆娃。若解多情寻小小，绿杨深处是苏家。”这是唐代大诗人白居易作的一首《杨柳枝词》。诗中第三、第四句提到了苏小小其人。

知识链接

苏小小

苏小小相传是南齐时钱塘的一名歌妓，生得聪敏美丽，自幼父母双亡，寄居在西泠桥畔的姨母家里。一次她乘车出游，就在前面的白堤上碰到骑马而来的青年才子阮郁，两人一见倾心，苏小小随口吟了一首诗：“妾乘油壁车，郎骑青骢马，何处结同心，西陵松柏下。”后两人结为百年之好，如胶似漆，顷刻不离。但不久阮郁被在京做官的父亲派人催归，从此再也没有返杭与苏小小团聚，苏小小就郁郁而亡。苏小小死后，有个名叫鲍仁的才子，曾在落魄时受苏小小资助而中了功名，当上了滑州刺史，对苏小小深为敬佩，就把苏小小葬在西泠桥畔，并在墓上造了一座“慕才亭”，亭上楹联道：“湖山此地曾埋玉，花月其人可铸金。”如今苏小小的墓虽然已经不复存在了，但关于苏小小的故事，却一直传颂至今。

西湖这么美，拥有着许多特产和美食：西湖龙井、西湖醋鱼、西湖野鸭、西湖酥鱼、西湖莼菜、西湖藕粉、西湖牛肉羹、慧娟火腿笋干老鸭面、桂花鲜栗羹、西湖桂花、西湖蜜皇彩花、虾爆鳝面、知味小笼、葱包桧等。

知识链接

西湖醋鱼、西湖莼菜和葱包桧的典故

西湖醋鱼的典故——相传南宋时，有宋氏兄弟两人，颇有学问，但不愿为官，因而隐居江湖，靠打鱼为生。当地有一恶霸，名赵大官人，他见宋嫂年轻貌美，便施阴谋害死了宋兄，欲霸占宋嫂。至此，宋家叔嫂祸从天降，悲痛欲绝。为报兄仇，叔嫂一起到衙门喊冤告状，哪知当时官府与恶势力一个鼻孔出气，告状不成，反遭毒打，把他们赶出衙门。回家后，嫂嫂只有让弟弟远逃他乡。叔嫂分手时，宋嫂特用糖、醋烧鲩鱼一碗，对兄弟说：“这菜有酸有甜，望你有出头之日，勿忘今日辛酸”。后来，宋弟外出，抗金卫国，立了功劳，回到杭州，惩办了恶棍，但一直查找不到嫂嫂的下落。一次外出赴宴，席间得知此菜，经询问方知嫂嫂隐姓埋名在这里当厨工，由此始得团聚。于是这道美菜，也同传说一样在民间流传开来。

西湖莼菜的典故——据《晋书·张翰传》记载，晋朝张翰在洛阳做官时，“因见秋风起，乃思吴中菰菜、莼羹、鲈鱼脍，曰：‘人生贵得志，何能羁宦数千里，以要名爵乎?’遂命驾而归”。张翰为思家乡之美味，便辞官回乡了，后来这个故事便形成了“莼鲈之思”这一成语典故。

葱包桧的典故——公元1142年，民族英雄岳飞以“莫须有”的罪名被害于监安大理寺，杭州百姓十分痛恨秦桧夫妇。相传有一天，杭州有一家卖油炸食品的业主，捏了两个人形的面块比作秦桧夫妇，将他们揿到一块，用校友会棒一压，投入油锅里炸，嘴里还念道：“油炸桧”吃，这就是油条的来历，后来在此基础上发展为杭州风味小吃——葱包桧。

如果是赶上元宵节，你还能在西溪湿地的“四区一堤”欣赏到西湖灯会。在开展晚上，将有装扮一新的摇橹船和电瓶船在西溪湿地的固定水域，事先已预定乘船夜游的游客将在船上喝茶、吃元宵，听古筝弹唱，看越剧、武术表演，赏元宵灯会、湿地夜景，并放水上荷花灯，为龙年祈福。

知识链接

四区一堤

四区一堤是指二文事西路的公园北门、南门、河渚街区域、蒋村集市慢生活街区和福堤。

2.4.2 作品赏析

理清文章思路，说说作品中“变”的含义及作者所表达的思想感情；能以导游员的身份准确介绍西湖。

西湖漫笔

宗璞

平生最喜游山逛水。这几年来，很改了不少闲情逸致，只在这山水上头，却还依旧。那五百里滇池粼粼的水波，那兴安岭上起伏不断的绿沉沉的林海，那开满了各色无名的花的广阔的呼伦贝尔草原，以及那举手可以接天的险峻的华山……曾给人多少有趣的思想，曾激发起多少变幻的感情。一到这些名山大川异地胜景，总会有一种奇怪的力量震荡着我，几乎忍不住要呼喊起来：这是我的伟大的、亲爱的祖国。

然而在足迹所到的地方，也有经过很长久的时间，我才能理解欣赏的。正像看达文西的名画《永远的微笑》，我曾看过多少遍，看不出她美在哪里；在看过多少遍之后，一次又拿来把玩，忽然发现那温柔的微笑，那嘴角的线条，那手的表情，是这样无以名状的美，只觉得眼泪直涌上来。山水，也是这样的，去上一次两次，可能不会了解它的性情，直到去过三次四次，才恍然有所悟。

我要说的地方，是多少人说过写过的杭州。六月间，我第四次去到西子湖畔，距第一次来，已经有九年了。这九年间，我竟没有说过西湖一句好话。发议论说，论秀媚，西湖比不上长湖，天真自然，楚楚有致；论宏伟，比不上太湖，烟霞万顷，气象万千。好在到过的名湖不多，不然，不知还有多少谬论。

奇怪得很，这次却有迥乎不同的印象。六月，并不是好时候，没有春光，没有雪，也没有秋意。那几天，有的是满湖烟雨，山光水色俱是一片迷蒙。西湖，仿佛在半醒半睡。空气中，弥漫着经了雨的栀子花的甜香。记起东坡诗句："水光潋滟晴方好，山色空蒙雨亦奇"，便想，东坡自是最了解西湖的人，实在应该仔细观赏领略才是。

小贴士

饮湖上初晴后雨

水光潋滟晴方好，山色空蒙雨亦奇。
欲把西湖比西子，淡妆浓抹总相宜。

正像每次一样，匆匆地来，又匆匆地去。几天中我领略了两个字，一个是"绿"，只凭这一点，已使我流连忘返。雨中去访灵隐，一下车，只觉得绿意扑眼而来。道旁古木参天，苍翠欲滴，似乎飘着的雨丝儿也都是绿的。飞来峰上层层叠叠的树木，有的绿得发黑，深极了，浓极了；有的绿得发蓝，浅极了，亮极了。峰下蜿蜒的小径，布满青苔，直绿到了石头缝里。在冷泉亭上小坐，真觉得遍体生凉，心旷神怡。亭旁溪水，说是溪水，其实表达不出那奔流的气势，平稳处也是碧澄澄的，流得急了，水花飞溅，如飞珠滚玉一般，在这一片绿色的影中显得分外好看。

请您欣赏

冷泉亭——在灵隐寺山门之左，1 000 多年来，一直是诗人们流连忘返的处所。亭双层方形，黛瓦丹柱，由16根圆柱构成一个开敞、宽阔的空间。周围丹垣绿树，翳映阴森。亭对峭壁，一泓泠然，凄清入耳。亭后西栗十余株，大皆合抱，阴冷暗樾，遍体清凉。秋初栗熟，大若樱桃，破苞食之，色如蜜珀，香若莲房（见图 2.42）。

图 2.42　冷泉亭

西湖胜景很多，各处有不同的好处，即使一个绿色，也各有不同。黄龙洞绿得幽，屏风山绿得野，九曲十八涧绿得闲。不能一一去说。漫步苏堤，两边都是湖水，远水如烟，近水着了微雨，泛起一层银灰的颜色。走着走着，忽见路旁的树十分古怪，一棵棵树身虽然离得较远，却给人一种莽莽苍苍的感觉，似乎是从树梢一直绿到了地下。走近看时，原来是树身上布满了绿茸茸的青苔，那样鲜嫩，那样可爱，使得绿荫荫的苏堤更加绿了几分。有的青苔，形状也有趣，如耕牛，如牧人，如树木，如云霞；有的整片看来，布局宛然如同一幅青绿山水。这种绿苔，给我的印象是坚韧不拔，不知当初苏公对它们印象怎样。

在花港观鱼，看到了又一种绿。那是满池的新荷，圆圆的绿叶，或亭亭立于水上，或婉转靠在水面，只觉得一种蓬勃的生机跳跃满池。绿色，本来是生命的颜色。我最爱看初春的杨柳嫩枝，那样鲜，那样亮，柳枝儿一摆，似乎蹬着脚告诉你，春天来了。荷叶，则要持重一些，初夏，则更成熟一些，但那透过活泼的绿色表现出来的茁壮的生命力，是一样的。再加上叶面上的水珠儿滴溜溜滚着，简直好像满池荷叶都要裙袂飞扬，翩然起舞了。

请您欣赏

花港观鱼——西湖十景之一，地处苏堤南段西侧，是一处花、港、鱼为特色的风景点。全园分为红鱼池、牡丹园、花港、大草坪、密林地5个景区。与雷峰塔、净慈寺隔苏堤相望。池岸曲折自然，池中堆土成岛，池上架设曲桥，倚桥栏俯看，数千尾金鳞红鱼结队往来，泼刺戏水（见图2.43）。

图2.43　花港观鱼

从花港乘船而回，雨已停了，远山青中带紫，如同凝住了一段云霞。波平如镜，船儿在水面上滑行，只有桨声欸乃，愈增加了一湖幽静。一会儿摇船的姑娘歇了桨，喝了杯茶，靠在船舷，只见她向水中一摸，顺手便带上一条欢蹦乱跳的大鲤鱼。她自己只微笑着一声不出，把鱼甩在船板上。同船的朋友看得入迷，连连说，这怎么可能？上岸时，又回头看那在浓重暮色中变得无边无际的白茫茫的湖水，惊叹道："真是个神奇的湖！"

我们整个的国家，不是也可以说是神奇的么？我这次来领略到的另一个字，就是

“变”。和全国任何地方一样，隔些时候去，总会看到变化，变得快，变得好，变得神奇。都锦生织锦厂在我印象中，是一个窄狭的旧式的厂。这次去，走进一个花木葱茏的大院子，我还以为找错了地方。技术上管理上的改进和发展就不用说了。我看到织就的西湖风景，当然羡慕其织工精细。我又想，怎么可能把祖国的锦绣河山织出来呢？不可能的。因为河山在变，在飞跃。最初到花港时，印象中只是个小巧曲折的园子，四周是一片荒芜。这次却见变得开展了，加了好几处绿草坪，种了许多叫不上名字来的花和树。顿觉天地广阔了许多，丰富了许多。那在新鲜的活水中游来游去的金鱼，一定会知道得更清楚罢。据说，这一处观赏地原来只有二亩，现在已有二百一十亩。我和数字是没有什么缘分的，可是这次我却深深地记住了。这种修葺，是建设中极次要的一部分，从它，可以看出更多的东西。

更何况西湖连性情也变得活泼热闹了，星期天，游人泛舟湖上，真是满湖的笑，满湖的歌！西湖的度量，原也是容得了活泼热闹的。两三人寻幽访韵固然好，许多人畅谈畅游也极佳。见公共汽车往来运载游人，忽又想起东坡在密州出猎时写的一首《江城子》：“老夫聊发少年狂，左牵黄，右擎苍，锦帽貂裘，千骑卷平冈。”想来他在杭州，当有更盛的情景罢。那时是“倾城随太守”，这时是每个人在公余之暇，来休息身心，享山水之乐。这热闹，不更千百倍地有意思么？

希腊画家亚柏尔曾把自己的画放在街上，自己躲在画后，听取意见。有一个鞋匠说人物的鞋子画得不对，他马上改了。这鞋匠又批评别的部分，他忍不住从画后跑出来说，你还是只谈鞋子好了。因为对西湖的印象究竟是浮光掠影，这篇小文很可能是鞋匠的议论，然而心到神知，想西湖不会怪我唐突罢。

文学常识

《西湖漫笔》特色

《西湖漫笔》用细腻的笔触刻画了西湖之美，这种美有来自表面的风景之美，也有附着在西湖身上的内在美。作者运用拟人、引用、反问等修辞手法，使读者对西湖的美有了更加深刻的感悟，同时也会产生对西湖美景的向往之情。

本文显示了作家写景文字的基本风格：重视客观对象的精微体察，描摹真切，情感内敛，语言简约隽永，尽量使人在客观的对象中，自然而然地产生审美的愉快。

2.4.3 能力训练

1. 景为联添辉，联为景增色，请查找西湖楹联，集锦成册，丰富自己的文化知识，陶冶自己的思想情操。

2. 大型电视纪录片《西湖》，以恢宏的视野和精微的视点，融婉约与豪放于一体，融纪实与写意为一炉，贯通中国历史的文澜道脉，发掘江南文化的深层底蕴，博采独绝天下的四时光影，不愧为一部视觉艺术的西湖全书。请根据表 2－3 提供的网址，选取两三个片段欣赏。

表 2－3 《西湖》的网址

集数	名称	网址
第 1 集	西湖云水	http://v. youku. com/v_ show/id_ XMTU2ODEyMzUy. html
第 2 集	临安的记忆	http://v. youku. com/v_ show/id_ XMTkxMzkyNTI4. html
第 3 集	西湖旧影	http://v. youku. com/v_ show/id_ XMTk0ODc4MTc2. html
第 4 集	湖山晴雨	http://v. youku. com/v_ show/id_ XMTk0ODIxMTAw. html
第 5 集	香市	http://v. youku. com/v_ show/id_ XMTk0OTc3Mzgw. html
第 6 集	戏文的神采	http://v. youku. com/v_ show/id_ XMTk0OTgzNTY0. html
第 7 集	画印西湖	http://v. youku. com/v_ show/id_ XMTk0MTk1NTA4. html
第 8 集	西博往事	http://v. youku. com/v_ show/id_ XMTk0MTk2NTQ4. html
第 9 集	伊人在水	http://www. tudou. com/programs/view/CmpJ6ODV868/
第 10 集	天堂	http://www. 56. com/u11/v_ NTA5NjEwNDk. html

3. 请根据表 2-4 提供的信息，模拟推荐下列精品旅游线路。

表 2－4 西湖精品旅游线路

线路	游览时间	适合人群	到达方式	途中景点
1	6 小时	情侣	公交、自驾车	一公园→涌金门公园→柳浪闻莺→小瀛洲→夕照山→南屏山→太子湾公园→小南湖→花港公园→苏堤→ 岳庙→岳湖→杭州花圃→杨公堤→茅家埠→盖叫天墓→乌龟潭
2	4~5 小时	朋友	公交、自驾车	二公园→五公园→六公园→少年宫→白堤→孤山→ 岳庙→岳湖→苏堤→ 小南湖→夕照山→柳浪闻莺→涌金门公园→一公园
3	3 小时	朋友	公交、自驾车	一公园→ 湖滨公园→ 六公园→望湖楼→白堤→孤山→武松墓→岳庙→岳湖→苏堤→花港公园→ 夕照山→长桥公园→学士公园→柳浪闻莺→钱王祠→涌金门公园
4	2 小时	朋友	公交、自驾车	一公园→湖滨公园→六公园→望湖楼→白堤→孤山→岳庙→岳湖→苏堤→夕照山→长桥公园→学士公园→柳浪闻莺→钱王祠→涌金门公园
5	6 小时	家庭	公交、码头、自驾车	一公园→湖滨公园→六公园→望湖楼→白堤→孤山→武松墓→岳庙→岳湖
6	4 小时	家庭	公交、自驾车	岳湖→苏堤→夕照山
7	3 小时	家庭	公交	二公园→一公园→涌金门公园→柳浪闻莺→夕照山→太子湾公园→苏堤→ 岳湖→岳庙→孤山→ 白堤→少年宫→六公园→五公园
8	2 小时	家庭	公交、码头、自驾车	苏堤→小瀛洲→阮公墩→湖心亭→孤山→六公园

4. 讲解自己喜欢的一处西湖景点。

2.5 黄果树瀑布

导 读

黄果树瀑布，位于中国贵州省安顺市镇宁布依族苗族自治县，是珠江水系打邦河的支流白水河九级瀑布群中规模最大的一级瀑布，因当地一种常见的植物黄果树而得名。瀑布高度为77.8米，其中主瀑高67米；瀑布宽101米，其中主瀑顶宽83.3米。以黄果树瀑布为核心，在上游和下游20公里河段上，形成雄、奇、险、秀风格各异的瀑布18个。1999年黄果树瀑布被评为世界上最大的瀑布群，列入世界吉尼斯纪录。

黄果树大瀑布是世界上唯一可以从上、下、前、后、左、右6个方位观赏的瀑布。以其雄奇壮阔的大瀑布、连环密布的瀑布群而闻名于海内外，享有“中华第一瀑”之盛誉，是除尼亚加拉瀑布和维多利亚瀑布之外的第三大瀑布。

黄果树瀑布风景如图2.44所示。

图2.44 黄果树瀑布风景

2.5.1 黄果树瀑布介绍

黄果树瀑布群是由18个风韵各异的大小瀑布组成，其中以黄果树瀑布最为优美壮观，故统称为黄果树瀑布群，各瀑布不仅风韵各具特色，而且造型十分优美，堪称世界上最典型、最壮观的喀斯特瀑布群。黄果树瀑布是世界上唯一可以从上、下、前、后、左、右6个方位观赏的瀑布，也是世界上有水帘洞自然贯通且能从洞内外听、观、摸的瀑布。明代伟大的旅行家徐霞客考察大瀑布赞叹道：“捣珠崩玉，飞沫反涌，如烟雾腾空，势甚雄伟；所谓‘珠帘钩不卷，匹练挂遥峰’，俱不足以拟其壮也，高峻数倍者有之，而从无此阔而大者。”

小贴士

黄果树瀑布群

最优美壮观的——黄果树瀑布
落差最大的——滴水滩瀑布
水流量最大的——关脚峡瀑布
瀑顶最宽的——陡坡塘瀑布
形态最美的——银链坠潭瀑布
潭面最长的——螺丝滩瀑布
最大喀斯特洞穴的——龙门飞瀑布

知识链接

黄果树瀑布的来历

许多年以前，在黄果树瀑布的山坡上，住着一个种庄稼的老汉和他的妻子。老两口年纪都有60多岁了，他们无儿无女，并且一年到头做活，从来没歇过一天气，但日子总是过得很清苦。老两口想到终日辛劳还得不到温饱的生活，常常愁眉不展，相对叹气。

老汉从年轻力壮来到这里时起，就自己砍树枝，割茅草，搭了一间草房，一家人孤单单地住着。他在屋前屋后种上了100棵黄果树，许多年来，这些树子已经长大成林，团团围绕着他那间矮小的草房。老汉没事时就坐在房门口抽叶子烟，他的门正好对着前面飞泻而下的大瀑布。

这瀑布原来没有什么名称。它有十来丈宽，从三四十丈高的悬岩上直往下冲，轰隆隆的声音无日无夜地震响着，水沫像牛毛细雨一样，飞到几里路外。早晨，当太阳照着瀑布时，便现出五颜六色的彩虹。晚上，当月亮照着瀑布下面的深潭时，潭里又会射出闪闪的霞光。老汉就是这样每天早晚观赏着瀑布的奇景。除了种庄稼，便看看黄果树，度着他的岁月。

有一年，老汉种的100棵黄果树不知怎的竟和往年大不相同。这一年，每一棵黄果树开的花都比往年繁多，而且又大朵，香风在几里路以外都闻得到。老汉夫妻俩非常高兴，他计算着今年的黄果一定比往年的收成多。当然卖得的钱也要多得多。老汉每想到收入会增多，总笑得咧开衔着叶子烟杆的嘴，对他的妻子重复着已不知说过好多遍的话："老伴，等黄果卖得钱时，你那烂襟襟的衣服也该换一件新的了。"他的妻子也跟着重复那句说了不上一次的话："你也可以到场上去买几斤肉来打个牙祭了。"

黄果花谢了以后，日子一天天过去，老汉每天这棵树看看，那棵树看看，看来看去看了十多天，总不见有棵树结个黄果米米。这时老汉又是难过，又是失望，他话也不想说，饭也吃不下，只是一袋又一袋地抽着叶子烟。但是，有一天下午，当他像打瞌睡一样地在家闷坐时，他的妻子忽然在门外惊喜地叫起来："快来看啊，黄果！"老汉像被针锥着屁股，一蹦跳起来，揉着眼睛就朝门外跑。这时他的妻子抱着一捆刚捡来的柴，正仰头向一棵黄果树上看。

“你看，好大一个黄果!”他的妻子指着树上说。

“咦，稀奇，我怎么从没看见?”老汉看准了在树叶丛中真的结着一个黄果，奇怪地说：“这个黄果有点怪，花谢才十几天，它就长得比熟透了的还大。”

“再找找看还有没有。”他的妻子放下手中的柴说。

于是，两人一棵树又一棵树地找起来，一百棵树都被他们仔细找过了，但是除了这个黄果之外，再也找不出第二个黄果来。

“不要找了。”老汉对还想找一遍的妻子说：“穷人的命总是苦的，再找也找不出。”

几天以后，老汉家来了一个稀有的客人，他是听见关于黄果的传说以后特地从几百里以外赶来的。这客人不过30来岁，瘦长的个子活像个痨病鬼，但他的两只眼睛却闪着奇异的光。有认识他的人，都叫他识宝的陕老，而老汉却是从来不认识他的。陕老一到老汉家，开口第一句话就是：“老人家，你的黄果卖不卖?”

“黄果往年倒多，你买几百斤都有，只是今年年成不好，总共只结了一个。”

“我就是要买这个。”陕老说。

“这是做种的，我还不卖呢。”老汉随口答道。

“卖吧，我有的是钱嘛。”陕老用诱惑的眼光看着老汉说。

“有的是钱? 你能出多少?”老汉怀疑地问。

“200两银子怎样?”

“200两?”老汉的心“咚”的一跳，他虽然曾看过一些散碎的银子，但200两究竟是多少，他还不大清楚，想来一定是多上加多的银子吧！他一想到这个“多”字，以为陕老是在和他说着玩，但看陕老的脸色却又一本正经，并不像在欺骗。

“200两你是不是嫌少了?”陕老说，“那就这样吧，我给你1 000两，这就是定钱。”陕老从随身携带的口袋里拿出一个50两的银锭递给老汉。

“不，不。”老汉看着白生生的那么大一锭银子，不知怎么说才好。

“1 000两不少了，你收下吧。”陕老把银锭硬塞到老汉的手中，老汉这时真是有点糊里糊涂了。他的妻子像想起了什么似的急忙说：“卖就卖吧，等我去摘来。”

“不要忙，不要忙。”陕老连忙阻止说，“这个黄果现在不要，我的银子也不够。”

“那么你什么时候才要呢?”老汉问。

陕老先走到树下看一会，又扳起指头算了一番，然后说道：“再过100天，足足的100天，我来取黄果。但是你们要记住，在这100天内，不管白天晚上，你们都要守着这个黄果，不准人来摸，也不能给鸟兽吃……”

“放心!”老汉插嘴说，“我这里一年半载也难得有一个人来。怕鸟兽吃，只要编个笼子罩住就行了。”

“不，不能罩住，要随它长。”陕老说，“你们必须日日夜夜守着，一点也疏忽不得，不然，到时候我就买不成你们的黄果了。”

“为什么呢?”老汉问。

“你答应不给别人说，我就讲。”

“我和我的老伴敢赌咒，就是3岁小娃儿也不给他讲。”老汉拍着胸口，老实地说。

“这——个——黄——果——是——个——宝!”陕老压低声音，对着老汉的耳朵轻轻地说。其实，他就大喊几声也没人听见，因为门对面瀑布的声音很大，老汉的家又是孤零零地住在山坡上，一个左邻右舍都没有。

"它有什么用处呢?"老汉追问一句。

"唔，这个……"以后再说吧!"陕老不愿多讲一个字，老汉也不好再问，他点着头听完陕老的嘱咐后，就看着他走了。

从此以后，老汉夫妻俩每天轮流着守在这棵黄果树下，就是在晚上，他们的眼睛也不敢闭一闭。在老汉的怀里，那锭沉甸甸的50两的大元宝，使他忘记了疲劳；当他一想起"1 000两"这个难以想象的大数目的，他总是取出那个元宝来抚摸一番。

看看100天快到了，老汉夫妻俩也被弄得精疲力竭，快生病了。守到99天时，老汉再也支持不住，他那刻苦耐劳的腰杆弯得像个龙虾，一双发红的眼睛只是想闭下。他想："已经守了99天，黄果也已经熟透顶了，差一天不守也不要紧了。"但是他又想："要是差这一天不守，被鸟兽吃了岂不前功尽弃?"老汉想了又想，最后决定摘回家放着，以防意外。

第二天，陕老果然如期来了。他没有带银子，只背来一捆丝线打的绳梯。他一进门就问："老人家，黄果长得怎样?"

"熟透了，昨天我已经把它摘下来了。"

"摘下来了?"陕老吃惊地问，"让我看看。"

老汉将黄果捧出来，这个世间少有的黄果又香又大，大得像南瓜。陕老看了一阵后，叹口气说："可惜差这一天，力气就不足了。"

"说来说去，这个黄果有什么用哟?"老汉问。

陕老用手指着对面的瀑布，对老汉说："这个瀑布下面的深潭，是一个聚宝坑，有人知道潭里面金银珠宝很多，就是没法子去拿。这个黄果就是打开深潭的钥匙，可惜还差一天你就把它摘下来了，恐怕力气还没长足，打不开了。不过我们可以去试试。"陕老说完就抱起黄果，背着绳梯，走到瀑布下边的深潭边。老汉夫妻俩帮着他把绳梯捆在潭边大石上。捆好后，陕老两手捧起黄果朝潭中央一丢，稀奇古怪的事情即刻发生了：上面轰隆隆流着的瀑布突然静止不流，下面的深潭也一下子干巴巴的。老汉夫妻伸头向潭内一望，只见黄的白的发着亮光的金子银子、珍珠宝石，像石头砂子一样堆满潭底，中间还夹着不少的大小铁箱。陕老满面喜色地将绳梯甩进潭里，抱着它一溜滑到潭底，他在潭底非常迅速地把黄果捡来挟着，立即又提了一口小铁箱慌忙沿着绳梯爬上来。正当他爬到一半时，陡然间，天崩地裂似的一声巨响，吓得老汉夫妻目瞪口呆。原来上面的瀑布非常凶猛地冲下来，下面的深潭也在一眨眼之间就涨满了水。等老汉神志清醒时，他们面前除了那架绳梯，再也看不见陕老的踪影。

老汉摇着头，叹了一口气，从怀里拿出那锭已被摸得发亮的银子，毫不犹豫地丢进深潭中，回头对妻子说："这不是我们庄稼人应得的东西，留着它是一点用处也没得的。"

从这以后，这个瀑布就被人叫做黄果树瀑布。虽然人们知道瀑布下面的深潭里，至今仍然堆满金银财宝，可是人们再也找不到打开它的钥匙了。

黄果树风景名胜区瀑布成群，洞穴成串，峰峦叠翠，植被奇特，伏流、溶洞、石林、石壁、峡谷比比皆是，呈现出层次丰富的喀斯特山水旖旎风光。以黄果树大瀑布景区为中心，以瀑布、溶洞、地下湖为主体，分布着石头寨景区、天星桥景区、滴水滩瀑布景区、霸陵河峡谷三国古驿道景区、陡坡塘景区、郎宫景区等几大景区。

请您欣赏

黄果树瀑布——落差74米，宽81米，河水从断崖顶端凌空飞流而下，正如瀑布对岸高崖上的观瀑亭上一副对联所云："白水如棉，不用弓弹花自散。虹霞似锦，何须梭织天生成（见图2.45）。"瀑布激起的水花，如雨雾般腾空而上，随风飘飞，漫天浮游，高达数百米，落在瀑布右侧的黄果树小镇上，特别是艳阳高照之日，水雾蒙蒙，映出金色的光来，似真似幻，那街道似乎是金色大街，形成了远近闻名的"银雨洒金街"奇景（见图2.46）。

图2.45　黄果树瀑布

图2.46　银雨洒金街

瀑布后的水帘洞相当绝妙，134米长的洞内有6个洞窗、5个洞厅、3个洞泉、2个洞内瀑布。游人穿行于洞中，可在洞窗内观看洞外飞流直下的瀑布（见图2.47）。根据中国神话故事改编的电视连续剧《西游记》中水帘洞一场戏，就是在这里拍摄的。每当日薄西山，凭窗眺望，犀牛潭里彩虹缭绕，云蒸霞蔚，苍山顶上绯红一片，迷离变幻，这便是著名的"水帘洞内观日落"。

瀑布下的犀牛潭（见图2.48），瀑布溅珠上经常挂着七彩缤纷的彩虹，随人移动，变幻莫测，古人说"天空云虹以苍天作衬，犀牛滩云虹以雪白之瀑布衬之"，故有"雪映川霞"的美称。

图2.47　水帘洞内观瀑布

图2.48　犀牛潭

石头寨景区是具有典型石头建筑的布依族村寨，南距黄果树大瀑布约6公里，以伍姓为主体。石屋建筑极有特色，大批的能工巧匠被石料资源和长期建筑实践造就了，并且全寨约80%的成年妇女都会做蜡染。

请您欣赏

石头寨——依山傍水，四周有秀丽挺拔的群山，寨前田连阡陌，寨后绿树成荫，寨边有宽阔的石头河，河水清澈见底，常见游鱼成群，互相追逐。竹林、果树相间的岸边石屋村寨，在阳光辉映下，如片片白云，散落在青山绿水间，形成一派独特的山村美景。进得寨来，从寨门、寨墙到各家各户的房屋及室内用具，大都是石头所做：房屋，是石头的瓦片石头的墙，屋里，是石头的桌子石头的凳、石头的碓子和石头的缸（见图2.49）。

图2.49 石头寨

蜡染和纳绵——素以古朴、典雅的风韵著称，工艺精湛、制品精美，锦面鲜艳夺目，蜡花冰纹清秀（见图2.50）。

图2.50 蜡染和纳绵

天星桥景区是黄果树风景名胜区新开发的一个富有特色的景区，位于黄果树瀑布下游6公里处。这里有3个连接的片区，即天星盆景区、天星洞景区、水上石林区。天星桥景区石笋密集，植被茂盛，融山、水、林、洞为一体，被游人称赞为“风刀水剑刻就”的“万倾盆景”，“根笔藤墨绘帛”的“千古绝画”。

请您欣赏

天星盆景区——一片水上石林景观，弯弯曲曲的石板小道，穿行于石壁、石壕、石缝之中，逶迤于盆景边石之上。沿小道游览，抬头是景，低头是景，前后左右皆成景，仿佛到了天上的仙境，地下的迷宫（见图2.51）。主要景观有步步景、一线水、空灵石、天星照影、长表峡、侧身岩、歪梳石、寻根岩、鸳鸯藤、盘龙图、美女榕、象鼻石、天星楼、雏鹰出山等。

天星洞景区——天星桥景区中段，天星洞内钟乳石以色彩斑斓称著，赤、橙、黄、绿、青、蓝、紫七色俱全，几乎成了太阳光谱的灵敏折光镜，把大自然的色彩集中到溶洞里（见图 2.52）。洞内一根25米高天然石柱，直托洞里顶穹。石柱周围，一组石头，每一石头都极像盛开的荷花，大小不一，若轻轻敲击，这莲花状的石头就会发出不同音色的乐声，美妙动人。

图 2.51　天星盆景区

图 2.52　天星洞景区

水上石林区——河水从石林的上面分开，环流两侧，又在下面交汇，把一座石林围在水中，河水在石林中时隐时现，穿行于石峰、石壕、石壁、石缝之间，石林间长着大片的仙人掌和小灌木丛及各种花草，使冰冷的石头上终年绿荫，展现出生命的繁荣。主要景观有银练坠潭瀑布、星峡飞瀑布、群榕聚会、根墙屏障、盘根壁画等。

滴水滩瀑布景区位于六枝特区落别乡境内，为黄果树瀑布群源头，山上为错落有致、景色优美的布依族村寨。滴水滩瀑布由3个瀑布组成，最上面的叫连天瀑布，中间的为冲坑瀑布，下面的为高潭瀑布，是以“高、大、美、秀”著称的瀑布群。

请您欣赏

滴水滩瀑布——形态多有奇特之处，最上一级瀑布顶仅是一个3.5米宽的峡谷岩道，而最下一级瀑布顶宽则有四十五米（见图 2.53）。由于深切于峡谷之中，多处为山崖遮掩，时隐时现，有的地方只闻其声，不见其形，实难窥其全貌，使人愈觉神秘奇妙。

图 2.53　滴水滩瀑布

郎宫景区位于贵州省关岭布依族苗族自治县的晒甲山上，距黄果树大瀑布不远。可乘艇漂流前往。这是一片谷地开阔，环境优雅，极富亚热带河谷田园风光的天然度假胜地。

黄果树瀑布不仅景色优美，附近还有很多的名胜古迹，以“千古之谜”的红崖天书最为著名，此外还有相传石三国遗迹的关索岭、孔明堂、跑马泉、御书楼等。

知识链接

红崖天书和关索岭

红崖天书。原名“红岩碑”，又称“红岩山”，位于关岭布依族苗族自治县城东约15公里处的晒甲山半山。红色岩壁上那些赫红色的神秘符号，非雕非凿，了无刻痕，经数百年风雨剥蚀，却能依然如故，色泽似新（见图2.54）。山岩上那些仿佛文字的古怪符号，蕴藏着无穷怪异，穿越时空的非凡意义，引起了国内外史学界的格外重视。

图2.54　红崖天书

关索岭。乌蒙山的支脉，得名于蜀汉丞相诸葛亮“七擒孟获”的故事。关索者，则为汉寿亭侯关羽之子关兴之误。关兴南征时被土著人称为关帅，古语云“帅”与“率”通，后讹“率”为“索”。此说当否，请见清·田雯著《黔书·关索岭》。关索岭地势险峻，逶迤为主，是古代兵家必争地，康熙大帝称其为“滇黔锁钥”，并题匾挂在古驿道帝的御书楼上。

当地的八宝娃娃鱼、烧烤香猪、罐罐鸡、天麻鸳鸯鸽、篮球鸽蛋、凉拌折耳根、折耳根炒肉丝、豆腐丸子、安顺牛肉粉、镇宁波波糖、五彩珍珠汤、刺猬包、包谷粑、安顺破酥包、碗耳糕、南瓜包、红油脆哨糯米饭、梅花香芋、荞凉粉、油炸粑稀饭、碎肉豆沙粑、酸菜粑、卷粉裹裹、锅渣等都很有特色，最著名的美食要数镇宁的花江狗肉。黄果树香烟、黄果、蜡染、刺绣等也成为旅游者争相购买的当地特产。每年一度的黄果树瀑布节、“六月六”文化节，更是吸引越来越多的客人到这里尽情体验少数民族的传统与热情。

知识链接

“六月六”文化节

布依族人民十分重视“六月六”文化节，有过“小年”之称。节日来临，各村寨都要杀鸡宰猪，用白纸做成三角形的小旗，沾上鸡血或猪血，插在庄稼地里，传说这样做，蝗虫就不会来吃庄稼。节日的早晨，由本村寨几位德高望重的老人，率领青壮年举行传统的祭盘古、扫寨赶“鬼”的活动。除参加祭祀的人外，其余男女老少，按布依族的习惯，都要穿上民族服装，带着糯米饭、鸡鸭鱼肉和水酒，到寨外山坡上“躲山”。祭祀后，由主祭人带领大家到各家扫寨驱“鬼”、而“躲山”群众则在寨外说古唱今，并有各种娱乐活动。夕阳西斜时。“躲山”的群众一家一户席地而坐，揭开饭箩，取出香喷喷美酒和饭菜，互相邀请做客。一直等到祭山神处响起“分肉了！分肉了！”的喊声，人们才选出身强力壮的人，分成4组，到祭山神处抬回4只牛腿，其余的人，相携回到家中，随后各家派人到寨里领取祭山神的牛肉。节日娱乐活动，以丢花包最为有趣。

2.5.2 作品赏析

此文短小精悍，读过之后你有怎样的印象？怎样的感悟？反复诵读，背诵其中精彩的语句。

走近黄果树瀑布

房企遐

如果说“树、石、云、水”组成了中国山水画的独特意境，那么瀑布则是山水画的灵魂所在。有瀑布的山就活，有瀑布的水就清。

人们向往美好的生活，寄情山水，通过观赏瀑布，汲取生命的活力，洗涤自己的心灵。高山流水，云壑飞瀑更是文人雅士们表达情感和寄托理想的场所，“飞流直下三千尺，疑是银河落九天”，人们徜徉在崇山峻岭，激流飞湍之中，不分春夏秋冬，不知老之将至……而我更是迷恋青山绿水，向往天下奇景。

闻说黄果树瀑布是我国最大的瀑布，壮美无比，于是欣然前往。汽车在神奇险峻的贵州高原飞驰，穿过了一座座村寨，越过了一道道山梁，没入了一片林木葱茏之中……耳畔传来雷鸣般的咆哮声，黄果树瀑布到了！

汽车在水雾笼罩的黄果树寨子前停了下来。这个有“水云山庄”之美誉的街市，常年处于瀑雨雾气的包围之中。夏天是瀑布最壮观的时候，“水云山庄”里游人如织，热闹非凡。几个穿梭在游客之中的布依族老太太引起了我的注意，她们身穿民族服装在向游客兜售用蜡染布制成的工艺挂包，原来这名扬四海的贵州蜡染布就出产在黄果树附近的“蜡染之乡”石头寨中。我赶紧举起相机，谁知那几位老太太特别注意保护“肖像权”，横竖不让我拍到其完整的肖像。

小贴士

布依族服饰

布依族服饰多为青、蓝、白几种颜色。男子的服装式样各地基本相同，多包头帕，头帕有条纹和纯青两种；衣服为对襟短衣，一般是内白外青或蓝，裤子为长裤；老年人多穿大袖短衣或青、蓝长衫，脚上穿布统袜。现代布依族妇女的服饰各地不一，妇女着大襟短衣，部分着百褶长裙。在布依族聚居的扁担山一带，少女喜穿滚边短衣，系绸缎腰带，头戴织锦头帕，以粗发辫盘扎头巾，额上为织锦图案和数圈发辫，下穿裤子，着绣花鞋。青年女性穿蜡染百褶裙，斜襟短衣，绣花盘肩，用各种花线沿衣肩绣成两排小正方形的半圆形图案，领圈两边抛花织锦，颜色醒目；衣袖中间为织锦，上下两段是蜡染；衣服下摆为一寸左右的织锦镶边，胸前戴绣花或织锦长围腰，系浅色绸缎腰带；头戴织锦头巾，耳边垂着一束各色线做成的耍须。已婚者的头饰戴“更考”，以竹笋壳和布匹制成，形如撮箕，前圆后矩。每逢盛大节日或宴会时，妇女仍均喜佩带各式各样的耳环、戒指、项圈、发簪和手镯等银饰。

黄果树瀑布高 74 米，宽 81 米，位于贵州镇宁县的白水河上，白水河流经黄果树地段时因河床断落而形成瀑布。那瀑布如一条狂怒的白龙在峡谷间撞击回荡，轰轰隆隆带着震颤的闷响，我感到脚下的岩石在微微颤抖，地动山摇之声猛地把我拥入了一个从未经历过的美妙世界……那银光闪闪的大瀑布以万钧雷霆之势，从悬崖上呼啸直下，倾入墨绿色的犀牛潭中，如大河倒泻，江海沸腾，溅珠飞起足有百米高，水雾中悬挂着一条七色彩虹，“赤、橙、黄、绿、青、蓝、紫”，那霞光若隐若现，把眼前的几位花季少女映照得如“出水芙蓉”一般……好一个人间仙境！

黄果树瀑布后面横穿一个水帘洞，长达 134 米，是观赏瀑布的最佳去处，我租了一件雨衣进入了水帘洞。我仿佛是进入了瀑布的腹中，成了瀑布的婴儿，我静静地接受大自然母亲的洗礼，聆听自然母亲心脏的跳动，吸取自然母亲甘甜的乳汁，在千弦争鸣，万珠跳跃声里，在山呼海啸，飞瀑纵横之中。

在摸瀑台我欣喜地张开双臂拥抱这“捣珠崩玉，飞沫反涌”，任凭那飞瀑冲在身上，洒在心上，渐渐地我感到自己已被溶化了，我化成了瀑布的一滴水珠溶入了奔腾涌湍的瀑流之中，溶入了大自然生命的合唱之中……

2.5.3 能力训练

1. 黄果树瀑布受到历代文人墨客的推崇赞赏，请查找黄培杰、周铭先、严遂成、翟培基、谢三秀、田雯等文士吟诵黄果树瀑布之美的诗文。

2. 请以“布依族”为关键词查找资料，熟悉其历史概况、食俗、婚俗、礼仪、节庆、戏剧、蜡染工艺、民族禁忌、神话传说。

3. 以导游员身份对黄果树瀑布进行景区导游词讲解。

2.6 都江堰

导读

都江堰位于四川省成都市都江堰市灌口镇，是中国建设于古代并使用至今的大型水利工程，被誉为“世界水利文化的鼻祖”。都江堰是由秦国蜀郡太守李冰及其子率众于公元前256年左右修建的，是全世界迄今为止，年代最久、唯一留存、以无坝引水为特征的宏大水利工程，也是全国重点文物保护单位。

都江堰不仅是举世闻名的中国古代水利工程，也是著名的风景名胜区。都江堰附近景色秀丽，文物古迹众多，主要有伏龙观、二王庙、安澜索桥、玉垒关、离堆公园、玉垒山公园、玉女峰、灵岩寺、普照寺、翠月湖、都江堰水利等工程。

都江堰风景如图2.55所示。

图2.55　都江堰风景

2.6.1 都江堰介绍

都江堰水利工程坐落在成都平原西部的岷江上，包括鱼嘴、飞沙堰和宝瓶口3个主要组成部分。1982年，都江堰作为四川青城山——都江堰风景名胜区的重要组成部分，被国务院批准列入第一批国家级风景名胜区名单。2000年联合国世界遗产委员会第二十四届大会上，根据有关规定，由于都江堰水利工程历史悠久、规模宏大、布局合理、运行科学，且与环境和谐结合，在历史和科学方面具有突出的普遍价值，因此被确定为世界文化遗产。

都江堰的创建，有其特定的历史根源。战国时期饱受战乱之苦的人民，渴望中国尽快统一。此时经过商鞅变法改革的秦国一时名君贤相辈出，国势日盛，他们正确认识到巴、蜀在统一中国中特殊的战略地位，“得蜀则得楚，楚亡则天下并矣”。在这一历史大背景下，战国末期秦昭王委任知天文、识地理、隐居岷峨的李冰为蜀国郡守。李冰上任后，首先下决心根治岷江水患，发展川西农业，造福成都平原，为秦国统一中国创造经济基础。

知识链接

都江堰名字的演变

秦代，都江堰旁的玉垒山，秦汉以前叫“湔山”，而那时都江堰周围的主要居住民族是氐羌人，他们把堰叫作“堋”，所以都江堰就叫“湔堋”。

三国蜀汉时期，都江堰地区设置都安县，因县得名，都江堰称“都安堰”，同时叫“金堤”，这是突出鱼嘴分水堤的作用，用堤代堰作名称。

唐代，都江堰改称为“楗尾堰”。因为当时用以筑堤的材料和办法，主要是“破竹为笼，圆径三尺，以石实中，累而壅水”，即用竹笼装石，称为“楗尾”。

宋代，第一次提到都江堰：“永康军岁治都江堰，笼石蛇决江遏水，以灌数郡田。”一直沿用至今。

远看都江堰的水利工程，可以看见岷江从山里滚滚而来，拐弯处被一条像鱼头的长坝一分为二，堤坝这边的江水顺玉垒山脚流到一座孤立的山头前，堤坎矮下去了，而水流都靠着山这边走向远方，这就是都江堰的渠首工程。长堤的头部叫鱼嘴，堤尾矮下去那段叫飞沙堰，孤立的山头和玉垒山之间的水道叫宝瓶口。都江堰渠首工程蕴涵着极大的科学性，其设计和建造所体现的认识自然和利用自然的水平之高，即使是2 000多年后的今天，仍然可以称之为最高水平的成就。

知识链接

鱼嘴、飞沙堰和宝瓶口

鱼嘴昂头于岷江江心，又称“鱼嘴分水堤”，是都江堰的分水工程，因其形如鱼嘴而得名，包括百丈堤、杩槎、金刚堤等一整套相互配合的设施。其主要作用是把汹涌的岷江分成内外二江，西边叫外江，俗称“金马河”，是岷江正流，主要用于排洪；东边沿山脚的叫内江，是人工引水渠道，主要用于灌溉。

飞沙堰又称“泄洪道”，具有泻洪、排沙和调节水量的显著功能，故又叫它“飞沙堰”。其主要作用一是当内江的水量超过宝瓶口流量上限时，多余的水便从飞沙堰自行溢出，如遇特大洪水的非常情况，会自行溃堤，让大量江水回归岷江正流；二是“飞沙”，岷江从万山丛中急驰而来，挟着大量泥沙、石块，如果让它们顺内江而下，就会淤塞宝瓶口和灌区。

宝瓶口起“节制闸”作用，能自动控制内江进水量，是玉垒山伸向岷江的长脊上凿开的一个口子，是人工凿成控制内江进水的咽喉，因它形似瓶口而功能奇持故名。由于自然景观瑰丽，有“离堆锁峡”之称，属历史上著名的“灌阳十景”之一。

除了水利工程之外，都江堰一带还有不少名胜古迹，主要有伏龙观、安澜索桥、二王庙、玉垒关、离堆公园、玉垒山公园、玉女峰、灵岩寺、普照寺、翠月湖、卧铁。

请您欣赏

伏龙观——又名“老王庙”、“李公祠”、“李公庙”，建在离堆之上，因李冰降伏孽龙的传说而得名。

殿宇三重，下临深潭，巍峨矗立，顺山势逐级升高（见图2.56）。

主要建筑布置在一条中轴线上。前殿陈列着1974年修建外江节制闸时从河床中挖出的李冰石刻像，高2.9米，肩宽0.96米，厚0.46米，底部有一方榫，长0.18米，重4.5吨。石像造于东汉灵帝初年，距今已1 800多年，是我国现存最早的圆雕石像；后殿陈列有都江堰灌区的电动模型。

伏龙观的左侧是宝瓶口，江水奔腾澎湃，气势磅礴。伏龙观后最高处建有观澜亭，两层八角，凭栏远眺，可见鱼嘴、索桥及岷江激流、西岭雪峰。

图2.56 伏龙观

安澜索桥——又名“安澜桥”、“夫妻桥”。位于都江堰鱼嘴之上，横跨内外两江，被誉为“中国古代五大桥梁”，是都江堰最具特征的景观。

始建于宋代以前，明末毁于战火。古名“珠浦桥”，宋淳化元年改“评事桥”，清嘉庆建新桥更名为“安澜桥”。

原索桥以木排石墩承托，用粗竹缆横挂江面，上铺木板为桥面，两旁以竹索为栏，全长约500米。现在的桥，因在鱼嘴处建立外江水闸，把桥下移100多米，将竹索改为钢索，乘托缆索的木桩桥墩改为钢筋混凝土桩，桥身也缩为240米。

远看如飞虹挂空，又像渔人晒网，形式十分别致（见图2.57）。漫步桥上，西望岷江穿山咆哮而来，东望灌渠纵横，都江堰工程的概貌及其作用，更是一目了然。

二王庙——位于岷江右岸山坡上，都江堰渠首东岸。规模宏大，布局严谨，地极清幽，是庙宇和园林相结合的著名景区。前临岷江，后依翠岭，南望青城，西连岷山，远近风光十分绮丽，故有“玉垒仙都”美誉（见图2.58）。

图2.57 安澜索桥

图2.58 二王庙

原为纪念蜀王的望帝祠，齐建武时改祀李冰父子，更名为“崇德祠”。宋代以后，李冰父子相继被皇帝敕封为王，故而后人称之为“二王庙”。现存建筑系清末民初所建，山门“二王庙”3个金字是爱国将领冯玉祥将军的手笔。

庙内主殿分别供奉李冰父子的塑像，石壁上嵌有李冰以及后人关于治水的格言（“深掏摊，低作堰”和“遇湾截角，逢正抽心”），被称为“治水三字经”，后殿右侧有画家张大千、徐悲鸿等人的碑刻。

二王庙分东、西两苑，东苑为园林区，西苑为殿宇区。全庙为木穿逗结构建筑，庙寺完全依靠自然地理环境，依山取势，在建筑风格上不强调中轴对称。

玉垒关——又名“其盘关”，用条石和泥浆砌成，宽13.29米，高6.2米，深6.86米（见图2.59）。关门联语十分精妙：“玉垒峙雄关，山色平分江左右；金川流远派，水光清绕岸东西”。

早在三国时期玉垒关就作为城防，真正意义上的建关是在唐朝贞观年间，当时唐朝与吐蕃之间一直是战争与和平交替出现的年代，唐为了安稳疆土便在川西和吐蕃接壤的通道上设置关隘作为防御的屏障。这道关口像是在成都平原与川西北高原之间加上的一把锁，被誉为“川西锁钥”。

图2.59　玉垒关

翠月湖——相传蜀郡太守李冰父子组织修建都江堰水利工程后，岷江外江下游不远的地方便形成了一片美丽的湖泊，湖边景色优美，草树丛生，居栖着成群白鹭和梅花鹿。

蜀郡守李冰的后代中有一位叫翠月的姑娘经常顺江而下，来这里赏景观鸟，戏水沐浴，久而久之这片湖水便被人们称为翠月湖。2 000多年过去了，或许那湖边的梅花鹿已随翠月去了天涯海角，唯有白鹭在这里代代繁衍，恪守着这一神奇的传说。主要景点得月楼、鹤苑、翠华楼、翠月湖度假村、奥林匹斯广场、奥林宫、伊甸宫。

卧铁——埋在内江“凤栖窝”处的淘滩标准，也是内江每年维修清淘河床深浅的标志。

相传李冰建堰时在内江河床下埋有石马，作为每年淘滩深度的标准，后来演变为卧铁。现有4根卧铁，分别是明朝万历四年、清同治三年、民国十六年和1994年埋下的。游客在离堆古园内喷泉处能看到的这四根卧铁的复制品，其真品还埋在内江河床下（见图2.60）。

图 2.60　卧铁

我们在都江堰观赏着水利工程、名胜古迹，更追寻着它的历史：司马迁考察都江堰、诸葛亮设兵护堰、马可·波罗游历都江堰、李希霍芬考察都江堰、黄炎培都江堰办学、林森主持都江堰开水典礼、冯玉祥捐资建亭、解放军抢修都江堰……

知识链接

都江堰的历史事件

司马迁考察都江堰。汉武帝元鼎六年，司马迁奉命出使西南时，实地考察都江堰。司马迁在《史记·河渠书》中记载了李冰创建都江堰的功绩。后人在其西瞻蜀之岷山及离堆处建西瞻亭、西瞻堂以示纪念。

诸葛亮设兵护堰。蜀汉建兴六年，诸葛亮北征，以都江堰为农业之根本、国家经济发展重要支柱，征集兵丁 1 200 人加以守护，并设专职堰官进行经常性的管理维护，开以后历代设专职水利官员管理都江堰之先河。

马可·波罗游历都江堰。元世祖至元年间，马可·波罗从陕西汉中骑马，行 20 余日抵成都游览都江堰。后在其《马可·波罗游记》一书中说：“都江水系，川流甚急，川中多鱼，船舶往来甚众，运载商货，往来上下游。”

李希霍芬考察都江堰。清同治年间，李希霍芬来到都江堰，以行家眼光，盛赞都江堰灌溉方法之完美世界各地无与伦比，并在《李希霍芬男爵书简》中设专章介绍都江堰，是把都江堰详细介绍给世界的第一人。

黄炎培都江堰办学。1941 年黄炎培到都江堰选定城东郊丰都庙为校址，翌年委派重庆职业学校校长陆叔昂来灌县购置水田、耕牛、农具，为教学实习准备条件。1944 年 2 月“都江实用职业学校”开学，由沈肃文任校长，黄炎培偕夫人姚维钧到灌县主持开学典礼，并亲为学校制定“理必求真，事必求是，言必守信，行必踏实”的校训。学校建立董事会，黄炎培任董事长。

林森主持都江堰开水典礼。1942 年清明节，四川省政府及灌区 14 县官员齐集都江堰举行开水典礼，典礼由当时正住在灌县的国民政府主席林森主持。开堰前先在伏龙观祭祀李冰，向李冰神像顶礼膜拜。祭毕，林森及其从祭人员乘轿直赴二王庙祭祀李二郎。祭毕，林森及其从祭人员又转赴都江堰鱼嘴，在鞭炮和万众欢呼声中，亲视开堰放水。

冯玉祥捐资建亭。抗日战争胜利前夕，冯玉祥寓居青城山真武宫。1945 年 8 月 11 日晨，当他听到抗战胜利、日本投降的消息时，当即捐资在真武宫侧建亭，取名“闻胜”，并撰书刻碑立于亭中。

解放军抢修都江堰。1949 年，中国人民解放军进军四川，入川后贺龙司令员指出，要先抢修都江堰，并决定从军费中拨出专款，确定由王希甫负责，由驻灌县解放军协助抢修。12 月 29 日，成立都江堰岁修工程临时督修处。成都军事管制委员会拨款 3 万银元作抢修经费。驻灌县解放军 184 师 1 500 余人在师长林彬、政委梁文英指挥下参加抢修工程。整个岁修工程于 1950 年 3 月底全部完工。4 月 2 日按照都江堰传统习惯举行了开水典礼。

游玩都江堰，不要错过青城四绝：白果炖鸡、青城泡菜、洞天乳酒、洞天贡茶。可在泰安古镇品尝，那里的小餐馆菜味普遍不错，价钱比较公道。另外，都江堰市每年举办啤酒节期间，夜宵也十分出色，美味的河虾、小鱼和螃蟹都让人垂涎三尺。

小贴士

青城四绝

白果炖鸡。成都青城山地区的传统名菜，汤汁浓白，鸡肉异常鲜美。

青城泡菜。俗称青城道家老泡菜，以青城山道士生产的鲜黄瓜、豇豆、水红辣椒、萝卜、白菜等为原料，放入用山泉水、精盐、花椒等配制而成的特殊汁液中，脆嫩清鲜有回味。

洞天乳酒。以青城山所产的猕猴桃鲜果为原料，按道家传统工艺榨取果汁，再配以醪糟汁、冰糖水和少许曲酒酿造加工而成。酒味浓而不烈，甜而不腻。

洞天贡茶。茶质优良，汁色清澈，茶香味醇。

2.6.2 作品赏析

快速阅读课文，描述四川水的几种典型；并说说李冰的故事给了你怎样的启示。

拜谒都江堰

王左军

一

中国历史上最具有代表意义，真正福荫万民、遗泽千载的工程是四川的都江堰。

都江堰水利工程位于成都平原西部的岷江中游，是世界上年代最悠久的、以无坝引水为特征的宏大水利工程。2 200 多年过去了，它依旧润泽着生于斯、长于斯的蜀地子民。登上都江堰市城西的玉垒山放眼望去，千里岷山远接天外，不尽江流奔来眼底。近处的都江堰渠首鱼嘴直插江心，把汹涌的江流一分为二。岷山山顶白雪皑皑，映得西边天际一片青白阴冷的光。冰雪四时消融，雪水汩汩流淌，聚涓集滴，汇成溪流，婉转曲折，流入江河，于是岷江声势渐大，晶莹的绿水飞泻在青山之间，动波激石，訇然奔流，势如奔马，声若雷鸣。到了都江堰，怒马遇到了良驭，只能乖乖地分道而行。

渠首是都江堰的主体工程，包括鱼嘴分流堤、飞沙堰溢洪道、宝瓶口引流工程三大部分。鱼嘴把江流截为内外江，外江飞沫扬波，滔滔南下，最后汇入长江。鱼嘴分流堤雄踞江心，一似伏在江中的巨鲸，又像停泊在江心的巨轮，站在鱼嘴尖端，看它劈波斩浪，让人浮想联翩，仿佛电影《泰坦尼克号》里的男女主人公一样，想要展开双臂，高飞远举。宝瓶口就是一个瓶口，从鱼嘴分来的水量适宜时，它悉数接纳；水量过大时，它有限的瓶颈就发挥了阻挡作用，多余的水漫过飞沙堰，流回外江。内外江四六分成，旱时内江分六成江水，涝时内江分四成江水。如此鬼斧神工，如同佳构天成。内江进入成都平原，条分缕析，成为无数大大小小的渠道，将清澈的水流送到绿油油的秧田，送到农人的脚下。一个都江堰，就成了成都平原的心脏，水流哗哗，脉搏律动，持续滋养着这里的土地。滔滔一江水，涓滴都渗到了田间，也渗到了人的心田，让成都平原鲜活灵动了两千年。内江到了成都就是锦江，有了一条锦江，成都就成了花团锦簇的锦官城。李白、杜甫就在城里放歌，杜甫唱“锦江春色来天地，玉垒浮云变古今”，李白唱“濯锦清江万里流”、“锦水东流绕锦城”。后来泯江下游就走出了三苏父子，到中原去领风骚。成都城来了陆放翁，他迎着蒙蒙细雨，从剑门道上骑驴走来。才子司马相如开了个酒铺子，当垆的是“脸际常若芙蓉”的卓文君。文化在这里水一样地漾着生机，满目葱茏。

知识链接

才子司马相如开了个酒铺子，当垆的是“脸际常若芙蓉”的卓文君

汉景帝时，司马相如为武骑常侍，因不得志，称病辞职，回到家乡四川临邛。好友临邛县令王吉向来仰慕司马相如的才华，对他十分恭敬，每天政务之余，都到司马相如居处探望，把酒谈天。当时临邛富商卓王孙家有仆僮800人，程郑家也有数百人，有“程卓累千金”之说。因为县令有位自长安衣锦还乡的贵客，富人家都争相邀司马相如及县令做客。司马相如知道卓王孙有女卓文君望门新寡，年轻美貌，喜好音乐，决定以琴相挑。席间，在王县令及卓王孙一再邀请下，司马相如演奏了一首《凤求凰》：

凤兮凤兮归故乡，
游遨四海求其凰。
有一艳女在此堂，
室迩人遐毒我肠，
何由交接为鸳鸯？
凤兮凤兮从凰栖，
得托孳尾永为妃。
交情通体必和谐，
中夜相从别有谁！

文君早已听说才华盖世、风度翩然的司马相如从京城长安回成都又来到临邛，即心滋暗恋，却无缘见面。今日一听司马流水琴音，艳章华词，顿生倾慕，春心荡漾。相如通过下人沟通，传达爱意，文君终于夜晚来到司马相如的住处，并与司马相如夜奔成都。卓王孙大怒说："女至不材，我不忍杀，不分一钱也！"

已经破落的司马相如家徒四壁，时间久了，文君不乐，对相如说：我的兄弟亲人都在临邛，向兄弟借些钱财，足以为生，何必如此受苦！相如于是与文君来到临邛，卖尽车骑，买一小酒馆为生。文君当垆卖酒，相如着酒保的衣服洗碗打杂。卓王孙感到这是他豪门的耻辱，闭门不出，文君的兄弟劝说道：相如虽贫，但其人相貌堂堂，又有学问，妹妹嫁给他也算有个依靠，何必如此感到耻辱呢！卓王孙不得已，分给文君僮仆百人，钱百万，及其嫁时衣被财物。卓文君、司马相如谢过父辈鸿恩，携带财产佣仆，风风光光回到成都，购置田产房屋，过着锦衣玉食的生活。后世解释文君当垆、红拂夜奔，都是指女子识佳偶、识英雄的典故。

二

四川被高耸的山脉围成了一个盆儿，"蜀道之难，难于上青天"。上古时，封闭在其间的古蜀国无舟车之利，绝少对外交流，境内水旱相接，属于蛮荒之地。秦蜀郡太守李冰与其子李二郎凿离堆，修都江堰，穿内、外江，"旱则引水浸润，雨则杜塞水门"，引溉郡田，沃润千里，水旱从人，不知饥馑。把西夷荆棘之地，化为锦绣繁华之府，沃野千里，号为"陆海"，又称"天府"。昔人有诗云："天孙纵有闲针线，难绣西川百里图"（注：天孙，古神话中的织女；闲，通"娴"）。并且，历史上四川还多次下粮赈济外省灾荒。刘邦以四川为老巢，出兵关中，"蜀汉之粟万船而下"，手中有粮，心中不慌，最终统一天下。诸葛亮给刘备挑选发家的地方，一下子就想到了四川。到了四川，即派一千二百人守护都江堰，说："此堰农本，国之所资"。国家有难，君主总爱"幸蜀"，因为躲在这个富饶的盆儿里安全且安逸。唐明皇躲在这儿哭他的胖阿环。老蒋也跑来住在峨眉山，躲日本人的飞机。

遥想当年，他一个人站出来，带领百姓，踵武大禹的功绩，改变了一个地区的风土景观，让生存于两千年间甚至更久远时空的人民感恩戴德，李冰到底是个什么样的人呢？

雕塑于汉朝建宁年间，已经湮没了一千多年的李冰石像，于1974年在都江堰鱼嘴附近重见天日。李冰又含着微笑面对承受着他恩泽的苍生。石像姿态雍容，冠冕长衣，面含笑容，手置胸前，形象十分朴拙。

也许在许多人的脑海中，李冰应该是清瘦的。他头上戴着屈原一样的高冠，面容清癯，器宇轩昂，眼光锐利如电，五绺长须随风飘洒。他面对大江，好像江水就在他胸中奔腾冲突，运筹擘画之间，江山为之易容。都江堰城中的李冰雕像基本就是这个形象。可是李冰也应该是姿态雍容的，他的巧是移动自然造化的巧，是老子所谓的大巧若拙。他因势利导，把人力和自然的力运筹到一起，就像四两拨千斤的太极精神，他的手指运转之间，大山大川齐来协作，轰隆隆、哗啦啦，开出了离堆，凿通了宝瓶，就把水的灵性灌输到了无限时空中的四川。

传说六月二十六日是李冰生日，六月二十四日是二郎的生日，每年这时候，奉祀李冰父子的人民络绎不绝，规模隆重，感情真挚。每年清明节，都江堰还要举行盛大的放水仪式，现在已经成了天府第一盛典，创出了民俗文化和旅游的品牌。百姓们穿着古装，扮作李冰和先民们的模样，用灌口方言高颂祭文，举行盛大的献礼仪式。这时，你会强烈感受到，一种精神被具体化了，和江水一起浩浩涌流，从先秦直到现在和未来。

三

从横架在鱼嘴和外江上的安缆索桥上走过去吧，去拜谒奉祀李冰父子的二王庙。你必须走这条索桥，才能体会李冰的伟大。

天下的水有很多种，四川就有几种典型。九寨沟的水是一个梦，游过九寨沟的人说"水在九寨做梦"，那是幽蓝得让人沉醉的水，是童话里的琉璃世界；黄龙的水是一首抒情的诗，那是人间的瑶池，水澄静得像仙女们的一片片宝镜，镜面上流溢着恬静的心绪；三峡的水是一首雄壮的歌，山水相激，在顺流放舟中荡气回肠。都江堰的水却是宏大的交响曲。我曾从上游沿泯江一路行来，他的水一直都是这么大声噎嗒地奔流，可是一旦站在索桥上，站在江流的上头，看它冲突咆哮的洪波，仍让人胆气飞扬。索桥"如渔人晒网，染家晾帛"，钢缆横架在空中，140多米的长度，中间仅有两处桥桩支撑，不用风吹，人走在上面，颤颤巍巍、摇摇晃晃，感觉就像醉后乘舟，摆簸不定。脚下的流水中，还像李冰所处那个神话时代一样，那个被李冰化作青牛斗拜的犀牛水怪被锁在水底，它困顿而愤怒，咆哮着四处乱顶，怒吼声震得人耳膜生疼，它喷出的水雾溅湿了桥上人的衣衫，也让人不寒而栗、冷汗浇淋。

就是这样惊天动地的水势，最后涓涓地、温驯地流淌到了田间。

过了安缆桥，折右而行数十米就是二王庙。二王庙负山面水，殿宇巍峨，梯回壁转，飞檐叠阁。这里原是祭祀古蜀国王杜宇的望帝祠，南北朝齐建武年间，改祀李冰。让亡国的皇帝腾出地方，让给了造福万民的英雄。二王庙是李冰和历代治水贤士的纪念馆，是古代水利工程的博物馆，也是孕育四川文化的核心建筑。所以，你到了四川，不可不到都江堰；到了都江堰，又岂能不拜二王庙？在这里，最博大最圆融的智慧化成了最简洁最直白的语言，刻在石头上，让世世代代的人受益。李冰和后世堰官在修堰过程中总结的"深淘滩，低作堰"、"遇湾截角、逢正抽心"法则，至今仍是水利学上的圭臬。庙号"二王"，是因为李冰父子被后世帝王累次封王，他们的形象和道家合流，被百姓们奉为神明。"灌口二郎神"妇孺皆知，其实原型就是李冰之子李二郎。二郎神手中的兵器是三尖两刃刀，据我揣测，这种兵刃应该就是由当时开河所用的农具锸敷衍转变而成的。锸形如铁锨，只是中间有豁开的方形缺口，汉以前给远古的人造像，画中人如黄帝、大禹等人，总拿着这么一柄锸。

二王庙里的对联、匾额、铭文琳琅满目，蜀人把最好的赞美献给了李冰。我住在都江堰的时候，是以工程技术员的身份，所以每每用工程技术员的眼光看待这里的一切。在众多的书赞中，我记取了陆游赞颂李冰的诗句："生不封侯死庙食，丈夫岂独抱志长默默!"我想，每一个工程技术人员都该到都江堰看看，拜谒巍峨的二王庙，站在堰上，面对浩浩流水深思。毋须失志于眼前的落寞，有功于人民的人，人民是不会忘记的。眼前这个工程无言，功绩却已经流布于无限时空。

小贴士

李冰治水三字经

深淘滩，低做堰；六字旨，千秋鉴；
挖河沙，堆堤岸；砌鱼嘴，安羊圈；
立湃缺，留漏罐；笼装密，石装健；
分四六，平潦旱；水画符，铁桩见；
岁修勤，预防患；遵旧制，毋擅变。

2.6.3 能力训练

1. 查找资料并讲述都江堰放水节、李冰文化旅游节。

2. 请根据提供的网址（http://www.djyxx.com/，都江堰信息网)，了解都江堰生活、美食、购物、婚嫁、旅游、房产、家居、汽车等资讯。

3. 讲解自己喜欢的一处都江堰景点。

2.7 鸭 绿 江

导 读

鸭绿江古称“浿水”、“马訾水”，唐朝始称“鸭绿江”，原为中国内河，现是中国与朝鲜的界河，最下游为朝鲜内河，是朝鲜境内最长的河流。鸭绿江北岸（中国境内）支流有八道沟河、三道沟河、浑江、红土崖河、大罗圈沟河、哈泥河、喇蛄河、苇沙河、小新开河、富尔河、大雅河、半砬江、蒲石河、瑷河、八道河、草河、柳林河；南岸（朝鲜境内）支流有秃鲁江、长津江、慈城江、虚川江、忠满江。

鸭绿江发源于长白山主峰白头山南麓海拔2 300米处的长白山天池，然后流向西南，流经中国吉林、辽宁两省，在辽宁省丹东市东港附近入黄海北部的西朝鲜湾。全长795公里，其中流经吉林省境界长575公里，辽宁省220公里，流域面积6.19万平方公里，中国境内流域面积约为3.25万平方公里，沿岸有临江、集安等旅游城市，丹东、新义州等工业城市。鸭绿江入海口是中国大陆海岸线的最北端。

鸭绿江两岸青峰耸立，风光旖旎，江水蜿蜒曲折，急流险滩不断，在鸭绿江4个梯级电站云峰、渭原（老虎哨）、水丰、太平湾形成的人工湖，犹如4颗明珠，构成了鸭绿江国境旅游区和鸭绿江风景名胜区两个国家级著名风景区。

鸭绿江风景图如图2.61所示。

图 2.61 鸭绿江风景

2.7.1 鸭绿江介绍

鸭绿江风景名胜区位于鸭绿江中下游丹东市境内，东起浑江口，西至大东港，全长 210 公里，总面积 824.2 平方公里（含朝鲜水面），保护区面积 200 平方公里。

知识链接

鸭绿江的传说

那时候还没有这条鸭绿江，长白山也没有留下人类的脚印，这里是花草树木、狼虫虎豹的天地。

有一次，这一带遇到了自打开天辟地以来没有过的大旱，旱得大山张了嘴，石头着了火，那些山涧小河早就干得底朝天了。长白山里的动物渴死了一大半，剩下的也都要大难临头了。百兽大王东北虎整天牵拉着脑袋，想不出解救的办法。这一天，灰狐狸趴在虎大王的耳朵边，低声而又神秘地说："尊敬的大王，我向你报告：过路的大雁告诉我一条可靠的消息，东边最高最高的山尖上，有一个天池，可大可大呢！要是把天池水引到这儿来，就够咱们喝了。"虎大王一听，立时把眼睛瞪大了："什么？有天池水？那可太好啦！可是，谁能把水引来呢？"他想了想，说："老弟，我看你的心眼儿多，嘴巴又灵巧，数你去最合适。"灰狐狸一听，吓得把长尾巴夹了起来，小脑袋摇得像个拨浪鼓，连连说："不，不！大王，你瞧，我这样子，个儿小，腿儿短，尾巴又长，走起路来笨腿笨脚，多难看。不好叫小花鹿去，她身条好，脸儿俊，腿又长。"

于是，虎大王便把小花鹿找了进来。小花鹿平时叫那些野蛮的邻居欺负怕了，见到虎大王，心里怦怦直跳。虎大王说："可怜的小花鹿啊，你平时对山里没有半点功劳，所以总是低别人一等。这回我派你去干件事情，到长白山顶，想法子把天池水引下来，解救大小生灵。事情办好了，我就提高你的身份，怎么样？"其实，小花鹿也听大雁说过这种事，她知道，那个天池是玉皇大帝封给仙女们洗澡的地方。还专门派了独眼龟看守，要取一滴水比上天还难。可恨的灰狐狸没有把这些情况告诉虎大王。但是，小花鹿不敢摇头，也不敢争辩。她知道，只要自己吐出一个“不”字，马上就会招来杀身之祸。再说，这儿确实缺水。大家都这么等着，与其最后一起渴死，不如就去闯一闯，也许真能找条活路来。想罢，便毫不迟疑地接了令箭。小花鹿要去引天池水的消息，像长了翅膀，很快就在山里山外传开了。那些豺狼虎豹一个个挤眉弄眼，根本不相信她会成功，等着看笑话。小花鹿的好朋友小松鼠、小白兔、画眉鸟等平时常受欺负的小动物都含着眼泪来给她送行。小松鼠拿出一个小红果递给小花鹿说：“花鹿姐姐，这粒棒槌籽儿是我在悬崖断壁上采下来的，你带上吧！渴了舔一口，身上就会凉爽爽；饿了舔一口，肚子里就会踏实些。”画眉鸟把身上最漂亮的一根羽毛拔下来，插在小花鹿身上，说：“花鹿妹妹，你如果遇到爬不上去的山崖，跨不过去的深沟，只要朝它吹一口气，就会上去的。”小花鹿也从头上掰下一截犄角来，双手捧给他们，含泪说道：“姐妹们，兄弟们，我这一走难知吉凶，你们想念我时，就把它拿出来看看，这里面有我的血啊！”

小花鹿告别了朋友们，撒开雪白的四蹄，抖起美丽的身体，头上戴着两只威武的犄角，朝高山飞奔起来。满山的参天大树朝她招手致敬，遍野的山花野草朝她点头微笑，小花鹿顾不得停下，只是眨巴几下会说话的眼睛，摆动几下长长的尾巴。口渴了，肚子饿了，她就舔两下小松鼠送给它的棒槌籽，觉得浑身有使不完的力气；遇到了爬不上去的山崖，下不去的峡谷，她就拿出画眉羽毛吹一口，果然像坐上了会飞的小船，忽悠忽悠过去了。天上的太阳像一团大火球，烤得她美丽的花绒毛打了卷儿，她不肯躲在背阴地方歇一会儿。晚上，月亮出来了，她在明亮的月光下跑得更欢了。她爬过数不清的高山，越过数不清的峡谷，一直跑了3天3夜，终于爬上了群山的最高峰。山顶上，漫天的大雪像无数只飞舞着的白蝴蝶，欢迎这个远方的来客。

小花鹿顾不得观看长白山16座奇峰和天池仙境的景色，拿出画眉羽毛吹了一口，便像仙女下凡似地飘飘悠悠从山尖上落到了天池湖边。好大一个天池啊，平稳稳的水像一面明镜，亮晶晶地闪金闪银。她想，这么多的水，怎么不快点流出去，解救山下的生灵啊！她顾不得多想，扬起四蹄，使劲地扒起土来。小花鹿的头脑太简单了，一时竟忘了玉皇大帝、众仙女和独眼龟了。

小花鹿刚刚扒了几下，就听到远处传来了一阵厉声的呵斥：“喂！那是哪一个大胆的家伙，竟敢到仙境来动土！”小花鹿抬头一看，哎哟！这是个什么怪物，样子像个大黑伞，从水面上飞快地游过来了。他的面目真可怕，巨大的身子，又尖又小的脑袋上只长了一只像毒蛇一样的眼睛。“是独眼龟？一定是它！”小花鹿顿时浑身起了一层鸡皮疙瘩，4条腿也不由自主地颤抖起来。独眼龟来到岸边，见是一个非常漂亮的梅花鹿，满肚子的火气顿时消去了一半。他围着小花鹿转了一圈，把她前后左右看了个遍，歪着头，小眼珠飞快地转了一阵，笑嘻嘻地说：“哎哟！我当是哪路恶神来了，要不是你鹿小妹，我早就一口把它咬成3截了。我说鹿小妹，你不在家玩，跑到这儿来干啥啊？”独眼龟流着口水，贼眉鼠眼的下流样子，叫小花鹿又恶心，又害怕。她倒退了几步，稳了稳神，强装着笑脸说：“龟大叔，救救我们吧！把天池水放一点下山，救救长白山里的伙伴们吧！龟大叔，我给你跪下。”小花鹿说着，前腿一软，跪在了独眼龟面前，美丽的眼睛里流出了两行亮晶晶的泪珠。独眼龟歪着头，又把那一个小眼珠飞快地转了几圈，笑着说：“鹿小妹，看在你的面子上，我就替你在玉皇大帝面前求求情。你跟我来。”小花鹿一听，顿时乐得跳了起来。她想，别看独眼龟模样长得怪丑，心眼儿还不赖呢！便说：“谢谢！谢谢你啦，尊敬的龟大叔。”

小花鹿跟着独眼龟来到了天池湖中的一个洞里，独眼龟把洞门关起来，张着出奇大的嘴巴笑开了："哈哈哈哈，哈哈哈哈！小花鹿呀小花鹿，你可真是个名副其实的小傻瓜。玉皇大帝在天宫里，怎么会到这湖水里来呢！告诉你吧，这里是我睡觉的地方，鹿小妹，一看到你，我的骨头架都酥了。快来吧，陪我睡一觉。"独眼龟一边说着，一边爬着靠近小花鹿。这时，小花鹿才知道上了当，别看平时胆子小，这时候她什么都不顾了，竖起头上的钢叉，扬起铁锤似的后蹄，朝独眼龟身上就是一顿乱撞乱踢。可是独眼龟个头大，盖子硬，小花鹿根本就不是它的对手。小花鹿终于被逼，到了洞旮旯里，吓得她闭上了眼睛。正在这个时候，外面砰砰地敲起门来，一个声音传进来："禀告守池大将军，仙女们下境洗澡，已经到了，还不快去侍候！"独眼龟听了，只好放开小花鹿，把她反锁在洞中，去迎接仙女们。

独眼龟走了，小花鹿的神志慢慢地清醒过来。她想：听说仙女们心地善良，我应该求救于她们。可是，自己被两扇大铁门关在洞里，怎么办呢？她急得转来转去，终于想出了一个办法。小花鹿把松鼠哥哥送给的棒槌籽从门缝塞到了外边，清清的湖水把它浮到了水面上。仙女们在明亮的目光下正洗得高兴，玩得痛快，见有个红光闪闪的豆粒儿漂来，便捡起来互相传着看。独眼龟怕露了馅儿，急忙上前说："噢！各位仙姑，这是一粒长白山上的宝参籽，我把它泡在湖水里，你们洗了澡会皮肤更白嫩。"小花鹿又把画眉鸟送的羽毛从门缝塞到了外面，清清的湖水把它浮到水面上，仙女们拾起来这根美丽的羽毛，感到惊奇。独眼龟急忙说："噢！仙姑们，我打算照着这根羽毛的样子，做只美丽的小船，好让你们坐在上边游玩。"

小花鹿送了两个信号，不见回音，怎么办呢？最后决定咬破血管，用自己的鲜血给仙女报信。她回过头来，咬住了自己的尾巴。小花鹿的尾巴，原来细细长长的，把自己点缀得更美丽；它又是自卫的武器，驱赶蚊蝇的工具。小花鹿含着眼泪，猛地一口，把尾巴咬断了，鲜血像喷泉一样射了出来。她痛得大哭，在地上不住地打滚。小花鹿的血染红了清清的天池水，小花鹿的痛哭声惊动了仙女们。大姐说："是谁的血流得那么多？是谁哭得这么伤心？姐妹们，看看去"。于是便命令独眼龟带路，下到湖中。独眼龟吓得心怦怦跳，又不敢违抗命令，只好把她们领到小花鹿面前。仙女们用棒槌籽治好了小花鹿的伤口。小花鹿哭诉了事情经过。仙女们对独眼龟的行为非常气愤。大姐说："独眼龟！你本是东海龙宫里的罪犯，却不想痛改前非，还继续作恶，先把你压在长白山下，回去禀报玉皇大帝，另派大将看守天池。"

众仙女佩服小花鹿不畏艰险来引水下山的行动。经过细细地商量，为了瞒过玉皇大帝的眼睛，解救山下的生灵，当下就在天池底下暗暗地打通了一条洞，池水经过两座山才流出地面，在山崖峡谷中穿来穿去，所以起名叫崖江。后来人们看这条水碧绿清亮，像公鸭脖子上的羽毛似的那么绿而好看，就改名叫"鸭绿江"了。

鸭绿江风景名胜区冬暖夏凉，山清水秀，一览中朝两国风光而独具特色，与朝鲜碧潼、清水、义州、新义州隔江相望，江水蜿蜒舒缓，两岸峭壁嶙峋，林木郁郁葱葱，形成了绚丽多彩的自然景观，古代城堡遗址、明代万里长城遗址、近代战争遗迹、现代桥梁和大型水利工程，组成丰富的人文景观，风景区分为六大景区，即江口、大桥、虎山、太平湾、水丰、绿江景区。

江口景区，区内最南端的一个景区，江海分界线是中国海岸线的最北端，三号江海界碑吸引了许多游客。

大桥景区，位于丹东市城区，是鸭绿江风景名胜区的核心景区，与朝鲜新义州市隔江相望，有鸭绿江大桥、宝山悬虹、碧水玉榭、鸭江帆影、铁桥弹洞等著名景点。

请您欣赏

鸭绿江大桥——位于丹东市城区，与朝鲜新义州市隔江相望。鸭绿江造桥历史很早，可上溯到辽代。20世纪初，鸭绿江上始建铁桥，先后在丹东和朝鲜新义州之间建了两座。第一座建于1909年，是世界上最早的开闭式桥梁。1950年朝鲜战争中被美国飞机炸毁，桥墩至今犹存，现辟有鸭绿江断桥游览区。第二座桥建于1940年，为铁路、公路两用桥，全长940米，属中朝两国共管，是中朝两国的交通要道，也是游人观光览胜的景点（见图2.62）。

图2.62　鸭绿江大桥

虎山景区，位于大桥景区与太平湾景区之间，主要有虎山、虎山长城、高句丽千年古井、中朝边境“一步跨”、睡美人、千米古道栈和索道桥等诸多景点，以丰厚的文化底蕴和独特的自然景观驰名海外。

请您欣赏

虎山——形似卧虎（见图2.63），地势险要，与对岸朝鲜“统军亭”（见图2.64）遥遥相对，是中国历史上重要的军事要地。

图2.63　虎山

图2.64　统军亭

虎山长城——明万里长城的东端起点（见图2.65），犹如一颗璀璨的明珠镶嵌在中朝边界的辽宁省丹东市宽甸满族自治县内的虎山，与朝鲜隔江相望。

一步跨——边境地区对两国国土之间相隔只有一步之宽的“界河”的俗称。中朝边界划分，不以鸭绿江主航道中心线为界，而是以河岸为界。在鸭绿江中，只要不上岸，就不算“越境”。乘船可以环绕朝鲜岛屿航行，可以靠近朝鲜岸边，在靠近朝鲜一侧停泊。鸭绿江中的岛屿大多数是朝鲜的，不少就位于主航道中国一侧。由于分支河道长年淤积，个别地方只剩下一条小沟，距离只有“一步”左右，比较著名的是虎山长城景区的“一步跨”(见图2.66)。

图2.65 虎山长城

图2.66 一步跨

太平湾景区，主要由古渡新村和太平湾电站景点组成。

知识链接

太平湾电站

太平湾电站是中华人民共和国与朝鲜民主主义人民共和国合营的电站，位于鸭绿江下游，中国侧为辽宁省丹东市振安区太平湾镇，朝鲜侧为平安北道朔州郡方山里。中国负责设计和施工，建成后由中方管理运行。

枢纽建筑物由挡水坝、溢流坝、河床式厂房及变电站等组成，坝型为砼重力坝。工程总投资44 317万元，施工周期7年，1978年年初完成初步设计，1983年10月6日完成截流，1983年9月12日浇筑第一块混凝土，1984年底安装间和1#机组全部封顶。1985年12月15日第一台机组并网发电，1986年11月18日、12月25日和1987年10月28日，第二、第三、第四台机组相继并网发电。太平湾电站是一座以发电为主、同时考虑下游航运、生活及工农业用水需要的电站。

水丰景区，水丰水库是中国东北最大的水库，中朝两国共管，库区内森林都保持着近似原始状态的自然景观，水库两侧峡谷秀丽、花木茂盛。

绿江景区，位于宽甸镇江乡和吉林省交界的浑江口，自然景观秀美，植被近似原始状态，有十二天门、天然狩猎场、冷风岩、五节楼山等景点。

到鸭绿江风景名胜区旅游，自然是逃不掉大吃海鲜了。风味小吃也很多，不过倒不是满大街都有，最好还是钻到小酒馆里去，小肉饭、龙斗虎、白肉血汤、坛肉、豆泥酸菜汤、炸鸡蛋酱、芥末墩儿、乏克（满语，意为“包儿饭”或“菜包儿”）等就随您点啦。

鸭绿江国境旅游区位于祖国边陲，吉林省东南部的集安市。旅游区内地质地貌景观独特，可见许多紧逼江水、雄伟陡峻的断层三角面及怪石嶙峋的花岗崖和峰林、河漫滩、江岛景观。这里气候温暖湿润多雨，四季分明，人称“塞外小江南”。鸭绿江就像一条绿色纽带，把云峰湖和老虎哨水库连为一条美丽的水上风景线。在这里可充分享受界河的独特风光，界江、界湖、界桥、界坝，游人可一步跨在两国之中线，体味一种特殊的愉快心情。

请您欣赏

云峰湖——坐落在集安市以东、鸭绿江上游40公里处。

两岸高山耸立，怪石嶙峋，古木参天，树种繁多；峡谷深邃，云雾缭绕，使人如入仙境，如置画中。逆流而上，山势雄伟险峻，峰峦秀丽多姿，云雾变幻莫测，飞流叹为观止；泛舟湖上，极目远眺，水色天光，烟波浩渺，如梦如幻。可以弃舟登岸，或采摘野菜山花寻古探幽，或登山俯看水中群鱼游动，观空中山鹰翱翔（见图2.67）。

图2.67 云峰湖

对岸即是朝鲜民主主义人民共和国，泛舟湖上，能够看到朝鲜人民劳动生息的身影，体会独特的民族风情，不出国门，却能感受到异国情调，实在是观光旅游、休憩度假的胜地。

鸭绿江面在丹东市地段一共造有4座桥，两座是断桥，两座是完整桥。第一桥是“鸭绿江断桥”，由日本人1909年5月设计、开工，1911年10月竣工。1950年11月~1951年2月，大桥被美国空军炸毁，成为废桥，1993年6月修复后辟为景点，命名为“鸭绿江端桥”，俗称“鸭绿江断桥”。第二桥同样是日本人设计、承建的，1937年4月开工，1943年5月竣工，是铁路公路双用桥。1990年10月，中朝双方一致同意将桥改名为“中朝友谊桥”。第三、四桥在宽甸县河口镇的水泥桥及铁桥，按序号排列，应当被称作“鸭绿江第三桥”“鸭绿江第四桥”。可当地人不这么叫，而把下河口的水泥桥叫“断桥”，把上河口的铁桥叫“铁血江桥”，为的是纪念过去半个世纪的抗美援朝战争，这座桥的桥上桥下，曾发生过无数次英雄故事。注视着上河口的环境，两岸青山相对出，一条大河涌出来。河水流到这里，江面出奇地宽，水面也相当平静。静到有时候，你一眼望去，就像手里捧着一面镜子，爱不释手。

旅游区有高句丽民族遗留下来的最大的古城遗址——丸都山城，有高句丽民族长达425年的政治、经济、文化中心——国内城，有中国规格最大、近万座的高句丽古墓群，有中国独一无二的以高句丽文化出现的东方金字塔——将军坟及中国最大的以自然底蕴出现的功德碑——好太王碑，可以深刻体验高句丽历史文化的深髓和沧桑。旅游区内最知名的景区是国东大穴蚀洞、穴群及危崖峭壁景观。其中通天洞、三角天崖、大观音洞等景观均各具特色。境内山峦叠嶂，沟深谷幽，显示出一幅深切割的剥蚀高山地貌景观。

请您欣赏

丸都山城——始名“尉那岩城”，位于集安市区2.5公里处，修建在起伏险峻的丸都山上，海拔最高处为676米，是我国地方民主政权高句丽时代最为典型的早中期山城之一。既是国内城的军事守备城，又曾作为高句丽王都使用，在高句丽历史发展进程中起过重要作用。

丸都山城城内有泉水两处、地面遗迹3处、蓄水池一处、墓葬37座，与国内城相互依附，互为都城，形成了世界王都建筑史上附合式王都的新模式，为世界古代都城史书写下了壮丽的篇章。2004年7月，丸都山城与国内城被列入世界遗产名录。

丸都山城环山为屏，山腹为宫，谷口为门，充分体现了中国传统的风水理念。山城防御坚固，城内却又宽敞自如，环境优美，使建筑、军事、生活、生产与自然环境浑然一体，首创了与自然环境完美结合的口簸箕形山城的建筑模式（见图2.68）。

国内城——汉元帝建昭二年我国地方少数民族政权首领朱蒙在西汉玄菟郡辖地内建立了地方政权，号高句丽。初期都城为纥升骨城（今辽宁桓仁县五女山城），西汉元始三年高句丽迁都国内城（今集安市），同时筑尉那岩城（后称丸都）。至北魏始光四年移都平壤前的425年间，国内城一直是高句丽的政治、经济和文化中心（见图2.69）。

图2.68 丸都山城

图2.69 国内城

国内城地处鸭绿江中游右岸的通沟平原上，北有禹山，东有龙山，西有七星山，是东北亚地区中世纪时代城址中为数不多的地表保存有石筑城墙的平原城类型的都城址。

将军坟——位于吉林省集安市东北约4公里的龙山脚下，因其造形颇似古埃及法老的陵墓，因此被誉为“东方金字塔”（见图2.70）。推算为公元4世纪末5世纪初高句丽王朝第二十代王长寿王之陵。整座陵墓呈方坛阶梯式，高13.1米。墓顶面积270平方米，墓底面积997平方米，全部用精琢的花岗岩砌成。坟阶7层，每层由石条铺砌而成，每块条石重达几吨。第五阶有通往墓室的通道，盖棺石板重50多吨，每面3个护坟石各重10余吨，墓北50米处原有陪坟5座，现存1座，外观呈“石棚”状，其势宏伟壮观。

好太王碑——又称“广开土王碑”“广开土王陵碑”或“永乐太王碑”。在吉林省集安市东4公里太王乡大碑街，系洞沟古墓群中著名碑刻，发现于清末。碑身为角砾凝灰岩粗凿而成，方柱形，高6.39米，宽幅不等，第三面最宽处达2米。四面环刻汉字隶书，自右至左竖刻，共44行，满行41字，共1 775字，东南面为第一面（见图2.71）。此碑系高句丽第二十代王长寿王为其父亲十九代王好太王于公元414年所立。碑文涉及高句丽建国传说，好太王功绩及当时东北、朝鲜半岛与日本列岛倭人之间关系。

图2.70 将军坟

图2.71 好太王碑

鸭绿江是国内甚至世界上唯一的界江漂流旅游线，乘排旅游，是勇敢者的选择，不仅可以饱览鸭绿江两岸不同国度的山川景物，而且还可以在中流击水、有惊无险的漂流过程中，充分领略两岸的人文景观和民俗文化的丰富蕴涵。

小贴士

鸭绿江漂流

鸭绿江漂流从四道沟长川古渡开始，沿中朝界河鸭绿江漂流25里。沿途经三水、六哨、九道湾，三水是指马面石稳湾子、排房子稳湾子、老母猪圈稳湾子；六哨是说箭头哨、大黑瞎子哨、打鱼哨、黑石哨、满天星哨、飞鱼哨；九道湾是指从中国岸始发点马面石到箭头、二队、黑石、烟筒山、洋鱼头、仙人游、擦屁股岭到终漂流地金窝子，鸭绿江水共拐了9道湾。乘坐竹筏，顺江漂流，时而越上浪峰，时而跌入波谷，让人惊险惬意。沿途景点“一撑跳、老虎啸、孩子哭、妈妈叫”等故事传说会让人充分领略大自然的浪漫神奇，给人留下深刻印象。

景区特色饮食主要有大黄米干饭、馇子、粘糕、酸汤子、切糕、水捞饭、手扒肉等。由于通化是著名的“人参之乡”和“中药之乡”，所以很多菜肴都加入了中药，如人参鸡、吉酱窝头、三套碗、鹿茸三珍汤、白肉血肠等。具有民族特色的小吃也很多，如朝鲜冷面、黄米打糕、波罗叶饼等。特别推荐鸭绿江近年特产白鱼，不仅可以品尝到以白鱼为主的各色鱼宴，还可以在江边品尝朝鲜族特色烧烤。

知识链接

特色小吃

朝鲜冷面。受地理位置影响，在通化已有百年的经营史。酸辣爽口，是夏季饮食之佳选。主要原料是白面、荞麦面和淀粉，食用时佐以牛肉汤或鸡肉汤，配上泡菜、辣椒、牛肉片、卤鸡蛋等，是一道非常可口的特色小吃。

白肉血肠。相传由皇太极的亲娘舅叶赫那拉氏阿什达尔罕后裔所创。此菜的特点是选料考究、制作精细，白肉肥而不腻，血肠明亮鲜美；食用时配以韭菜花、腐乳、辣椒油、蒜泥等佐料，更加醇香鲜嫩，距今已有100多年的经营历史。

三套碗。最具代表性的满族传统名宴，举世闻名的“满汉全席”就是在三套碗的基础上发展演变而来的。三套碗席采用本地产上乘原料，如鹿肉、飞龙、田鸡油等，用烧、烤、焖、炖、熘、炒等15种手法精心制作而成。整个席面由8款凉碟、3款大件、12款熘炒、汤烩菜，共计二十几道菜点组成。因席中主要菜点是用“杯碗”“中碗”“座碗”三套碗盛装，故而得名为“三套碗”席。

黄米打糕。通化地区著名的风味小吃，是融合了东北民间小吃和朝鲜族小吃的特点而成。因为它是将蒸熟的黄米放到槽子里用木榹捶打制成故名“黄米打糕”。食用时切成块，蘸上豆面、白糖或蜂蜜等，口感筋道，香甜美味。

2.7.2 作品赏析

快速阅读全文，理清作者思路，概述全文内容；并说明从哪些语句中能够流露出作者对鸭绿江的特殊感情。

情系鸭绿江

我的家乡太平湾小镇上，有一条美丽的江流经这里，因为这条江的出现，小镇变得生机勃勃、多姿多彩，这条江就是中朝的界河——鸭绿江。这条江水，流了一年又一年，这里生活了一辈又一辈的人们，它哺育了家乡的祖祖辈辈，也哺育了我。

我的家就住在美丽的鸭绿江边。在很早以前，鸭绿江古称坝水、马訾水，汉称为訾水，唐朝始称鸭绿江，因其水色青绿、恰如鸭头而得名。鸭绿江发源于吉林省长白山南麓，先后流经吉林省、辽宁省的长白、集安、宽甸县、丹东市等地，向南在辽宁省丹东的东港市附近注入黄海，全长795公里，流域面积6.19万平方公里，江水流量大，水力资源十分丰富，建有云峰、水丰、太平湾等电站。

鸭绿江环境优美，气候冬暖夏凉，山清水秀。它两岸的青山，春天百花盛开，漫山遍野绿草如茵；大自然隐蕴了一冬的生机显露在这条江与它的周围，江边嫩绿的小草扭动着纤细的身躯，从地下钻出来，树芽使劲地露出那黄绿的小脑袋，想看一下春姑娘的俏模样，尤其河口江边的桃花争相开放，点缀碧绿的江水，鸭绿江更显格外俏丽，尤如一幅美丽怡人的山水风景画，人们为之陶醉。这里的村民纯朴、憨厚、善良，他们“日出而作，日落而息”的田园生活，把果园和庄稼打理得井井有条，播种着全年的希望。

烈日炎炎的盛夏，鸭绿江更富有生机，那绵绵的江水，在阳光的照耀下，波光粼粼，微风吹拂，掀起层层波浪，住在鸭绿江流域的人们尽情地享受江水给他们带来的凉爽。夏天，江边一块一块的田地长满了绿油油的菜苗，很像一个一个棋盘。启明星的降落，雄鸡的第一声报晓，当太阳从地平线上慢慢升起时，勤劳的人们正汗滴禾下土的侍弄他们的庄稼和果园，鸭绿江岸边的人们又开始了那令人神往的田园生活。

当大雁向南飞的时候，这条江水更显平静幽雅，黄澄澄的玉米露出笑脸，诱人的桃子和苹果挂满枝头，饱满的板栗长满树枝……秋天，江边的果园和菜地结下硕果，生活在这里的村民们深情地吟唱着丰收之歌，个个喜笑颜开，享受丰收的喜悦之情。

寒冬的到来，使这条江显得有些萧瑟、孤独、寂寞，但是冬天，江边的景物被白雪覆盖，好一个粉妆玉砌的世界。

随着时光的推移，我对鸭绿江的感情与日俱增。每年的节假日，闲时就和家人或者约上好友，泛舟于江上，可以领略异国朝鲜新义州的风光，有时还可看见对岸友善的朝鲜人向我们招手。在江上坐船可以看见两座桥，第一座建于 1909 年，是座开闭式桥梁，1950 年朝鲜战争中被美国飞机炸毁，桥墩至今犹存，现辟有端桥游览区（也叫鸭绿江断桥），仅供游客参观。另一座桥就是建于 1940 年的鸭绿江大桥，一座横贯两岸的公路铁路两用桥，中国到朝鲜的必经之路；只要一看见鸭绿江大桥，我的脑海里就会出现这样的画面：五十多年前，冰封的江面上，志愿军蜿蜒的过江队伍看不见首尾……中国人民志愿军跨过了鸭绿江，三年的战争，三十多万中国青年的热血，为古老的中华民族跻身于世界强国之林，铸造了一个起跳点；而毛泽东果敢的战略决策，实现了新中国这惊人的一跃。而今天，每次经过鸭绿江大桥时，我的耳边似乎想起那嘹亮的歌声，“雄赳赳，气昂昂，跨过鸭绿江，保和平，为祖国，就是保家乡……”每次看见这座现在仍然满是弹痕的桥，好像一条时光隧道，似乎又看到了当年英姿勃发的小伙子和漂亮姑娘，穿着新发的布棉袄、打着绑腿扛着枪，唱着歌，雄赳赳、气昂昂跨过鸭绿江的情景。

江水曲折多姿，委婉袅娜，行在江上望两岸，只见山峰染翠，峰峰岭岭尽都浓浓地绿了进来，连朵朵的云絮，也是绿绿的。江的美主要是她的静，无论是顺流而上，还是逆水行舟，都悠悠然然来去，“欧鸟亦知人意静，故来相近不相亲”。鸭绿江风景区位于鸭绿江中下游，与朝鲜碧潼、清水、义州、新义州隔江相望，江水蜿蜒舒缓，两岸峭壁嶙峋，林木郁郁葱葱，形成了绚丽多彩的自然景观，古代城堡遗址，明代万里长城遗址、近代战争遗迹，现代桥梁和大型水利工程，组成丰富的人文景观。在众多的景观中，我最喜欢的是太平湾水电站，因为在这里我可以感觉到父辈留下的足迹，那是我们水电人修建的水利工程。太平湾水电站位于中朝界河鸭绿江下游，电站枢纽由挡水坝、溢流坝、河床式厂房及变电站组成。我每每散步在鸭绿江边的公路上，都能看见那熟悉的江水、那坚固的鸭绿江大坝、那屹立在江水中的水电站……我百看不厌，它们已经成为我生活中的一部分。尤其当夜晚漫步于鸭绿江大坝上时，在明亮的路灯的映衬中，站在大坝的公路上，我看着绵延不绝的江水，那柔和的江风吹拂着我的脸颊，远处万家灯火，对岸的朝鲜山村也是灯光闪烁，我就心潮澎湃——是水电的建设者给这两岸的人们带来了如此的光明，我们所从事的水电的职业是多么的高尚！

小贴士

鸭绿江上的4个梯级电站

鸭绿江上目前已经修建有云峰、渭原、水丰、太平湾4个梯级电站。云峰水电站1965年开始发电，装机400兆瓦，水丰水电站80年代装机扩建为900兆瓦，这两个电站是梯级的骨干电站。太平湾水电站1985年开始发电，装机容量为190兆瓦，渭源水电站1988年投产发电，装机容量为390兆瓦。

随着星移物换、时过人迁，鸭绿江有着沧桑之变，而今江边一带随处可见现代砖墙修建的环合阶柳庭花的农家小楼、院舍，它们星罗棋布点缀于江边之畔，为喧嚣的都市配上了一派静谧的田园风光；而在江边新修的现代公路更给这里带来勃勃生机，时有远方朋友来这里欣赏碧江绿水的美丽身姿。

鸭绿江的一切早已嵌入我的脑海，融入我的血液，造就了我对她的生死眷恋，我终不能弃她而去。只要离家几日，那魂牵梦萦的鸭绿江就会像一块巨大的磁铁，将我这细碎的铁屑牢牢地吸回来。这里，是中朝的界河，鸭绿江大桥是连接中朝两国人民的友谊之桥；这里，曾经是抗美援朝的友谊之江，英雄的足迹连同他们的精神都融入了滔滔的江水中，几十年来一直回荡在鸭绿江的上空；这里，哺育了世世代代两岸的中朝人民；这里自然风光旖旎、人文景观荟萃、地理位置独特、环境质量优越，还有迷人异国风光而驰名中外，都深深地吸引各地的人们；这里，更有我们水电父辈修建的水利工程，他们把青春年华都献给了为人类的造福工程……源远流长碧绿的江水，书写着人类的历史，承载了太多的荣辱负重！正是鸭绿江流域勤劳的人们，为了让子孙后代生活得更加美好，他们日出而作，戴月而归，这样风雨兼程的劳作着，给历经沧桑的江水，谱写了今日辉煌的篇章。

瞧，鸭绿江的河床，是绿玉砌成的，不然，江水怎么绿得那么迷人，把江边的景物都拂上了一层淡淡的绿影，真要把人的灵魂都勾去了！碧绿明净的江水，像一匹美丽的绿缎，终年不息，向东流去。入夜，河面银波粼粼，映着满天星斗，缓缓流淌着，仿佛在娓娓地讲述着古老而又年轻的动人故事。站在江边，这漾波漫流的绿意，真令人陶醉，心中纵有万般忧愁，也会被溶入这一江碧水里，随着柔婉的水流而烟消云散。

我为家乡有这样的江而骄傲和自豪！我迷恋着这条江，守护着这条江，总想有机会为她做点什么，来报答她的养育之恩。这条古老的江水啊，你赋予了我旺盛的生命力，“路漫漫其修远兮，吾将上下而求索”。江水悠悠，承载我太多的思绪，我渴望将自己的热血挥洒于江中！鸭绿江的碧水长流，永远是我的最爱！

2.7.3 能力训练

1. 说说下边这副对联好在哪里。

上联：潺潺鸭水白玉带　流金岁月
下联：袅袅烟霞锦江山　溢彩阳光

2. 鸭绿江畔美丽的古城临江风景优美，许多影片在这里拍摄过外景，请至少说出10部影片。

3. 追述史书记载“箕子朝鲜—卫氏朝鲜—汉四郡—高句丽—东徙复国—王氏高丽—李成桂改号前的朝鲜—李氏朝鲜”，你能查找资料，说说高氏高丽与王氏高丽在历史发展归属、统辖区域、民族构成之间的区别吗？

4. 讲解自己喜欢的一处鸭绿江景点。

3

中华名胜

导读

中华名胜包括中国重点风景名胜区和重点文物保护单位，有名的山水湖泉、亭台楼阁、园林洞窟、宫殿寺庙、塔幢墓碑，有特色的现代建筑和博物馆，有代表性的少数民族地区建筑和古迹。

中国十大名胜古迹是指1985年由《中国旅游报》发起，组织全国人民经过半年多评比选出的万里长城、桂林山水、杭州西湖、北京故宫、苏州园林、安徽黄山、长江三峡、台湾日月潭、承德避暑山庄、西安秦陵兵马俑10个风景名胜区，包括自然景观、历史建筑、人文景观和文物古迹等。

技能目标

1. 专业能力

能熟练地讲解主要景点并撰写导游词。

2. 方法能力

（1）景点的学习，学生用标识法筛选信息，抓住重点，把握主旨。

（2）游记的学习，学生之间采用交头接耳法，围绕游踪，提炼景点。

3. 社会能力

做人要有胸怀、有胆量；做事要认真、有耐力。

学习任务

(1) 能用文学语言对中华名胜进行简介。
(2) 能熟练地对文学作品进行赏析。
(3) 能对主要景点进行绘声绘色的讲解。

3.1 长　城

导　读

长城在中国2 000多年的历史长河中，所使用的名称多有不同：方城、堑、长堑、城堑、墙堑、塞、塞垣、塞围、长城塞、长城亭障、长城障塞、壕堑、界壕、边墙、边垣。汉代司马迁所著《史记》一书中使用“长城”一词后，大部分朝代承认并沿用这一名称。自春秋战国时代开始，长城延续不断修筑了2 000多年，总计长度达50 000多公里，是中国也是世界上修建时间最长、工程量最大的一项古代防御工程，被称之为“上下两千多年，纵横十万余里”。

八达岭长城、慕田峪长城、司马台长城、山海关、嘉峪关、虎山长城、九门口长城等主要景观，分布于中国北部和中部的广大土地上。古今中外，凡到过长城的人无不惊叹它的磅礴气势、宏伟规模和艰巨工程。长城是一座稀世珍宝，也是艺术非凡的文物古迹。长城象征着中华民族坚不可摧永存于世的伟大意志和力量，是中国古代劳动人民智慧的结晶，也是中国古代文化的象征和中华民族的骄傲。

长城风景如图3.1所示。

图3.1　长城风景

3.1.1　长城介绍

长城是古代中国在不同时期为抵御塞北游牧部落联盟侵袭而修筑的规模浩大的军事工程，因东西绵延上万里，故称作“万里长城”。现存的长城遗迹主要为始建于14世纪的明长城，西起嘉峪关，东至辽东虎山，全长8 851.8公里，平均高6~7米、宽4~5米，横贯今辽宁、内蒙古、宁夏、甘肃、陕西、山西、河南、河北、北京、天津、山东、吉林、黑龙江、青海、新疆等地域。长城是中国悠久历史的见证，是中国古代劳动人民创造的人类建筑史上的伟大奇迹，与罗马斗兽场、比萨斜塔等列为中古世界七大奇迹之一，于1987年12月被列为世界文化遗产。

小贴士

中古世界七大奇迹

中古世界七大奇迹是指意大利罗马大斗兽场、利比亚亚历山大地下陵墓、中国万里长城、英格兰巨石阵、中国大报恩寺琉璃宝塔、意大利比萨斜塔、土耳其索菲亚大教堂。

长城主要景观有八达岭长城、慕田峪长城、司马台长城、居庸关、山海关、嘉峪关、虎山长城、九门口长城等。

八达岭长城，位于北京市延庆县军都山关沟古道北口，起自川草花顶，经石佛寺口、青龙桥东口、青龙桥西口、王瓜峪口、八达岭口、化木梁口、于家冲口、黑豆谷口至石峡峪，全长约12公里，是明长城中保存最完好、最具代表性的一段，史称天下九塞之一。八达岭长城海拔高度1 015米，地势险峻，居高临下，是明代重要的军事关隘和首都北京的重要屏障，历来是兵家必争之地。

知识链接

八达岭长城名字的由来

《长安客话》中解释：“路从此分，四通八达。”因为八达岭是居庸关的外口，北往延庆、赤城、蒙古，西去张家口、怀来、宣化、大同，东到永宁、四海，南去昌平、北京等地区，可谓四通八达，不愧“京北第一屏障”之称，是古代一条重要的交通要道和防卫前哨。

八达岭长城可供游览地段达3 741米，其中南段1 176米，北段2 565米，共有敌台16座。此段长城由关隘、城墙、城台、烽燧4部分组成，是长城建筑最精华部分，集巍峨险峻、秀丽苍翠于一身。迄今为止包括尼克松、撒切尔夫人在内300多位知名人士到此游览。

知识链接

关隘和烽燧

关隘。建在狭窄的通道上，一般由关口的方形或多边形城墙、城门、城门楼、瓮城组成，有的还有罗城和护城河。

烽燧。古代边防报警的两种信号，白天放烟叫“烽”，夜间举火叫“燧”。汉代称作“烽堠”、“亭燧”，唐宋称作“烽台”，明代则一般称作“烟墩”或“墩台”，一般相距10里左右，明代也有距离5里左右的。

八达岭长城段可供观赏的人文景观主要有岔道城、古炮、关城、城墙、敌楼、墩台、城台、战台、长城博物馆、长城全周影院、中华文化名人雕塑纪念园。

请您欣赏

岔道城——公元1551年开始修筑，历经30余年，整个城依山势而建，呈不规则长方形，中间略鼓，两端略缩（见图3.2），东西510米，南北宽185米，总占地面积约8.3万平方米，城墙高8.5米，由石条城砖、石灰、泥土筑成。城上设有马道，外侧宇墙设垛口、望孔、射口，南城墙有烽火台2座。城中建有关帝庙、城隍庙、泰山庙、东岳庙等，还有守备衙门、公馆、戏楼等；西城门外有练兵的校场、粮秣、武器弹药仓库；城东北两侧山顶各筑一座堡垒；周围山峰筑有瞭望敌情的烽火台。

关城——设东、西关门，西城墙下部用10余层花岗岩条石垒砌，上部砌大城砖。墙宽20余米、厚17米、高7.8米；顶部为长方形城台，长19.8米、宽14.15米，面积280.17平方米，四面筑宇墙垛口。城台两侧30~40米处，各建敌楼1座，以墙连通，与关城构成犄角之势。西城墙两侧连接有南、北两道城墙，两墙均建于山脊之上，东低西高，成“U”字形，在东门相遇。城墙厚3.3米，周长2 070米，高7.6米。东西门相距63.9米，城内面积约5 000平方米。嘉靖十八年立东门，门额书“居庸外镇”；万历十年立西门，门额书“北门锁钥”。

敌楼——43座敌楼形制相仿又各具特色，其中有巡逻放哨用的墙台，也有上下两层的敌台，全部为砖石结构，高10米，长宽均10米，两层顶部做成许多拱券，有梯道上下，有射击口、瞭望口和吐水嘴，楼上有垛口，台突出墙外，收墙于台内（见图3.3）。

图3.2　岔道城

图3.3　敌楼

慕田峪长城，位于北京怀柔区境内，自古以来兵家必争之地，总共有敌台22座。西接居庸关长城，东连古北口，开放的2 250米长城段其特点是长城两边均有垛口，特别是正关台3座敌楼并矗，著名的长城景观箭扣、牛角边、鹰飞倒仰等位于慕田峪长城西端。慕田峪长城山峦叠嶂，绿树成荫，风景秀丽。英国前首相梅杰、美国前总统克林顿等多位外国首脑到慕田峪游览。虹鳟鱼、金鳟鱼、鲟鱼是怀柔著名的美食，小鱼熬豆腐、清炖柴鸡、炸槐花、山野菜、贴饼子、菜团子等也是城市中少有的美味，不可放过。

知识链接

海拔最低的长城

海拔最低的长城——慕田峪长城极富立体感，慕田峪关，地势最低，海拔仅486米。往东，陡然上升，至大角楼（慕字一台）不到500米，上升117米；往西，从慕字四台（即正关台）至慕字十九台，起伏不大，较为平缓，从慕字二十台至牛角边最高处，经过近10座敌楼，上升了533米，达到1 039米。

司马台长城，位于北京密云县境内，东起望京楼，西至后川口，全长5.4公里，由戚继光督建，是我国唯一一处保留明代原貌的长城，被联合国教科文组织确定为“原始长城”。城墙依险峻山势而筑，并以奇、特、险著称于世。司马台水库将该长城分为东西两段，东段有敌楼16座，西段有18座。敌楼密集、形式多变、结构各异，间距平均仅140米。东段长城峰巅有两座敌楼最为显赫，即仙女楼与望京楼，尤其望京楼筑于海拔千米的陡峭峰顶，景观绝佳，可遥望到北京城。

知识链接

仙女楼

仙女楼传说是由一个羚羊变成的，因莲花仙女居住过而得名，仙女楼形体修长（见图3.4），长年在白云中若隐或现，恰似不愿出门的少女，汉白玉石拱门上刻有并蒂莲花浮雕，为万里长城所仅有。

图3.4 仙女楼

居庸关，京北长城沿线上的著名古关城，属太行余脉军都山地，地形极为险要，有“天下第一雄关”之称，其建筑规模之大，文化内涵之深，堪称我国万里长城关城建设之最。居庸关与紫荆关、倒马关、固关并称“明朝京西四大名关”，其中居庸关、紫荆关、倒马关又称内三关。居庸关的中心，有一“过街塔”基座，名“云台”，取其“远望如在云端”之意，是用汉白玉石筑成的，台高9.5米，上顶东西宽25.21

米，南北长 12.9 米；下基东西宽 26.84 米，南北长 15.57 米，上小下大，平面呈矩形。台顶四周的石栏杆、望柱、栏板、滴水龙头等建筑，都保持着元代的艺术风格。台基中央有一个门洞，门道可通行人、车、马。居庸关附近，还有仙枕石、五郎庙、六郎寨、弹琴峡、望京石、天险、穆桂英点将台、詹天佑铜像等景点，增添了这座雄关的风采。历代文人墨客在此留下了许多赞咏的诗篇，乾隆皇帝也在此御笔亲题“居庸叠翠”四字，成为著名的“燕山八景”之首。

小贴士

望京石、天险留题和弹琴峡

望京石。位于八达岭关城东门外，“居庸外镇”关门前大道南侧，为一块高 1 米、长 15 米的天然花岗石，上刻“望京石”三字。

天险留题。位于东关门内侧，今熊乐园右上方山崖上，在一块凿平的崖壁上，刻有“天险”二字，为清道光十五年延庆州知州童恩所题、保阳刘振宗镌刻。

弹琴峡。位于五贵（鬼）头山下，为关沟胜景之一。

山海关，又称“榆关”、“渝关”，位于秦皇岛市东北 15 公里处，是长城东端起点，建于明洪武十四年，因其北倚燕山，南连渤海，故得名山海关。有“天下第一关”的美称，与万里之外的嘉峪关遥相呼应。山海关城周长约 4 公里，与长城相连，以城为关，城高 14 米，厚 7 米，有 4 座主要城门，多种防御建筑。

知识链接

“天下第一关”巨匾题字者

一说是明代成化八年进士、山海关人萧显所题，此说见于清光绪四年编纂的《临榆县志》。在当地民间传说中，有关萧显题匾的故事活灵活现。说是他大笔挥毫之后，叫人把巨匾挂上城楼，一看，却发现“下”字少了一点，怎么办？正当围观者议论纷纷之际，只见萧显抓起一块麻布，揉成一团，蘸上墨汁，往上奋力一抛，恰好就打到了点儿上，这一下，匾额就更显得气势不凡。

二说是明代嘉靖年间武英阁大学士严嵩所题，此说见于 1933 年出版的《榆关抗战史》。书载明代严嵩所题的匾，每字大 1.7 米见方，一向藏放在关城东南角的魁星楼中。日寇攻破山海关时，将其掠往东京，并公开陈列。

老龙头、孟姜女庙、角山、天下第一关等六大风景区对中外游客开放，闻名国内外。

请您欣赏

老龙头——位于秦皇岛市山海关区城南 5 公里处，是明代万里长城的东部起点，也是万里长城唯一集山、海、关、城于一体的海陆军事防御体系。

明长城东起老龙头，西至嘉峪关，全长12 700里，横跨崇山峻岭，蜿蜒如一条巨龙入渤海（见图3.5），故称“老龙头”。老龙头距山海关4公里，由入海石城、靖卤台、南海口关和澄海楼组成。

孟姜女庙——又称“贞女祠”，位于山海关城东约6公里的望夫石村后山冈上，是民间故事“孟姜女哭长城”的产物（见图3.6）。庙围墙内占地1.6亩，保护范围占地31.8亩。沿108组石蹬，直达庙内。庙内有前后两殿，前殿有孟姜女像，左右侍有童男童女，两侧壁上镶有碑刻，其中有乾隆、嘉庆、道光题词；后殿原供观音，殿后有“望夫石”，石上有坑，传为孟姜女望夫足迹。旁有石台，台后有振衣亭，为孟姜女梳妆更衣处。庙东南4公里渤海中有两块礁石，传为孟姜女坟。

图3.5　老龙头

图3.6　孟姜女庙

角山——位于距山海关城北约3公里处，是关城北山峦屏障的最高峰，海拔519米。其峰为平顶，可坐数百人，有巨石嵯峨，好似龙首戴角而名。主要景点有角山长城、敌台、角山寺、瑞莲捧日。角山是万里长城从东部海中向北绵延所跨越的第一座山峰，所以又有“万里长城第一山”之称。

嘉峪关，长城沿线规模最大的两座关隘，一是东端的山海关，一是西端的嘉峪关，而后者经前者犹有过之，所以嘉峪关是长城上规模最大的关隘。嘉峪关是明代万里长城西端起点，建于明洪武五年，是目前保存最完整的一座城关，河西第一隘口，有“天下第一雄关”的美名，也是丝绸之路上的重要一站。嘉峪关由内城、外城、罗城、瓮城、城壕和南北两翼长城组成，主要有西长城、东长城和北长城3个部分，全长约60公里，城台、墩台、堡城星罗棋布，形成五里一燧，十里一墩，三十里一堡，一百里一城的军事防御体系。现在看到的城关以内城为主，周长640米，面积2.5万平方米，城高10.7米。内城开东西两门，东为“光化门”，西为“柔远门”，门台上建有3层歇山顶式建筑；东西门各有一瓮城围护，西门外有一罗城，与外城南北墙相连，城墙上建有箭楼、敌楼、角楼、阁楼、闸门楼共14座；关城内建有游击将军府、井亭、文昌阁，东门外建有关帝庙、牌楼、戏楼等。

请您欣赏

游击将军府——也称“游击衙门”，初建于明隆庆年间，是明清两代镇守嘉峪关的游击处理军机政务的场所（见图3.7），其陈列分为两个部分。前院以议事厅为中心，着重展示古代游击将军及文武官员指挥御敌、签发关文等情景；后院是游击将军及家眷生活的场所，生动形象地表现了游击将军及其眷属的生活场面。

图 3.7　游击将军府

长城第一墩——古称“讨赖河墩”，1539 年由肃州兵备道李涵监筑，是明代万里长城自西向东的第一座墩台，是明长城西端起点（见图 3.8）。墩台北距关城 7.5 公里，矗立于讨赖河边近 56 米高的悬崖边上，可谓“险墩”。依托古墩台兴建的文物景区，东临酒泉，西连荒漠，北依嘉峪，南望祁连。景区包括讨赖河墩、地下谷、观景平台、滑索、吊桥、“醉卧沙场”雕塑群、“中华龙林”等功能区。景区以长城文化和丝绸之路文化为内涵，以戈壁风光和西北民俗风情为基础，是一处观光、探险、休闲、娱乐的好去处。

悬壁长城——位于嘉峪关关城北 8 公里处的石关峡口北侧的黑山北坡。明嘉靖十八年，为加强防御，肃州兵备道李涵在暗壁以外，峡南侧山头上监筑了一条长 15 公里的片石夹土墙，古称“断壁长城”。因城墙在山脊上似长城倒挂，铁壁悬空，从山上陡跌而下，封锁石关峡口（见图 3.9），俗称“悬壁长城”。

悬壁长城原墙现只余一截，底阔 4 米，上宽 2 米，高 0.5~6 米不等。片石层厚 10~15 厘米，土层厚 10~12 厘米。现存 750 米经 1987 年重修，其中有 231 米城墙悬挂于高 150 米，倾斜度为 45° 的山脊上，高达 6 米。在墙头增筑垛墙和宇墙，首尾各添筑一墩台，在首墩和山坡上筑台阶式馒道。

图 3.8　长城第一墩

图 3.9　悬壁长城

黑山岩画——中国西北地区的摩崖浅石刻画，时代为战国，也是中国北方地区时代最早、距离城市最近的岩画，共有岩画 150 余幅。岩画内容丰富，题材广泛，有动物、狩猎、舞蹈、操练、庙宇、古文字等，黑山岩画对于研究西北地区远古社会的民族、宗教、生态、自然环境等方面具有十分重要的历史价值，是中国西部地区岩画的代表之一。

“果园——新城魏晋墓群”——位于嘉峪关市区东约 18 公里处的新城镇，分布魏晋时期的古墓葬千余座，素有“地下画廊”之称。古墓葬出土的 660 余幅彩绘砖壁画，真实描绘了中国魏晋时期河西走廊的政治、经济、文化、军事等诸方面的状况，其内容包括牧畜、农耕、兵屯、狩猎、营垒、出行、驿传、宴乐、舞蹈等。这些砖壁画是研究魏晋时期西北地区的政治、经济、文化、民族、民俗等的实物资料。绘画笔法简练，画技高超，其绘画内容在美术领域填补了中国魏晋时期绘画史上的空白。

嘉峪关的修建，花费了大量人力和物力，在古时简陋的建筑条件下，能建起如此雄伟的关城是很不简单的，但正因为如此，才演绎出“冰道运石”、“击石燕鸣”等一段段动人的传说。

知识链接

冰道运石和击石燕鸣

冰道运石。修建嘉峪关长城需要成千上万块长2米、宽0.5米、厚0.3米的石条，工匠们在黑山将石条凿好后，人却抬不起，车拉不动，正在大伙儿发愁的时候，忽然山顶一声闷雷，从白云中飘下一幅锦绸，只见上面若隐若现有几行字，大家看后恍然大悟，按其行事。等到冬季，众人从山上往关城修条路，路面上泼水结成一条冰道，然后把石条放到上面滑行，结果非常顺利地完成运输任务。众工匠为感谢上苍的护佑，在关城附近修建庙宇，供奉神位，成为工匠出师后必须参拜的地方。

击石燕鸣。相传古时有对燕子筑巢于嘉峪关柔远门内。一日清早，两燕飞出关，日暮时，雌燕先飞回来，等到雄燕飞回，关门已闭，不能入关，遂悲鸣触墙而死，为此雌燕悲痛欲绝，不时发出“啾啾”燕鸣声，一直悲鸣到死。死后其灵不散，每到有人以石击墙，就发出“啾啾”燕鸣声，向人倾诉。

嘉峪关的饮食可谓百味荟萃。在这里可以尝到川味的麻辣烫、粉蒸肉、麻婆豆腐；江浙的糖汤圆、鱼汤圆；陕西的大米面皮、粳粉酿皮、肉夹馍；新疆的烤羊肉串、粉汤羊肉；江苏的葱油饼；东北风味的粘火烧、豆沙切糕、枣泥糯米糕；兰州的清汤牛肉面、锅贴饺子；宁夏回族的酿皮子、清真元宵等。

长城，不仅表现了2 200多年前中华民族的伟大气魄，而且显示了当时中国人民的高度智慧、不怕苦的精神、高超的军事科学水平、高水平的科学文化。如今长城已失去了它的军事用途，更多地在体现中华民族精神文明，激励着中华儿女炎黄子孙保卫我中华民族。因此，其在文化艺术上的价值，足以与其在历史和战略上的重要性相媲美。

3.1.2 作品赏析

“一段最古的长城”在哪里？作者是如何断定的？作者为什么称赞赵武灵王是一个大大的英雄？其行为有什么现实意义？标题为“一段最古的长城”，而在实际上，涉及长城的文字并不多，是不是跑题了？为什么？

一段最古的长城

翦伯赞

火车走出居庸关，经过了一段崎岖的山路以后，自然便在我们面前敞开了一个广阔的原野，一个用望远镜都看不到边际的原野，这就是古之所谓塞外。

知识链接

塞外

塞外也称“塞北”，古代指长城以北的地区。清代，大约是漠南蒙古、漠北蒙古、科布多、唐努乌梁海与阿拉善盟等以蒙古人居住为主的地理区域；民国以后，包括热河省、察哈尔省、绥远省、宁夏、蒙古地方5个省区，国民政府承认蒙古国政权期间，塞北用以代指其他的4个省份；今日塞外，指今山西西北部（朔州一带）、内蒙古大部、宁夏、甘肃、陕西等部。

从居庸关到呼和浩特大约有一千多里的路程，火车都在这个广阔的高原上奔驰。我们都想从铁道两旁看到一些塞外风光，黄沙白草之类，然而这一带既无黄沙，亦无白草，只有肥沃的田野，栽种着各种各样的庄稼：小麦、荞麦、谷子、高粱、山药、甜菜等等。如果不是有些地方为了畜牧的需要而留下了一些草原，简直要怀疑火车把我们带到了河北平原。

过了集宁，就隐隐望见了一条从东北向西南伸展的山脉，这就是古代的阴山，现在的大青山。大青山是一条并不很高但很宽阔的山脉，这条山脉像一道墙壁把集宁以西的内蒙古分成两边。值得注意的是山的南北，自然条件迥乎不同。山的北边是暴露在寒冷的北风之中的起伏不大的波状高原。据《汉书·匈奴传》载，这一带在古代就是一个“少草木，多大沙”的地方。山的南边，则是在阴山屏障之下的一个狭长的平原。

现在的大青山，树木不多，但据《汉书·匈奴传》载，这里在汉代却是一个“草木茂盛，多禽兽”的地方，古代的匈奴人曾经把这个地方当做自己的园囿。一直到蒙古人来到阴山的时候，这里的自然条件，还没有什么改变。关于这一点，从呼和浩特和包头这两个蒙古语的地名可以得到说明。呼和浩特，蒙古语意思是青色的城。包头也是蒙古语的音译，意思是有鹿的地方。这两个蒙古语的地名，很清楚地告诉了我们，直到十三世纪或者更晚的时候，这里还是一个有森林、有草原、有鹿群出没的地方。

呼和浩特和包头这两个城市，正是建筑在大青山南麓的沃野之中。秋天的阴山，像一座青铜的屏风安放在它们的北边，从阴山高处拖下来的深绿色的山坡，安闲地躺在黄河岸上，沐着阳光。这是多么平静的一个原野。但这个平静的原野在民族关系紧张的历史时期，却经常是一个风浪最大的地方。

愈是古远的时代，人类的活动愈受自然条件的限制。特别是那些还没有定住下来的骑马的游牧民族，更要依赖自然的恩赐，他们要自然供给他们丰富的水草。阴山南麓的沃野，正是内蒙古西部水草最肥美的地方。正因如此，任何游牧民族只要进入内蒙古西部，就必须占据这个沃野。

阴山以南的沃野不仅是游牧民族的园囿，也是他们进入中原地区的跳板。只要占领了这个沃野，他们就可以强渡黄河，进入汾河或黄河河谷。如果他们失去了这个沃野，就失去了生存的依据，史载“匈奴失阴山之后，过之未尝不哭也”，就是这个原因。在另一方面，汉族如果要排除从西北方面袭来的游牧民族的威胁，也必须守住阴山的峪口，否则这些骑马的民族就会越过鄂尔多斯沙漠，进入汉族居住区的心脏地带。

小贴士

“匈奴失阴山之后，过之未尝不哭也”出自《汉书·匈奴传》第六十四下。

早在战国时，大青山南麓，沿黄河北岸的一片原野，就是赵国和胡人争夺的焦点。在争夺战中，赵武灵王击败了胡人，占领了这个平原，并且在他北边的国境线上筑起了一条长城，堵住了胡人进入这个平原的道路。据《史记·匈奴传》所载，赵国的长城东起于代（今河北宣化境内），中间经过山西北部，西北折入阴山，至高阙（今乌拉山与狼山之间的缺口）为止。现在有一段古长城遗址，断续绵亘于大青山、乌拉山、狼山靠南边的山顶上，东西长达二百六十余里，按其部位来说，这段古长城正是赵长城遗址。

小贴士

赵武灵王

赵武灵王是约公元前340—前295年，战国中后期赵国君主，嬴姓、赵氏、名雍，谥号武灵王。赵武灵王是我国封建社会初期一位雄才大略的政治家和军事家，在位时推行的“胡服骑射”政策使赵国得以强盛，对当时和以后中国社会的发展都产生了积极的影响。

我们这次访问包头，曾经登临包头市西北的大青山，游览这里的一段赵长城。这段长城高处达五米左右，土筑，夯筑的层次还很清楚。东西纵观，都看不到终级，在东边的城址上，隐然可以看到一个古代废垒，指示出那里在当时是一个险要地方。

我在游览赵长城时，作了一首诗，称颂赵武灵王，并且送了他一个英雄的称号。赵武灵王是无愧于英雄的称号的。大家都知道秦始皇以全国的人力物力仅仅连接原有的秦燕赵的长城并加以增补，就引起了民怨沸腾。不知从什么时候起，在秦始皇面前就站着一个孟姜女，控诉这条举世闻名的万里长城。甚至在新中国成立后，还有人把万里长城作为“炮弹”攻击秦始皇。而赵武灵王以小小的赵国，在当时的物质和技术条件下，竟能完成这样一个巨大的国防工程而没有挨骂，不能不令人惊叹。

当然，我说赵武灵王是一个英雄，不仅仅是因为他筑了一条长城，更重要的是因为他敢于发布“胡服骑射”的命令。要知道，他在当时发布这个命令，实质上就是与最顽固的传统习惯和保守思想宣战。

小贴士

胡服骑射

胡服骑射溯源《战国策·赵策二》："今吾（赵武灵王）将胡服骑射以教百姓。"

胡服在赵武灵王推行"胡服骑射"之后成为中国军队中最早的正规军装，以后逐渐演变改进为后来的盔甲装备。使"习胡服，求便利"成了我国服饰变化的总体倾向。减弱了华夏民族鄙视胡人的心理，增强了胡人对华夏民族的皈依心理，缩短了二者之间的心理距离，奠定了中原华夏民族与北方游牧民族服饰融合的基础，进而推进了民族融合。

只要读一读《战国策·赵策》就知道当赵武灵王发布了胡服骑射的命令以后，他立即遭遇到来自赵国贵族官僚方面的普遍反抗。赵武灵王击败了那些顽固分子的反抗，终于使他们脱下了那套用以标志他们身份的祖传的宽大的衣服，并且把过了时的笨重的战车扔到历史的垃圾堆去。敢于这样做的人，难道不是一个英雄吗？可以肯定说是一个英雄，一个大大的英雄。

文学常识

《一段最古的长城》的特色

《一段最古的长城》以作者访古的游踪为线索，考察了一段最古的长城，并且以唯物史观评价了赵武灵王的英雄业绩，赞扬他敢于冲破传统习惯和保守思想的革命精神。

文章生动、轻快的笔调，真实地记录了作者在游览考察过程中的所见所感。既描绘了旅游风光，又抒发见解，夹叙夹议，把游记与史论有机地结合在一起，是一篇别具一格游记散文。

3.1.3 能力训练

1. 请用简洁准确的语言描述毛泽东《清平乐·六盘山》这首词的意思，并说说最后两句词表现了作者怎样的胸怀。

2. 下面这幅孟姜女庙对联相传是南宋状元王十朋所撰，其读法已有多种，请说出两种读法及其喻意。

海水朝朝朝朝朝朝朝落
浮云长长长长长长长消

3. 说说八达岭长城5个之最都有什么。

4. 讲解自己喜欢的一处长城景点。

3.2 故　　宫

导　读

提到故宫，人们熟知的有北京故宫、南京故宫、沈阳故宫、台北故宫、韩国故宫。北京故宫位于北京市中心，简称“故宫”，旧称“紫禁城”，是明、清两代的皇宫，在500年历史中有24位皇帝曾居住于此。故宫建成于明代永乐十八年，占地面积72万多平方米，其中建筑面积15万平方米，有楼宇8 000余间，全部建筑由“前朝”与“内廷”两部分组成，四周城墙围绕、护城河环抱，四角有角楼，四面各有一门。

故宫是汉族宫殿建筑之精华，无与伦比的古代建筑杰作，也是世界现存最大、最完整的木质结构的古建筑群。故宫可移动文物藏品超过180万件，其中包括珍贵文物168多万件，是一处可以移动文物的宝库。中国故宫与法国凡尔赛宫、英国白金汉宫、美国白宫、俄罗斯克里姆林宫被誉为世界五大宫，1987年被联合国科教文组织列为“世界文化遗产”，现辟为“故宫博物院”。

故宫风景如图3.10所示。

图3.10　故宫风景

3.2.1　故宫介绍

故宫的别称是“紫禁城”，是明朝第三位皇帝朱棣夺取帝位，迁都北京后开始营造的。其建筑的对称布局、院落组合、空间安排、单体建筑、建筑装修、室内外陈设、屋顶形式以及建筑色彩等，都体现出中国古代建筑的艺术特征。

小贴士

“紫禁城”的来源

依照中国古代星象学说，紫微垣（即北极星）位于中天，乃天帝所居，天人对应，是以皇帝的居所又称“紫禁城”。

故宫有一条贯穿宫城南北的中轴线，按照“前朝后寝”的古制，在这条中轴线上布置着帝王发号施令、象征政权中心的三大殿和帝后居住的后三宫，以乾清门为界，乾清门以南为外朝，以北为内廷。外朝是封建皇帝行使权力、举行盛典的地方，以太和殿、中和殿、保和殿三大殿为中心，两翼有文华殿、文渊阁、上驷院、南三所、武英殿、内务府等建筑；内廷是封建帝王与后妃居住、游玩之所，以乾清宫、交泰殿、坤宁宫后三宫为中心，两翼有养心殿、东六宫、西六宫、斋宫、毓庆宫，后有御花园。

知识链接

前朝后寝

前朝后寝是宫室（或称宫殿）自身的布局，大体上有前后两部分，一墙之隔，即“前堂后室”。所谓“前朝”，即为帝王上朝治政、举行大典之处，在中央靠墙处，设有御座，这是帝王上朝坐的地方；所谓“后寝”，即帝王与后妃们生活居住的地方，则设有床具，供休憩之用。

故宫里最吸引人的建筑当然是三大殿：太和殿、中和殿和保和殿。这3座大殿都建在汉白玉砌成的8米高的“工”字形基台上，基台3层重叠，每层台上边缘都装饰有汉白玉雕刻的栏板、望柱和龙头，3台当中有3层石阶雕有蟠龙，衬托以海浪和流云的“御路”。在25 000平方米的台面上有透雕栏板1 415块，雕刻云龙翔凤的望柱1 460个、龙头1 138个，造型重叠起伏；这种装饰在结构功能上是台面的排水管道，每到雨季，3台雨水逐层由各小洞口下泄，水由龙头流出，千龙吐水，蔚为壮观，是中国古代建筑上具有独特风格的装饰艺术。

请您欣赏

御路——又称“龙升”或“螭陛”，原为古代中国宫殿建筑形制，是位于宫殿中轴线上台基与地坪及两侧阶梯间的坡道（见图3.11）；在封建时代只有皇帝才能使用，但皇帝进出宫殿多以乘舆代步，轿夫行走于台阶，于是多将御路雕刻成祥云腾龙图案，以示皇帝为真命天子之意。

千龙吐水——源于三大殿矗立之上的3层台基，每层台基的周围都雕有须弥座，须弥座上横置着大块地栿，地栿之间立有望柱，望柱之间安设栏板，每个望柱下面伸出一个石雕龙头，共有1 142个龙头，在它们之下，都凿有排水孔道。除每层台基折角的角顶伸出的龙头外，其他龙头的两唇之间都钻有圆孔，与望柱底下的孔道相通。由于台面的设计是中间高周边低，每当雨天，落在台面上的雨水自然就都流向四周，于是便从龙口中排出，形成“千龙吐水”的奇观（见图3.12）。

图 3.11 御路

图 3.12 千龙吐水

太和殿，俗称“金銮殿”（明朝称奉天殿、皇极殿），建筑面积 2 377 平方米，连同台基通高 35 米，东西长 64 米，南北宽 37 米，长宽之比为 9∶5，寓意为“九五之尊”，是中国现存最大的木结构大殿，“东方三大殿”之一。太和殿是紫禁城内体量最大、等级最高的建筑物，上承重檐庑殿顶，下坐 3 层汉白玉台阶，采用金龙和玺彩画，均采用最高形制。殿前设有广场，可容纳上万人朝拜庆贺，整个宫殿气势恢宏，不愧为整个宫城的主体建筑和核心空间。

小贴士

东方三大殿

东方三大殿是指北京紫禁城的太和殿、曲阜孔庙的大成殿、泰山岱庙的天祝殿。

太和殿内部装饰是檐下施以密集的斗栱，室内外梁枋上饰以级别最高的和玺彩画。门窗上部嵌成菱花格纹，下部浮雕云龙图案，接榫处安有镌刻龙纹的鎏金铜叶。殿内金砖铺地。

知识链接

重檐庑殿顶

重檐庑殿顶正脊上有两个琉璃构件叫大吻，也叫“正吻”“龙吻”“鸱吻”。吻上的龙形有镇火之意，除了具有装饰性外，它的实用功能是“咬”住正脊和垂脊的交会处，以防风雨侵蚀。殿顶四面坡的筒子瓦上镶有琉璃帽钉两排，垂脊上装有脊兽 10 只，脊兽前是骑凤仙人，这些装饰构件统称“仙人走兽”（见图 3.13）。龙吻象征封建社会最高统治者“飞龙在天”，至高无上；仙人走兽代表神仙保佑，珍禽异兽齐集来朝，寓意天下一统。

图 3.13 重檐庑殿顶

太和殿共有 72 根大柱支撑其全部重量，其中顶梁大柱最粗最高，直径为 1.06 米，高为 12.70 米。太和殿的明间设髹金漆云龙纹宝座，宝座两侧排列 6 根直径 1 米的沥粉贴金云龙图案的巨柱，所贴金箔采用深浅两种颜色，使图案突出鲜明。宝座前两侧有 4 对陈设：宝象、甪端、仙鹤和香亭。宝座上方天花正中安置形若伞盖向上隆起的藻井。藻井正中雕有蟠卧的巨龙，龙头下探，口衔宝珠。

请您欣赏

髹金漆云龙纹宝座——故宫现存做工最讲究、装饰最华贵、等级最高、雕镂最精美的物件，位于大殿中央的须弥座式平台上，是明朝嘉靖年间制作的。通高 172.5 厘米、宽 158.5 厘米、纵深 79 厘米，椅圈上共有 13 条金龙缠绕，其中最大的一条正龙昂首立于椅背的中央（见图 3.14）。

图 3.14 髹金漆云龙纹宝座

太和殿是用来举行各种典礼的场所，实际使用次数很少，明清皇帝上朝的地方主要在太和门、乾清门、乾清宫、养心殿。明清两朝 24 个皇帝都在太和殿举行盛大典礼，如皇帝登基即位、皇帝大婚、册立皇后、命将出征，此外每年万寿节、元旦、冬至三大节，皇帝在此接受文武官员的朝贺，并向王公大臣赐宴。

中国古代皇家拿什么来镇殿？太和殿的房梁之上，到底隐藏着怎样的镇殿之宝？在太和殿 300 年大修之际，披露了太和殿中隐藏的五座神秘符牌。

小贴士

符牌

由于雕刻着镇殿神符，故符牌又称为“符板”，正面由上而下共分为4层，由佛教护持真言、神明和北斗七星图组成，背面由镇殿七十二符组成。

中和殿，明朝称华盖殿、中极殿，建筑面积580平方米，是故宫外廷三大殿中面积最小的。中和殿高29米，平面呈正方形，面阔、进深各为3间，四面出廊，金砖铺地。黄琉璃瓦单檐四角攒尖顶，正中有鎏金宝顶。四脊顶端聚成尖状，上安铜胎鎏金球形的宝顶。

知识链接

攒尖顶

攒尖顶即攒尖式屋顶，宋朝时称“撮尖”“斗尖”，清朝时称“攒尖”，是中国、日本、朝鲜古代建筑的一种屋顶样式，常用于亭、榭、阁和塔等建筑（见图3.15）。其特点是屋顶为锥形，没有正脊，顶部集中于一点即宝顶；只有垂脊，垂脊的多少根据实际建筑需要而定，一般双数的居多，单数的较少。

图3.15　攒尖顶

中和殿四面开门，正面三交六椀槅扇门12扇，东、北、西3面槅扇门各4扇，门前石阶东西各一出，南北各3出，中间为浮雕云龙纹御路，踏跺、垂带浅刻卷草纹。门两边为青砖槛墙，上置琐窗。殿内外檐均饰金龙和玺彩画，天花板上为沥粉贴金正面龙。中和殿正中设有宝座，两旁陈列着两个肩舆。门窗的形制则取自《大戴礼记》所述的“明堂”，避免了三大殿雷同。

明清两代，中和殿的使用功能基本上相同，即皇帝到太和殿参加大型庆典前在此休息准备，皇帝在太和殿通常都先接受主持庆典的官员朝拜和奏事，再到太和殿参与庆典；每年春季的先农坛祭典时，皇帝都会先到中和殿阅读写有祭文的祝版，查看亲耕用的农具；在参与天坛、地坛、社稷坛、太庙的类似活动前，皇帝也会在这里阅读祭文；清代每7年纂修一次皇家家谱，纂修工作完毕后就会在中和殿上举行仪式，送呈皇帝审阅；给皇太后上徽号时，皇帝也要到中和殿阅读拟好的奏折；有时候皇帝也会在这里召见官员或赐食。

保和殿，明朝称谨身殿、建极殿，建筑面积1 240平方米。保和殿高29米，平面呈长方形，面阔9间，进深5间。屋顶为重檐歇山顶，上覆黄色琉璃瓦，上下檐角均安放9个小兽。上檐为单翘重昂七踩斗栱，下檐为重昂五踩斗栱。内外檐均为金龙和玺彩画，天花板上为沥粉贴金正面龙。6架天花梁彩画极其别致，与偏重丹红色的装修和陈设搭配协调，显得华贵富丽。殿内金砖铺地，坐北向南设雕镂金漆宝座。东西两梢间为暖阁，安板门两扇，上加木质浮雕如意云龙浑金毗庐帽。

知识链接

重檐歇山顶

重檐歇山顶屋顶正中有一条正脊，前后各有2条垂脊，在各条垂脊下部再斜出一条岔脊，连同正脊、垂脊、岔脊共9条，亦叫九脊殿。正脊的前后两坡是整坡，左右两坡是半坡。在等级上仅次于重檐庑殿顶，从外部形式看，是悬山顶和庑殿顶的结合，形成两坡和四面坡屋顶的混合形式（见图3.16）。

图3.16　重檐歇山顶

保和殿后阶陛中间设有一块雕刻着云、龙、海水和山崖的御路石，在云、海水、山崖之中有9条口戏宝珠的游龙，形象动态十足，生机盎然，人们称之为云龙石雕，是紫禁城中最大的一块石雕。

请您欣赏

云龙石雕——长16.57米，宽3.07米，厚1.70米，重为250吨（见图3.17）。原明代雕刻，清代乾隆时期又重新雕刻。其石料产自京西房山大石窝，当时是民夫万人以上，用旱船拽运的办法拖运到北京的，这种方式充分显示出古代劳动者的才能和智慧。

图 3.17 云龙石雕

保和殿于明清两代用途不同，明代大典前皇帝常常在此更衣，册立皇后、太子时，皇帝在此殿受贺；清代每年除夕、正月十五，皇帝赐宴外藩、王公及一、二品大臣，场面十分壮观。赐额驸之父、有官职家属宴及每科殿试等均于保和殿举行。每岁终，宗人府、吏部在保和殿填写宗室满、蒙、汉军及各省汉职外藩世职黄册。

故宫建筑的后半部是皇帝及嫔妃生活娱乐的地方叫内廷，以乾清宫、交泰殿、坤宁宫为中心，东西两翼有东六宫和西六宫。如果说前半部外朝形象是严肃、庄严、壮丽、雄伟，象征皇帝的至高无上；那么后半部内廷则富有生活气息，建筑多是自成院落，有花园、书斋、馆榭、山石等。

乾清宫，位于乾清门内，是明清历代皇帝居住和处理日常政事的地方。乾清宫建筑面积 1 400 平方米，高 20 米，面阔 9 间，进深 5 间，建筑规模为内廷之首。乾清宫为黄琉璃瓦重檐庑殿顶，坐落在单层汉白玉石台基之上，檐角置脊兽 9 个，檐下上层单翘双昂七踩斗栱，下层单翘单昂五踩斗栱，饰金龙和玺彩画，三交六菱花隔扇门窗。殿的正中有宝座，内有清代顺治皇帝御笔亲书的“正大光明”匾，匾的背后藏有密建皇储的“建储匣”。两头有暖阁。殿内铺墁金砖。殿前宽敞的月台上，左右分别有铜龟、铜鹤、日晷、嘉量，前设鎏金香炉 4 座，正中出丹陛，接高台甬路与乾清门相连。乾清宫周围的东西庑，还有为皇帝存储冠、袍、带、履的端凝殿，放置图书翰墨的懋勤殿。南庑有皇子读书的上书房，有翰林学士承值的南书房。

知识链接

建储匣

雍正元年（1723 年）八月，雍正皇帝废弃了公开建储制，宣布实行秘密建储。雍正帝在乾清宫西暖阁召见王公大臣，共议秘密建储制，诸王大臣均无异议。雍正帝遂将密封的写有继位人姓名的锦匣收藏于“正大光明”匾后。后来，雍正帝又另书密封一匣，随时带在自己的身边。密建皇储制度，削弱了宗法制在皇位继承问题上的法定支配作用，扩大了对皇帝候选人的选择范围，是对皇帝制度的重大改革。

知识链接

南书房轶事

据记载少年玄烨8岁继承皇位，按清世祖顺治皇帝遗命，由鳌拜等4位大臣辅政。性格强悍的鳌拜逐渐取得了对朝政的控制地位，即使到了玄烨亲政的年龄，还是不肯交出实权，对康熙帝的皇权已构成了严重的威胁。

少年玄烨决意铲除鳌拜势力，但因其党羽遍布朝廷，因此不露声色，暗中调度。他挑选一批八旗子弟做侍卫，整天在宫内玩布库戏，让鳌拜误以为他还是个贪玩的孩子。一天，玄烨在南书房临时召见，鳌拜刚踏进殿门，就听到一声大喝："鳌拜带刀行刺！"还没来得及诧异、发怒，旁边一记重重的勾脚已使他不由自主地向前扑倒，立刻，十来个壮壮实实的少年侍卫死死地压在他身上，让他喘不过气来。16岁的康熙帝镇定从容，运筹帷幄，周全果断，一举收拾了鳌拜集团，并避免了政治动荡，进一步巩固了皇权。

交泰殿，位于乾清宫和坤宁宫之间，是皇帝和后妃们起居生活的地方。交泰殿平面为方形，面阔、进深各3间，黄琉璃瓦四角攒尖鎏金宝顶，小于中和殿。殿中设有宝座，宝座后有4扇屏风，上有乾隆御笔《交泰殿铭》。殿顶内正中为八藻井。单檐四角攒尖顶，铜镀金宝顶，黄琉璃瓦，双昂五踩斗栱，梁枋饰龙凤和玺彩画。四面明间开门，三交六椀菱花，龙凤裙板隔扇门各4扇，南面次间为槛窗，其余3面次间均为墙。殿内顶部为盘龙衔珠藻井，地面铺满金砖。殿中明间设宝座，上悬康熙帝御书"无为"匾，宝座后有板屏一面，上书乾隆帝御制《交泰殿铭》。东次间设铜壶滴漏，乾隆年后不再使用。在交泰殿内西次间一侧，设有一座自鸣钟，这是嘉庆三年制造的。清代的25枚"宝玺"（印章）也曾收藏在这里（现藏于珍宝馆）。明、清时，该殿是皇后生日举办寿庆活动的地方；皇后在此接见嫔妃命妇；清代皇后所谓亲蚕典礼，需至此检查祭典仪式的准备情况。

请您欣赏

铜壶滴漏——也称"漏壶""刻漏"或"漏刻"，是中国古代的计时器。使用时，日壶的水以恒定的流量滴入下层的月壶，月壶之水滴入星壶，星壶上部有一个小洞，如果月壶滴下的水多了，多余的就会从这里流出，使星壶的水量保持恒定，以便均匀地滴水给受水壶。受水壶中的水逐渐增加，浮舟便托起木箭缓缓上升。将木箭的顶端与铜表尺上的刻度对照，就可知道当时的时间（见图3.18）。

大自鸣钟——嘉庆三年由清宫造办处制造。其外壳是仿中国式楼阁型的木柜，通高5.80米，共分上中下3层（见图3.19）。钟楼背面有一小阶梯，登上阶梯，可以给自鸣钟上弦。自鸣钟走动后，可按时自动打点报刻。

二十五宝——皇帝行使权力的印章，乾隆十三年，皇帝将代表皇权的二十五宝存放在交泰殿。这些玉玺由内阁掌握，由宫殿监的监正管理，用时须请示皇帝，经许可后方可使用，其用途各有不同的（见图3.20）。

图 3.18　铜壶滴漏

图 3.19　大自鸣钟

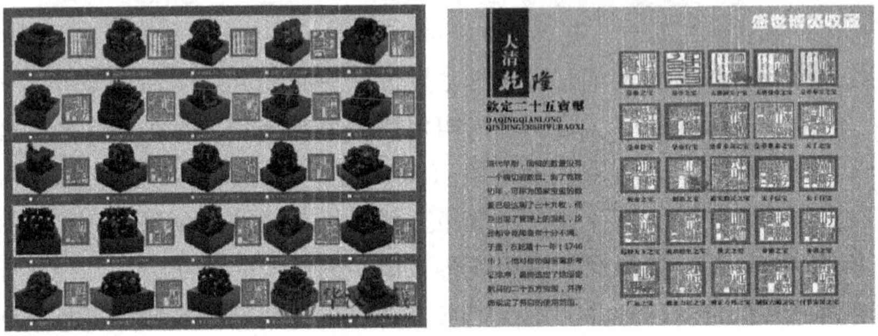

图 3.20　二十五宝

坤宁宫，坐北面南，面阔连廊 9 间，进深 3 间，黄琉璃瓦重檐庑殿顶。明代是皇后的寝宫；清代改建后为萨满教祭神的主要场所。顺治十二年仿盛京清宁宫，改原明间开门为东次间开门，原槅扇门改为双扇板门，其余各间的棂花槅扇窗均改为直棂吊搭式窗。室内东侧两间隔出为暖阁，作为居住的寝室；门的西侧 4 间设南、北、西 3 面炕，作为祭神的场所。

小贴士

萨满教

萨满教分布于北亚，为一类巫觋宗教，包括满族萨满教、蒙古族萨满教、中亚萨满教、西伯利亚萨满教。萨满曾被认为有控制天气、预言、解梦、占星，以及旅行到天堂或者地狱的能力。萨满教传统始于史前时代并且遍布世界，最崇拜萨满教的地方是伏尔加河流域、芬兰人种居住的地区、东西伯利亚与西西伯利亚。满洲人的祖先女真人，也曾信奉萨满教，直到公元 11 世纪。清朝以前一直在中国东北甚至蒙古地区大范围流传，清朝皇帝把萨满教和满族的传统结合起来，运用萨满教把东北的人民纳入帝国的轨道，同时萨满教在清朝的宫廷生活中也找到了位置。

坤宁宫的东端二间是皇帝大婚时的洞房。房内墙壁饰以红漆，顶棚高悬双喜宫灯。洞房有东西二门，西门里和东门外的木影壁内外，都饰以金漆双喜大字，有出门见喜之意。洞房西北角设龙凤喜床，床铺前挂的帐子和床铺上放的被子，都是江南精工织绣，上面各绣神态各异的100个顽童，称作“百子帐”和“百子被”，五彩缤纷，鲜艳夺目。皇帝大婚时要在这里住两天，之后另住其他宫殿，清代康熙、同治、光绪、溥仪4位皇帝用过这个洞房。

小贴士

百子帐

汉末渐染胡风，北方多设青庐于门内外迎妇。所谓“青庐”，即游牧民族的穹庐，汉人称为“百子帐”，穹庐本是游牧民族的居室，而汉人只在婚礼时专用于交拜。

故宫是明清两朝最高统治核心的代名词。明清宫廷500多年的历史，包含了帝后活动、等级制度、权力斗争、宗教祭祀等。而权力争斗往往都是围绕皇权的传承与安危展开的，如明代正统皇帝复辟的夺门之变、嘉靖皇帝被宫女谋刺的壬寅宫变、万历四十三年梃击太子宫的“梃击案”、泰昌皇帝因服丹丸而死亡的“红丸案”、泰昌帝病死后围绕着新皇帝登极的“移宫”风波、清朝初诸王大臣为确立皇权的三官庙之争、清末慈禧太后谋取权力的辛酉政变等。

知识链接

梃击案

明朝万历四十三年五月初四，有一身份不明的男子手持一根枣木大棍，闯入太子所居的慈庆宫。这人来到第一道宫门，见有两个老宦官守门，举棍打伤其中一人，直闯入宫；来到第二道宫门，竟是寂静无声，于是顺利而入，直到殿檐下，试图加害太子。这时被太监韩本用发现大声呼喊，七八名宦官一齐拥上，将凶犯捉住。经审讯，这人叫张差，原名张五儿，蓟州人。此次进京由乡人马三道、李守才和太监庞保带领，来京后住太监刘成的住宅。而庞保、刘成是郑贵妃的亲信，所以这件事和郑贵妃与太子争储有关。后来万历皇帝为了保护郑贵妃，下令草草收场。杀了张差和两名宦官了事。

知识链接

红丸案

万历四十八年八月一日太子朱常洛继位，是为光宗。光宗做太子19年，当时已经快40岁，身体状况极差，到八月十一日已卧床不起。八月十二日内医崔文升给服泻药，精神更觉委顿。八月二十九日召见方从哲等19名大臣，方从哲推荐李可灼诊病。李可灼连进3个红色药丸，九月一日晨光宗便死了。因为进泻药的崔文升是郑贵妃的属下，方从哲一贯依附郑贵妃，李可灼又是方从哲所荐，所以这件事又与郑贵妃之子福王朱常洵争夺皇位有关了。

知识链接

移宫案

万历四十一年，朱常洛的太子妃郭氏去世后再未立太子妃。朱常洛当皇帝之后便把十分得宠的李选侍带进乾清宫。乾清宫地位非常尊贵，是一般妃嫔的向往之地，住进乾清宫似乎便取得了跟皇后一样的地位。李选侍住进乾清宫又有照顾两个皇子的权利，皇后的地位似乎马上就可得到。但是光宗仅当了一个月皇帝就死了，临死也没有封她为皇后。这样李选侍就必须离开乾清宫。可是这个李选侍却不离开乾清宫，并以此为要挟，先是要封皇后，后来又要封太后。围绕这个问题，朝廷内外议论纷纷，一般廷臣屡上章奏，要李选侍离开乾清宫。一直拖到九月五日熹宗登基的日子，李选侍仍然不离开乾清宫。朝中一般大臣齐聚乾清宫门前喧嚷呼喊，面对如此状况李选侍害怕了，无可奈何地匆匆迁出了乾清宫。

游览故宫，一是欣赏丰富多彩的建筑艺术，二是观赏陈列于室内的珍贵文物，三是品尝当地特色美食。故宫常年推出的常规展馆有书画馆、陶瓷馆、玉器馆、金银器馆、青铜器馆、捐献馆、钟表馆、珍宝馆等十余个。大家应该品尝的十几种北京风味小吃有门钉肉饼、螺蛳转、炒疙瘩、炒肝、爆肚、卤煮火烧、焦圈、灌肠、姜酥排岔、茶汤、果子干、糖耳朵、豆面糕、芸豆卷、豌豆黄、三鲜烧麦等。

知识链接

卤煮火烧

相传清宫廷中有一道名为“苏造肉”的菜肴。爱新觉罗·溥杰先生的夫人嵯峨浩著的《食在宫廷》中介绍，乾隆四十五年（1780 年），皇帝巡视南方，曾下榻于扬州安澜园陈元龙家中。陈府家厨张东官烹制的菜肴很受乾隆喜爱，后张东官随乾隆入宫，深知乾隆喜爱厚味之物，就用五花肉加丁香、官桂、甘草、砂仁、桂皮、蔻仁、肉桂等九味香料烹制出一道肉菜供膳。这 9 味香料按照春、夏、秋、冬四季的节气不同，用不同的数量配制。这种配制的香料煮成的肉汤，因张东官是苏州人，就称“苏造汤”，其肉就称“苏造肉”了。后来传入民间，加入用面粉烙成的火烧同煮，便成为大众化的风味小吃了。那么又是怎么演变成卤煮火烧的呢？“小肠陈”的创始人陈兆恩当时就是售卖“苏造肉”的。旧社会用五花肉煮制的“苏造肉”价格贵，一般老百姓吃不起，于是他就用价格低廉的猪头肉代替五花肉，同时加入价格更便宜的猪下水煮制。没想到歪打正着，一发不可收拾地创出传世美味。

2013 年 1 月 28 日，故宫博物院召开媒体汇报会，单霁翔院长介绍了故宫 2013 年和未来一个时期内的新规划。故宫雁翅楼、午门将建成大型博物馆，文渊阁、古建馆、石鼓馆将陆续开放；神武门外、护城河两岸将打造两条故宫特色文化街；故宫北院的古典园艺中心 10 月将开门迎客……故宫博物院透露的一系列新动向，展现出故宫文化的勃勃生机。

3.2.2 作品赏析

快速阅读文章，理清思路，讲述作者游历的主要景点；画出故宫导游图。

故宫旅游

今天是个好天气，因为今天能看见蓝天，北京的天每天都是灰蒙蒙的，看不透，所以说今天是个好天气。早餐吃了一碗北京特色小吃——炒肝，开始了新的旅程。

知识链接

炒肝

炒肝由宋代民间食品“熬肝”和“炒肺”发展而来。清朝同治年间，会仙居以不勾芡方法制售，当时京城曾流传“炒肝不勾芡——熬心熬肺”的歇后语。

炒肝本是由清末会仙居刘氏兄弟所创制。刘氏兄弟哥仨，起先经营白水杂碎，但时间一长买卖并不景气，哥仨商量着如何改进白水杂碎的做法。恰好当时《北京新报》的主持人杨曼青常常光顾，与刘氏兄弟很熟，知道他们的想法后，便给他们出主意：把白水杂碎的心肺去掉，加上酱色后勾芡，名字就叫炒肝，这样或许能吸引人。如果有人问为什么叫炒肝，就说肝炒过。他在报上也宣传一下。哥仨一听甚好，依言而行。哥仨把鲜肥的猪肠用碱、盐浸泡揉搓，然后用清水加醋洗净，用文火炖。肠子烂熟之后切成小段，鲜猪肝则片成柳叶状的条儿，作料也十分讲究，于是便形成流传至今的炒肝。

今天的主角是紫禁城，也就是故宫，换句话说我们要去皇宫转转。在进故宫之前得先从天安门进，所以一定要登上天安门城楼，在登上城楼时，眼前便是天安门广场鸟瞰，这个角度正是当年毛主席在开国大典致词时站过的地方，我也特意站在那感受一下当时宏伟场面。

下了天安门，经过端门，便来到了故宫的正门——午门。午门的讲究很多，它是由三面墙围成一个正方形的广场，正面三洞门，两旁各设一洞门。其中正中间的门只有皇上平日里可以走，皇后在新婚当日也可以走一次，再有就是殿试考中状元、榜眼、探花的三人可以走一次。左右两个门是文武大臣和宗室王公出入的门。而其他文武百官只能走两个侧门。从午门的正面看是三个门，从后面看是五个门，所以有“明三暗五”之说。

小贴士

午门

午门是紫禁城的正门，位于紫禁城南北轴线。此门居中向阳，位当子午，故名午门。午门前有端门、天安门、大清门，后有太和门。

我在午门门口租了一台电子导游机，它可以帮你游故宫，边走边讲。进了午门便真正进了紫禁城，首先要跨过内金水河，前面是一片开阔的广场，正中有个宫殿式的大门。故宫里所有的门其实就是一个宫殿式的建筑，这个门叫太和门，门两旁蹲坐着一对大青铜狮，这一对狮子号称中华第一狮，威风八面。

小贴士

太和门

太和门是紫禁城外朝宫殿的正门，是故宫最大的宫门，门内为太和殿，堪称中国古代规格最高的门。

穿过太和门，又见到一个更大的广场，前面是一座更大的宫殿，也是故宫里地位最高的宫殿——太和殿，俗称“金銮殿”，是皇上升朝的地方。太和殿果然气派，故宫里最大的数字是九，而太和殿的殿檐上设有十个走兽，由此可见太和殿的地位已经用九这个数字都不能代表了。太和殿建于三层汉白玉石阶上，是当时北京的最高建筑。在殿的底座汉白玉石阶上雕有 1 142 个龙头，龙头的嘴通于地面，每逢下雨时，积水便通过这 1 142 个龙头流到地面上，所以便有了“千龙吐水”这一奇观。

太和殿的后面是中和殿和保和殿，这三大殿构成了故宫的前宫。再往后便是后宫，这里值得一提的是：清朝时的故宫每个殿的牌子上都有汉、满两种文字，而现在从午门到保和殿所有的牌子却只有汉文，为什么呢？因为当时袁世凯当了 83 天皇帝，下令把前宫所有的满文抠掉了，这也是袁世凯窃国的铁证。

小贴士

满文

满文是中国满族使用过的一种拼音文字。1599 年清太祖努尔哈赤命额尔德尼和噶盖二人参照蒙古文字母创制满文，俗称无圈点满文或老满文。字母数目和形体与蒙古文字母大致相同。满文自左而右直写，有 6 个元音字母，24 个辅音字母，10 个专门拼写外来音的字母。基本笔画有字头、字牙、字圈、字点、字尾两种不同方向的撇和连接字母的竖线等。在中国 55 个少数民族古籍文献中，无论是数量，还是种类，满文古籍文献都属于最多的一种，是中华民族文化遗产的有机组成部分，具有重要的历史文化价值。

沿着保和殿这条中轴线一直朝里走，路过乾清门，来到乾清宫。这座宫殿是顺治和康熙两个皇帝的寝宫，到雍正帝的时候，雍正帝为康熙帝守孝 27 个月，就把寝宫搬到了养心殿。从此以后，历代皇帝就正式住进养心殿了。穿过交泰殿便来到坤宁宫，这里在明朝时是皇后的寝宫，清朝时是皇帝大婚的洞房。现在坤宁宫的摆设都是按光绪帝结婚时的原样复原的。

小贴士

养心殿

养心殿建于明代嘉靖年间，位于内廷乾清宫西侧。康熙年间，这里曾经作为宫中造办处的作坊，专门制作宫廷御用物品；自雍正皇帝居住养心殿后，造办处的各作坊遂逐渐迁出内廷，这里就一直作为清代皇帝的寝宫，至乾隆年加以改造、添建，成为一组集召见群臣、处理政务、皇帝读书、学习及居住为一体的多功能建筑群。

在故宫里面也有一块九龙壁，这块九龙壁是仿制北海九龙壁建的，所以没有北海的九龙壁精美。但是却发生了一段感人的故事：当年在故宫建九龙壁时需要烧制 270 块琉璃砖，每一块琉璃砖都不一样，组合起来才是一块完整的九龙壁，所以少了一块就全部作废了。当工人们烧砖时不小心打碎了一块，这可是要犯杀头之罪的。这时木匠师傅挺身而出，冒着生命危险，用木料雕刻了一块仿制品，刷上油漆，瞒过了官员的检查，工匠们才免去了一场灾难。通过这件事，反映了当时的朝廷腐败，也显出了劳动人民的团结友爱精神。但是这块木制品毕竟经受不住岁月的洗礼，现在已经腐烂了。妻子最想看的宫殿是还珠格格小燕子住过的漱芳斋，但是漱芳斋却不对外开放，正处于修缮过程中。

在储秀宫门前，我们看到了当时秀女睡过的床，这些秀女当中，就有后来的慈禧太后。

在珍宝馆里，我们见到了故宫里的众多宝物，其中有皇上的玉玺、龙袍、龙冠。各种珍奇异宝琳琅满目，不计其数。

让我们有幸看到的是宣统与皇后婉容的照片，以及慈禧的晚年照片，到了清末年间，皇宫里已经有了照相机，所以留下了中国末代皇帝的照片。宣统帝很黑很瘦，而婉容不愧为皇后，非常漂亮，在当时可以说是天下第一美女啦！

故宫里面的景物实在太多了，一天时间也游不完，下午 3 点多钟时，我们恋恋不舍地离开了故宫，而我一步一回头地想再看看这座紫禁城，看看这个住过 20 多位中国皇帝的皇家宫殿。

离开故宫时，我突然对清史产生了浓厚兴趣，以后有时间一定要学学，仔细研究一下故宫。

晚饭在二婕家吃，她家的姐姐亲自下厨，给我俩做了一道我俩最爱吃的麻辣小龙虾。其实在家的时候我和妻子就琢磨上北京一定要吃麻辣小龙虾，今天正好，也正巧，看来我俩挺有口福的。回旅馆休息时一边回忆着故宫，一边回味着麻辣小龙虾，这生活简直是太美了。

3.2.3 能力训练

1. 查找吟咏故宫的诗词、楹联，集锦成册。
2. 阅读附录 1 中《故宫后面》一文，理清作者思路，陈述主要内容；小组讨论，选派代表，阐述作者每一部分的主旨。

3. 12集大型纪录片《故宫》从故宫的建筑艺术、使用功能、馆藏文物和从皇宫到博物院的历程等方面，全面展示故宫辉煌瑰丽、神秘沧桑的宫殿建筑、丰富多彩，经历传奇的珍贵文物，讲述不为人知、真实鲜活的人物命运、历史事件和宫廷生活。请根据表3-1提供的网址，选取两三个片段欣赏。

表3-1 《故宫》的网址

集数	名称	网址
第1集	肇建紫禁城	http://bugu.cntv.cn/documentary/humanities/gugong/classpage/video/20100121/100430.shtml
第2集	盛世的屋脊	http://bugu.cntv.cn/documentary/humanities/gugong/classpage/video/20100121/100431.shtml
第3集	礼仪天下	http://bugu.cntv.cn/documentary/humanities/gugong/classpage/video/20100121/100549.shtml
第4集	指点江山	http://bugu.cntv.cn/documentary/humanities/gugong/classpage/video/20100121/100429.shtml
第5集	家国之间	http://bugu.cntv.cn/documentary/humanities/gugong/classpage/video/20100121/100427.shtml
第6集	故宫藏瓷	http://bugu.cntv.cn/documentary/humanities/gugong/classpage/video/20100121/100482.shtml
第7集	故宫书画	http://bugu.cntv.cn/documentary/humanities/gugong/classpage/video/20100121/100508.shtml
第8集	故宫藏玉	http://bugu.cntv.cn/documentary/humanities/gugong/classpage/video/20100121/100554.shtml
第9集	宫廷西洋风	http://bugu.cntv.cn/documentary/humanities/gugong/classpage/video/20100121/100528.shtml
第10集	从皇宫到博物院	http://bugu.cntv.cn/documentary/humanities/gugong/classpage/video/20100121/100566.shtml
第11集	国宝大流迁	http://bugu.cntv.cn/documentary/humanities/gugong/classpage/video/20100121/100519.shtml
第12集	永远的故宫	http://bugu.cntv.cn/documentary/humanities/gugong/classpage/video/20100122/101043.shtml

4. 查找资料，进一步熟悉故宫的中路建筑、西路建筑、东路建筑名称及其特色。

5. 冷宫在哪里？皇帝上朝的地点是哪里？故宫为何“龙”多？三大殿院为何不种树？请你查找资料，试着解开上述故宫谜团。

6. 查找资料，讲述角楼、神秘香妃的传说故事。

7. 讲解自己喜欢的一处北京故宫景点。

3.3 秦兵马俑

导读

兵马俑是古代墓葬雕塑的一个类别，即制成兵马形状的殉葬品。秦兵马俑又称“秦始皇陵兵马俑”“秦始皇兵马俑”，据《史记》记载，由丞相李斯主持规划设计，大将章邯监工，修建时间长达38年之久。

秦始皇陵兵马俑坑是秦始皇陵的陪葬坑，位于陵园东侧1 500米处，坐西向东，三坑呈“品”字形排列，总面积达19 120平方米。最早发现的一号俑坑是最大的，左右两侧各有一个兵马俑坑，现称“二号坑”和“三号坑”。俑坑布局合理，结构奇特，在深5米左右的坑底，每隔3米架起一道东西向的承重墙，兵马俑排列在过洞中。

秦始皇兵马俑陪葬坑，是世界最大的地下军事博物馆，是世界考古史上最伟大的发现之一。1978年，法国前总理希拉克参观后说："世界上有了七大奇迹，秦俑的发现，可以说是第八大奇迹了。不看秦俑，不能算来过中国。"从此秦俑被世界誉为"八大奇迹之一"。

秦兵马俑如图3.21所示。

图3.21 秦兵马俑风景

3.3.1 秦兵马俑介绍

秦兵马俑坑发现于1974年，坐落在距西安37公里处的临潼区东，秦始皇帝陵以东1.5公里处，南倚骊山，北临渭水。经考古工作者连续多年大规模钻探及研究考证，这里是中国第一个封建皇帝秦始皇帝之陵园中一处大型从葬坑。1975年国家决定在俑坑原址上建立博物馆。经过4年多的筹建，1979年10月1日，雄伟的一号俑坑遗址展览大厅及部分辅助性建筑开始向国内外参观者展出。秦兵马俑以其巨大的规模、威武的场面、高超的科学和艺术水平，使观众们惊叹不已！

一号坑，规模最大，为东西向的长方形坑，是一个以战车和步兵相间的主力军阵。一号坑距原地表深4.5~6.5米，东西长230米，宽62米，总面积达14 260平方米。坑内有10道宽2.5米的夯筑隔墙，形成南北面阔9间，周围绕以回廊的格局。现发掘已出土陶俑1 000余尊、战车8辆、陶马32匹、各种青铜器近万件。根据推测，全部发掘完后，仅1号坑就将出土6 000多个兵马俑，在地下发现形体这么大，数量这么多，造型如此逼真的陶俑，实在是一件令人难以置信的事。

请您欣赏

一号坑——俯视一号坑，东端3列步兵俑面向东方，每列68尊，是军阵前锋；后面接着战车和步兵相间的38路纵队构成军阵主体，站在11个坑道里，每个坑道都是青砖铺地，坑道内侧的两边，每隔2米就有1根立柱。这些立柱支撑着木质屋顶，屋顶上是织成"人"字形的纹席；俑坑南北两侧和西端各有1列分别面南、面北和面西的横队，是军阵的右翼、左翼和后卫（见图3.22）。

图 3.22　一号坑

这个 2 000 年前古代大军阵，披坚执锐，军容严整，气势雄伟，势不可挡，刹那间，你会感觉历史距离的消失，一种神秘的力量把你带进喊杀震天、战车嘶鸣的古战场，真是“前不见古人，后不见来者”。

二号坑，位于一号坑北侧约 20 米处，是由车兵、骑兵和步兵（包括弩兵）构成的曲尺形方阵，是秦俑坑中的精华，是目前我国规模最大、功能最齐全的现代化遗址陈列厅。二号坑东西最长处 96 米，南北最宽处 84 米，深约 5 米，占地 6 000 平方米，由 4 个方阵组成：东面突出部分为一个小方阵，由 334 个弩兵佣组成；南部为 64 乘战车组成的方阵，每排有 8 辆战车共 8 排；中部为 19 辆战车和随车徒手兵佣；北部是由 6 乘战车、鞍马和骑兵各 124 件组成的骑兵阵。4 个方阵有机组合，由战车、骑兵、弩兵混合编组，进可以攻，退可以守，严整有序，无懈可击。二号坑有陶俑陶马 1 300 多件，战车 80 余辆，青铜兵器数万件，其中将军俑、鞍马俑、跪射俑为首次发现。

请您欣赏

将军俑——又称“高级军吏俑”，在秦俑坑中数量极少，出土不足 10 件，分为战袍将军俑和铠甲将军俑两类，其共同特点是头戴鹖冠，身材高大魁梧，气质出众超群，具有大将风度。战袍将军俑着装朴素，但胸口有花结装饰（见图 3.23）；铠甲将军俑的前胸、后背及双肩，共饰有 8 朵彩色花结（见图 3.24），华丽多彩，飘逸非凡，衬托其等级、身份及在军中的威望。

图 3.23　战袍将军俑

图 3.24　铠甲将军俑

鞍马俑——鞍马是骑兵的坐骑，四蹄直立，劲健有力，两耳如削竹，耳前有鬃花，尾巴成辫形，马背上皆有鞍鞯，中部下凹，鞍面上雕有鞍钉，马肚下有一条肚带将鞍鞯固着于马背，带头相接处有一参扣，参扣于马肚左侧，马尾可拆卸（见图 3.25）。

跪射俑——所持武器为弓弩，与立射俑一起组成弩兵军阵，立射俑位于阵表，而跪射俑位于阵心。跪射俑身穿战袍，外披铠甲，头顶左侧挽一发髻，脚登方口齐头翘尖履，左腿蹲曲，右膝着地，上体微向左侧转，双手在身体右侧一上一下做握弓状，表现出一个持弓的单兵操练动作（见图 3.26）。跪射俑是兵马俑中的精华，比起一般的陶俑塑造更加精细，刻画更加生动，并且原本的彩绘保存状况极好，真实表现秦军作战的情景，是中国古代雕塑艺术的杰作。

图 3.25 鞍马俑

图 3.26 跪射俑

三号坑，位于一号坑西端北侧 25 米处，与二号坑东西相对，南距一号坑 25 米，东距二号坑 120 米，占地 520 平方米，整体呈凹字形。由南北厢房和车马房组成，车马房中有 1 辆驷马战车、4 件兵马俑、68 个武士俑。坑内陶俑以夹道式排列，两两相对站立，手握仪卫兵器殳。从这个坑里武士的排列方式和手中所握的兵器，以及该坑与秦陵的位置来判断，三号坑应该是整个军阵的指挥部。三号坑的建筑结构、陶俑排列、兵器配备、出土文物都有一定特色，为研究古代指挥部形制、卜占及出战仪式、命将制度及依仗服的服饰装备等问题提供了珍贵的资料。

秦兵马俑在艺术史上具有很高的价值，其塑造是以现实生活为基础而创作，艺术手法细腻、明快。陶俑装束、神态都不一样。光是发式就有许多种，手势也各不相同，脸部的表情更是神态各异，具有鲜明的个性的强烈的时代特征。秦兵马俑为研究秦代军事、文化和经济提供了丰富的实物资料。

到西安旅游，观赏兵马俑，回顾历史，对游客来说，更要品尝美食。西安美食数不胜数，大大小小的食肆遍布街头巷尾，东大街沿线、南大街精品购物和美食娱乐一条街、北院门等回坊地带、南二环一带、东新街夜市、秋林百货公司一楼小吃广场等不可不到，在这里你能品尝到西安著名小吃，如牛羊肉泡馍、粉汤羊血、肉夹馍、葫芦头泡馍、黄桂柿子饼、酸菜炒米、涮牛肚、钟楼小奶糕、甑糕、小炒泡馍、灌汤包子、荞面饸饹、凉皮、泡馍等。

知识链接

牛羊肉泡馍

牛羊肉泡馍用优质牛羊肉加佐料入锅煮烂，汤汁备用。把烙好的“虎背菊花心”——坨坨馍，掰成碎块，加辅料煮制而成。其特点是肉烂汤浓、香醇味美、粘绵韧滑。食后再饮一小碗高汤，更觉余香满口，回味悠长。西安老孙家饭庄从1898年开始经营，迄今已有百年历史。

传说是在公元前11世纪古代“牛羊羹”的基础上演化而来，西周时列为国王、诸侯的“礼馔”。据《宋书》记载，南北朝时，毛修之因向宋武帝献上牛羊羹这一绝味，武帝竟封为太官史，后又升为尚书光禄大夫。还有一段风趣的传说，大宋皇帝赵匡胤称帝前受困于长安，终日过着忍饥挨饿的生活，一日来到一家正在煮制牛羊肉的店铺前，掌柜见其可怜，遂让其把自带的干馍掰碎，然后给他浇了一勺滚热肉汤放在火上煮透。赵匡胤狼吞虎咽地吞食，感到其味是天下最好吃的美食。后来，赵匡胤黄袍加身，做了皇帝，一日，路过长安，仍不忘当年在这里吃过的牛羊肉煮馍，同文武大臣专门找到这家饭铺吃了牛羊肉泡馍，仍感鲜美无比，胜过山珍海味，并重赏了这家店铺的掌柜。皇上吃泡馍的故事一经传开，牛羊肉泡成了长安街上的著名小吃。

3.3.2 作品赏析

快速阅读本文，理清文章结构，简要概述内容；秦兵马俑，凝固了的历史巨幅，使人产生了丰富的联想，请你说说本文是怎样抓住重点，将记叙与抒情议论巧妙地结合在一起的。

秦兵马俑，一个不老的传说

若兰

去西安秦始皇兵马俑参观时正值雨过天晴，路两旁大都可见一排排郁郁葱葱的杨柳树和白桦树，绿意悠扬，暗香浮动，形成一道关中特有的风景。在这个乍暖还寒的季节，我们走进了举世闻名的秦始皇兵马俑博物馆，感受了一回发生在这片八百里秦川大地上的一个不老的传说。

兵马俑馆内树木葱茏，环境清幽雅静，建筑凝重古朴，气势不凡。根据导游的安排，我们首先参观被誉为“青铜之冠”的铜车马。在博物馆拾级而下，进入秦俑文物展厅，因为怕光线对文物伤害，厅内很暗，只有通过微弱的灯光才看得清摆设。整个大厅人头攒动，大家正围着两辆二分之一实物大小的铜车马转，惊叹声、快门闪动声不绝于耳。是啊，当两千多年前皇帝的架车再现你的眼前时，除了赞叹，你还能说出什么呢？大到车盖、架俑，小到酒壶、箭、弩，乃至车上的纹饰，都纤毫毕现，令人叹为观止。导游说，一号立车上的伞盖支撑暗藏子母连环扣机关，可以根据太阳的方位不同而加以调节伞盖的方位，便于遮阳挡雨；二号安车内可供坐卧，门在车的后部，左右都有车窗，车窗装有挡板，可以从里向外观察，而外面则很难看到车内的情景。整个铜车马由数千个零件构成，不仅有青铜，还有金、银制件，真是古代冶金铸造上的奇迹。有些工艺至今还是属于高尖技术，不知两千多年前的古人是如何完成的？

请您欣赏

一号立车、二号安车——一号立车又叫“高车”，是一辆开道车；二号安车，是车主乘坐的车。同为单辕、四马、装饰华贵，四马饰以金银，车身饰以彩色云纹、几何纹等；所不同的是，立车只有伞盖，安车却配以精致的可供帝王乘坐的车厢。这两乘大型彩绘铜车马，均由数千件零件装配而成。这两辆铜车是我国出土文物中时代最早、驾具最全、级别最高、制作最精的青铜器珍品，也是世界考古发现的最大青铜器，充分展示了我们祖先超前的智慧。

从博物馆出来，我们又直奔兵马俑展厅而去。走进一号大厅，面对着两千多年前的地下军阵，我深深地被震撼了。这是怎样的气势啊，坑内静静的肃立着六千多尊真人大小的陶俑，组成一个车兵混合方阵。前三排是前锋，不穿铠甲，当是敢死队员，左、右、后方各有一排俑士背对方阵而立，是为左右翼与后卫，这样布阵可以防止敌人的偷袭。中间则是以战车为主，前后左右环以重装步兵的方阵为主体。车兵与步兵可以相互配合、掩护，具有很强的冲击力和战斗能力。整个军阵气势磅礴，雍容华贵，富丽堂皇，极尽一个帝国的奢华！难怪在窥看秦始皇出巡阵势时，曾经引来了刘邦情不自禁的羡慕：“大丈夫当如是也”，也引来了项羽不屑一顾的狂傲：“彼可取而代之”。

我不由得凑近前去，想细细看清这些俑士，他们有的在沉思，好像已经胜算在握；有的神情专注，在注视着前方；有的面露微笑，仿佛心怀憧憬；有的面容坚毅，有若已将生死置之度外……一瞬间，我恍惚了，看着墙上的四个大字：“梦回秦朝”。我仿佛置身于两千多年前的古战场：天上彤云密布，旌旗猎猎，地上战马萧萧，车轮滚滚，战鼓隆隆，忽然天崩地裂一阵呐喊，勇士们排山倒海般冲向敌阵，大军到处，所向披靡，如千钧之重，击于鸟卵。遥想当年，秦始皇正是率领这支黑衣如铁、迅速如风的军队，“振长策而御宇内，吞二周而亡诸侯，履至尊而制六合，执敲扑而鞭笞天下，威震四海”，使六国臣服，天下归秦，建立了华夏第一个帝国！

小贴士

“振长策而御宇内，吞二周而亡诸侯，履至尊而制六合，执敲扑而鞭笞天下，威震四海”出自西汉著名政论家、文学家贾谊的政论散文《过秦论》。

而今，战车不再奔驰，战马不再嘶鸣，勇士们也不再呐喊，那片曾经燃烧着的大地也渐渐归于平静，他们就静静地站在坑里，仿佛在随时等待着他们的君主出征的号令。他们就这样静静地站着，两千年来还保存着那个沉默的姿势，因为他们知道，其实他们什么也不用说，时间已经说明了一切，证明了他们的英勇，证明了那个时代的奢华，证明了人类所能达到的智慧，也证明了人性的欲望与贪婪。

当我的脚步从俑坑边沿轻轻走过，我仿佛还能倾听到他们低沉的呼吸和呢喃的梦呓。虽然他们效忠的帝国早已逝去，但是他们却存在了下来，忠诚地履行着自己的义务，任凭时光从耳边箭一样地掠过。坑的最后是一平地，那是考古工作者修复残俑的所在，一些还未修复完整的陶俑和陶马立在那里，好像还在诉说着两千多年间的世事变化，人间沧桑。我站在坑前，除了震撼，还能隐约感受一丝的悲凉与沧桑。两千年前的那个早上，当最后一块木板盖下来的时候，唯一的一线阳光也断绝了。人类的声音越来越远，越来越轻，直到完全消失，只留下无尽的黑暗，无尽的孤单，无尽的寂寞，连着曾经无尽的荣耀，一起陷入了无尽的等待。一支豪华的、英勇的、让天下为之丧胆的无敌之师，在完成了他们的历史使命之后，以这种方式，陪着他们毕世的君主，陪着他们行将日落的帝国，一起走入了历史的尘封，期盼着遥远的未来那一声清脆的锄声。

在兵马俑博物馆西面不远处，便是赫赫有名的秦始皇的安身之所——秦陵。那小山一样的垒土屹立在坦荡的关中大地上，背靠骊山，前临渭水，孤傲地审视着这片曾臣服于他脚下的世界。据载，秦陵下面埋藏着一个豪华的神话世界：那里有水银汇成的江海，那里有宝石镶嵌的星辰，那里有金玉堆砌的宫墙，那里有人鱼熬炼的灯油，那里穷尽了千千万万能工巧匠的想象力，那里回荡着大秦王朝惊天动地的壮志雄心。今天人们只需花费十几元便可登上陵顶，迎着从骊山吹来的萧瑟的冷风，让目光穿越秦川大地，随思想去感悟那位逝去的君王。

知识链接

秦陵

秦陵是中国历史上第一位皇帝秦始皇嬴政的陵墓，位于陕西省西安市临潼区骊山脚下，似银蛇横卧在渭水之滨。陵园总面积为56.25平方公里，陵上封土现仍高达76米，布置仿秦都咸阳，有内外两重城垣，内城周长3 840米，外城周长6 210米。陵冢位于内城西南，坐西面东，放置棺椁和陪葬器物的地方，为秦始皇陵建筑群的核心。

秦始皇，一个中国历史上争议最大的人物。他建立了空前的帝国，却不曾享受任何一位开国之君应有的赞誉与尊重；他不曾亡国，却承受了比任何一位亡国之君更多的骂名与诋毁。他第一个在中国完成了统一，他第一个创立了靠法律治理的制度，实现了几代法家人的梦想，也为今天的我们创造了一个可以无限遐想的神话。但是在后人眼里，秦法成了最专蛮的法律，秦军成了最凶残的军队，秦始皇也成了最残暴的皇帝，成了历代人君最典型的反面教材。但秦始皇滥用民力是无可置疑的，绵延的阿房宫，高大的秦陵，雄壮的秦俑，笔直的轻道，豪华的东巡，奢侈的封禅，厚实的长城……他的每一项政绩都是以巨大的民力为代价的。正因为在这种滥用民力的苛政统治下，他的神话帝国仅存在了区区十几年就戛然而止了。

知识链接

阿房宫

阿房宫是秦朝的宫殿，据史书记载，始建于公元前212年。其遗址位于三桥镇南，其范围东至皂河西岸，西至长安县纪阳寨，南至和平村、东凹里，北至车张村，总面积11平方公里，秦末项羽入关，付之一炬，化为灰烬。

然而，历经2 000多年历史的淘沥，秦始皇创立的中央集权制却奇迹般地保留了下来。其实有这点也就够了，拿破仑在谈到自己在后人心目中的地位时不是也说："我真正的光荣并非打了40次胜仗，滑铁卢之战抹去了关于这一切的记忆，但是有一样东西是不会被人忘记的，它将永垂不朽——那就是我的民法典。"秦始皇地下有知，也该为自己感到知足了吧！

这是我在参观完兵马俑回来的路上想到的。

3.3.3 能力训练

1. 请查找资料，补充完成中国十大帝王陵墓的相关信息，填入表3-2中。

表3-2 中国十大帝王陵墓的相关信息

名称	主人	位置	古称	修建时间	规模	备注
黄帝陵						
乾陵						
秦始皇陵						
明十三陵						
成吉思汗陵						
汉阳陵						
清东陵						
西夏王陵						
茂陵						
桥陵						

2. 请查找资料，用简洁的文字描绘车士俑、武士俑、军吏俑、立射俑、骑兵俑、御手俑。

3. 请查找资料，讲述秦陵风水、陵墓飞雁等传说故事。

4. 讲解自己喜欢的一处秦兵马俑景点。

3.4 苏州古典园林

导读

在一定的地域运用工程技术和艺术手段，通过改造地形、种植树木花草、营造建筑和布置园路等途径创作而成的美的自然环境和游憩境域，就称为“园林”。在中国汉族建筑中独树一帜，有重大成就的是苏州古典园林建筑，素有“江南园林甲天下，苏州园林甲江南”的美称。

苏州园林历史可上溯到春秋时吴王的园囿，私家园林最早见于记载的是东晋的辟疆园。明清时期私家园林遍布古城内外，16~18世纪全盛时期有园林200余处，保存尚好有数十处，并因此使苏州素有“人间天堂”的美誉。

苏州古典园林宅园合一，可赏、可游、可居，这种建筑形态的形成，是在人口密集和缺乏自然风光的城市中，人类依恋自然，追求与自然和谐相处，美化和完善自身居住环境的一种创造。拙政园、留园、网师园、环秀山庄这4座古典园林，建筑类型齐全，保存完整，系统而全面地展示了苏州古典园林建筑的布局、结构、造型、风格、色彩，以及装修、家具、陈设等各个方面内容，是明清时期江南民间建筑的代表作品，反映了这一时期中国江南地区高度的居住文明，体现了当时城市建设科学技术水平和艺术成就。

苏州古典园林风景如图3.27所示。

图3.27 苏州古典园林风景

3.4.1 苏州古典园林介绍

苏州古典园林，以私家园林为主，起始于春秋时期，形成于五代，成熟于宋代，兴旺于明代，鼎盛于清代。1997年苏州古典园林作为中国园林的代表被列入《世界遗产名录》。

苏州古典园林占地面积小，采用变换无穷、不拘一格的艺术手法，以中国山水花鸟的情趣，寓唐诗宋词的意境，在有限的空间内点缀假山、树木，安排亭台楼阁、池塘小桥，使苏州园林以景取胜，景因园异，给人以小中见大的艺术效果，更使人们可以“不出城郭而获山水之怡，身居闹市而有灵泉之致”，从而为苏州赢得了“园林之城”的美誉。

苏州古典园林主要有拙政园、留园、网师园、环秀山庄、狮子林、怡园、沧浪亭、耦园、艺圃，其中沧浪亭、狮子林、拙政园和留园分别代表着宋、元、明、清4个朝代的艺术风格，被称为苏州“四大名园”。

拙政园，位于苏州市东北街178号，始建于明朝正德年间。今园辖地面积约83.5亩，开放面积约73亩，其中园林中部、西部及晚清张之万住宅（今苏州园林博物馆旧馆）为晚清建筑园林遗产，约38亩，是苏州园林中面积最大的古典山水园林，享有“江南名园精华”的盛誉。

小贴士

苏州园林博物馆

苏州园林博物馆的旧馆位于拙政园住宅区域内，于1992年秋天建成开放，是中国第一座园林专题博物馆；新馆位于拙政园西侧，始建于2005年10月，分成序厅、园林历史厅、园林艺术厅、园林文化厅和结束厅几个部分。

拙政园初为唐代陆龟蒙的住宅，500多年来，屡换园主，曾一分为三，园名各异，或为私园，或为官府，或散为民居，直到19世纪50年代，才完璧合一，恢复初名。

文学常识

陆龟蒙，唐代农学家、文学家，曾任湖州、苏州刺史幕僚，后隐居松江甫里，编著有《甫里先生文集》等。小品文主要收在《笠泽丛书》中，现实针对性强，议论也颇精切，如《野庙碑》、《记稻鼠》等。陆龟蒙与皮日休交友，世称“皮陆”。

拙政园中现有的建筑，大多是清咸丰九年拙政园成为太平天国忠王府花园时重建，至清末形成东、中、西共3个相对独立的小园。

知识链接

太平天国忠王府

据说，李秀成喜欢在后花园见山楼办公，此楼依山而筑，临水而建，楼上楼下互不相通，比较安全，公务之余，放眼窗外，可远眺西部群山，近观则园中景色尽收眼底。

中部是拙政园的主景区，为精华所在。面积约18.5亩。其总体布局以水池为中心，亭台楼榭皆临水而建，有的亭榭则直出水中，具有江南水乡的特色。池广树茂，景色自然，临水布置了形体不一、高低错落的建筑，主次分明。总的格局仍保持明代园林浑厚、质朴、疏朗的艺术风格。

远香堂为中部拙政园主景区的主体建筑，园林中各种各样的景观都是围绕这个建筑而展开的。远香堂是一座四面厅，为原园主宴饮宾客之所，建于原“若墅堂”的旧址上，是清乾隆年间所建，青石屋基是当时的原物。远香堂面水而筑，面阔三间，结构精巧，周围都是落地玻璃窗，可以从里面看到周围景色，堂里面的陈设非常精雅，堂的正中间有一块匾额，上面写着“远香堂”三字，是明代文征明所写。远香堂隔池与东西两山岛相望，池水清澈广阔，遍植荷花，山岛上林荫匝地，水岸藤萝粉披，两山溪谷间架有小桥，山岛上各建一亭，西为“雪香云蔚亭”，东为“待霜亭”，四季景色因时而异。

请您欣赏

雪香云蔚亭——一古朴雅健的矩形方亭，高踞一园之上，似乎与云相映，四周植梅多本，冬春开花（见图3.28），冷香四溢，故名。雪香云蔚亭是主厅远香堂隔水的主要对景，既是赏景的好去处，又是重要的点景之笔，在中部的风景结构中起着举足轻重的作用。

待霜亭——系园中部池中东岛高处深树丛中的六角景亭，亭名取自唐诗人韦应物“洞庭须待满林霜”的诗意。太湖洞庭东西山盛产橘，待霜降始红，此处原种洞庭桔10余株，故名。待霜亭所处位置甚佳，东、西、南、北四面隔水与梧竹幽居、雪香云蔚亭、绣绮亭和绿漪亭互为对景，正是：“处处有水处处景，翠竹绿树四相围”（见图3.29）。

图3.28 雪香云蔚亭

图3.29 待霜亭

远香堂之西的“倚玉轩”与其西船舫形的“香洲”遥遥相对，两者与其北面的“荷风四面亭”成三足鼎立之势，都可随势赏荷。倚玉轩之西有一曲水湾深入南部居宅，这里有3间水阁“小沧浪”，它以北面的廊桥“小飞虹”分隔空间，构成一个幽静的水院。

请您欣赏

小沧浪——取自《楚辞》“沧浪之水清兮，可以濯我缨，沧浪之水浊兮，可以濯我足”之意。

小沧浪是一座三开间的水阁，南窗北槛，两面临水，外形十分别致，似房非房，似船非船，似桥非桥，完全是架在水面上的一座水阁（见图3.30）。从小沧浪往北看，廊桥“小飞虹”倒映在水里，水波荡漾，犹如彩虹，是观赏水景的最佳去处。

图3.30 小沧浪

西部原为“补园”，面积约12.5亩，其水面迂回，布局紧凑，依山傍水建以亭阁。因被大加改建，所以乾隆后形成的工巧、造作的艺术风格占了上风，但水石部分同中部景区仍较接近，而起伏、曲折、凌波而过的水廊、溪涧则是苏州园林造园艺术的佳作。

小贴士

补园

晚清年间，张履谦在苏州买下拙政园西部，延请吴门画派顾若波、陆廉夫、俞粟卢共同策划修建，起名“补园”。

西部主要建筑为靠近住宅一侧的“三十六鸳鸯馆”，是当时园主人宴请宾客和听曲的场所。“三十六鸳鸯馆”的水池呈曲尺形，其特点为台馆分峙，装饰华丽精美。回廊起伏，水波倒影，别有情趣。

请您欣赏

三十六鸳鸯馆——建筑具备木结构声学反应特点，临水，有着半露天式剧场特点的满轩与两对耳房。内部结构分为南面十八曼陀罗花馆和北面三十六鸳鸯馆，春天赏山茶科曼陀罗花，夏日俯池内荷花（见图3.31）。西北角处留听阁与之斜角相望，两者构成一个整体概念的清唱场域，作为一个供文人墨客吟诗唱曲的教曲空间。

图 3.31　三十六鸳鸯馆

西部另一主要建筑“与谁同坐轩”乃为扇亭，扇面两侧实墙上开着两个扇形空窗，一个对着“倒影楼”，另一个对着“三十六鸳鸯馆”，而后面的窗中又正好映入山上的笠亭，而笠亭的顶盖又恰好配成一个完整的扇子。

请您欣赏

与谁同坐轩——取意宋苏轼《点绛唇·闲倚胡床》词：“闲倚胡床，庾公楼外峰千朵，与谁同坐？明月清风我。别乘一来，有唱应须和。还知么，自从添个，风月平分破。”清末苏州吴县富商张履谦购入此园，据说为了纪念祖先制扇起家的历史，特斥资修建了这一扇形轩。与谁同坐轩选址优越，依水而筑，构作扇形，其屋面、轩门、窗洞、石桌、石凳及轩顶、灯罩、墙上匾额、鹅颈椅、半栏均成扇面状，小巧精雅，别具一格，故又称作“扇亭”。人在轩中，无论是倚门而望，凭栏远眺，还是依窗近观，小坐歇息，均可感到前后左右美景不断（见图 3.32）。

图 3.32　与谁同坐轩

西部其他建筑还有留听阁、宜两亭、倒影楼、水廊等。

东部原称“归田园居”，是因为明崇祯四年（公元 1631 年）园东部归侍郎王心一而得名。约 31 亩，因归园早已荒芜，全部为新建，布局以平冈远山、松林草坪、竹坞曲水为主。配以山池亭榭，仍保持疏朗明快的风格，主要建筑有兰雪堂、芙蓉榭、天泉亭、缀云峰等，均为移建。

请您欣赏

芙蓉榭——系一方形歇山顶临水风景建筑，一半建在岸上，一半伸向水面，灵空架于水波上，伫立水边、秀美倩巧。荷池约略为矩形，东西长，南北窄，故西向的小榭前有很深远的水景，水中植荷（见图3.33），荷又名芙蓉，小榭之名由此而来。芙蓉榭已成为东部很有特色的风景，尤其是夏天夜晚，皓月当空，明月、清风、月影、荷香齐至，确实能给观赏者带来美不胜收之感。小榭室内装修也极为精美。小榭临水的西面装点有雕刻的圆光罩，东面为落地罩门，南北两面为古朴之窗格，颇有苏州园林小筑的古雅书卷之气。

图3.33 芙蓉榭

拙政园的布局疏密自然，其特点是以水为主，水面广阔，景色平淡天真、疏朗自然。以池水为中心，楼阁轩榭建在池的周围，其间有镂窗、回廊相连，园内的山石、古木、绿竹、花卉，构成了一幅幽远宁静的画面，代表了明代园林建筑风格。拙政园形成的湖、池、涧等不同的景区，把风景诗、山水画的意境和自然环境的实境再现于园中，富有诗情画意。淼淼池水以闲适、旷远、雅逸和平静氛围见长，曲岸湾头，来去无尽的流水，蜿蜒曲折、深容藏幽而引人入胜；通过平桥小径为其脉络，长廊逶迤填虚空，岛屿山石映其左右，使貌若松散的园林建筑各具神韵。整个园林建筑仿佛浮于水面，加上木映花承，在不同境界中产生不同的艺术情趣，如春日繁花丽日，夏日蕉廊，秋日红蓼芦塘，冬日梅影雪月，无不四时宜人，创造出处处有情，面面生诗，含蓄曲折，余味无尽，不愧为江南园林的典型代表。

沧浪亭，位于苏州市城南三元坊内，是苏州最古老的一所园林。占地面积10 800平方米。始为五代吴越王钱镠之子钱元亮的池馆；宋代著名诗人苏舜钦以4万贯钱买下废园，进行修筑，傍水造亭，因感于“沧浪之水清兮，可以濯吾缨；沧浪之水浊兮，可以濯吾足”，题名“沧浪亭”，欧阳修应邀作《沧浪亭》长诗，诗中以“清风明月本无价，可惜只卖四万钱”题咏此事，自此名声大振；苏氏之后几度荒废，南宋初年一度为抗金名将韩世忠的宅第；清康熙三十五年巡抚宋荦重建此园，把傍水亭子移建于山之巅，形成今天沧浪亭的布局基础，并以文征明隶书“沧浪亭”为匾额；清同治十二年再次重建，遂成今天之貌。虽历代更迭有兴废，已非宋时初貌，但其古木苍老郁森，一直保持旧时风采，部分地反映出宋代园林风格。

踱步沧浪亭，未进园门便见一池绿水绕于园外，临水山石嶙峋，复廊蜿蜒如带，廊中的镂窗把园林内外山山水水融为一体。园内以山石为主景，山上古木参天，山下凿有水池，山水之间以一条曲折的复廊相连。沧浪亭外临清池，曲栏回廊，古树苍苍，垒叠湖石，人称“千古沧浪水一涯，沧浪亭者，水之亭园也”。

小贴士

镂窗

镂窗俗称"花墙头"、"花墙洞"、"漏花窗"、"花窗"，是一种满格的装饰性透空窗，外观为不封闭的空窗，窗洞内装饰着各种漏空图案，透过镂窗可隐约看到窗外景物（见图3.34）。全园共108式，图案花纹变化式端，无一雷同，构作精巧，环山就有59个，在苏州古典水宅园中独树一帜。

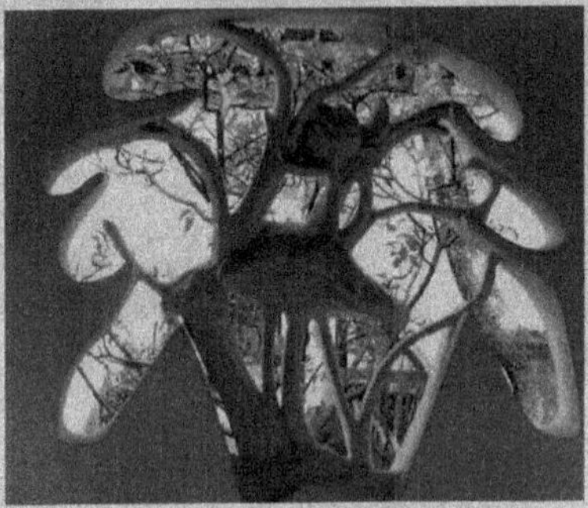

图3.34　镂窗

沧浪亭主要景区以山林为核心，四周环列建筑，亭及依山起伏的长廊又利用园外的水画，通过复廊上的镂窗渗透作用，沟通园内、外的山、水，使水面、池岸、假山、亭榭融为一体。园中山上石径盘旋，古树葱茏，箬竹被覆，藤萝蔓挂，野卉丛生，朴素自然，景色苍润如真山野林。

著名的沧浪亭即隐藏在山顶上，高踞丘岭，飞檐凌空。亭的结构古雅，与整个园林的气氛相协调。

请您欣赏

沧浪亭——四周环列有数百年树龄的高大乔木五六株；石额"沧浪亭"三字为俞越所书；石柱上石刻对联：清风明月本无价；近水远山皆有情（见图3.35所示），上联选自欧阳修《沧浪亭》诗，下联出于苏舜钦《过苏州》诗。

图3.35　沧浪亭

园中最大的主体建筑是假山东南部面阔三间的“明道堂”。明道堂取“观听无邪，则道以明”意为堂名。为明、清两代文人讲学之所。堂在假山、古木掩映下，屋宇宏敞，庄严肃穆。墙上悬有3块宋碑石刻拓片，分别是天文图、宋舆图和宋平江图。相传乾隆帝南巡时，曾召誉满江浙的苏州评弹艺人王周士于此堂内说书。堂南，“瑶华境界”“印心石层”“看山楼”等几处轩亭都各擅其胜。折而向北，有馆3间名“翠玲珑”，四周遍植翠竹，取“日光穿竹翠玲珑”意而为名。

同“翠玲珑”相邻的是五百名贤祠，祠中3面粉壁上嵌594幅与苏州历史有关的人物平雕石像，为清代名家顾汀舟所刻。五百名贤只是取其整数而言。每5幅像合刻一石，上面刻传赞4句，从中可知这些古贤的概况，他们是从春秋至清朝约2 500年间与苏州历史有关的人物。名贤中的绝大部分是吴人，也有外地来苏为官的名宦。名贤像多数临自古册，也有的来自名贤后裔，具有文献价值。

园中西南有假山石洞，名“印心石屋”。山上有小楼名“看山楼”，登楼可览远近苏州风光。此外还有仰止亭和御碑亭等建筑与之映衬。沧浪亭著名的建筑还有观鱼处等。另有石刻34处，计700多平方米。

狮子林，位于苏州城内东北部娄门内园林路，始建于元代，为元代园林的代表。狮子林原为菩提正宗寺的后花园，公元1341年，高僧天如禅师来到苏州讲经，受到弟子们拥戴，翌年，弟子们买地置屋为天如禅师建禅林。天如禅师因师傅中峰和尚得道于浙江西天目山狮子岩，为纪念自己的师傅，取名“狮子林”。亦因佛书上有“狮子吼”一语，且众多假山酷似狮形而命名。

园建成后，当时许多诗人画家来此参禅，所作诗画列入“狮子林纪胜集”。天如禅师谢世以后，弟子散去，寺园逐渐荒芜。明万历十七年，明姓和尚托钵化缘于长安，重建狮子林圣恩寺、佛殿，再现兴旺景象。至康熙年间，寺、园分开，后为黄熙之父、衡州知府黄兴祖买下，取名“涉园”。公元1703年农历二月十一日清康熙巡游至此，赐额“狮林寺”，后清乾隆皇帝六游狮子林，先后赐“镜智圆照”“画禅寺”及现存“真趣”等额匾。清乾隆三十六年，黄熙高中状元，精修府第，重整庭院，取名“五松园”。至清光绪中叶黄氏家道衰败，园已倾圮，唯假山依旧。

狮子林平面呈长方形，面积约10 000平方米，是苏州古典园林的代表之一，拥有国内尚存最大的古代假山群，有“假山王国”之美誉。假山内外上下盘旋曲折，穿洞越谷宛入迷宫，咫尺之间可望而不可及，只有循山路而行才可出洞。仰观满目叠嶂，俯视四面坡壑，如入深山峻岭，恍惚迷离。由于它原是寺之后花园，所以狮子林假山便是佛的象征，与一般的假山不能相提并论。山腹中空灵曲折，宛如迷宫的洞穴即象征佛的法力无边。

狮子林内的湖石假山多且精美，建筑分布错落有致，园中最高峰为“狮子峰”，另有“含晖”“吐月”等名峰。园内多竹，竹间结茅的方丈禅窝，建有“冰壶进”“玉鉴池”“小飞虹（桥）”。主要建筑有“立雪堂”“燕誉堂”“卧云室”“见山楼”“指柏轩”“飞瀑亭”“真趣亭”“问梅阁”等。

狮子林主题明确，景深丰富，个性分明，假山洞壑奇巧、出神入化、匠心独具，一草一木别有风韵，园内长廊四面贯通，廊壁上嵌有书条石刻，皆为名家书法佳作。

公元1917年，上海颜料巨商贝润生从民政总长李钟钰手中购得狮子林，花80万银元，用了将近7年的时间整修，新增了部分景点，并冠以“狮子林”旧名，狮子林一时冠盖苏城。贝润生原准备筹备开放，但因抗战爆发而未能如愿。公元1945年贝润生病故后，狮子林由其孙贝焕章管理。新中国成立后，贝氏后人将园捐献给国家，苏州园林管理处接管整修后，于公元1954年对公众开放。

留园，与北京颐和园、承德避暑山庄、苏州拙政园齐名，坐落在苏州市阊门外。原为明代徐时泰的东园，清代归刘蓉峰所有，改称寒碧山庄，俗称“刘园”。清光绪二年又为盛旭人所据，始称“留园”。占地约30亩，园内建筑的数量在苏州诸园中居冠，厅堂、走廊、粉墙、洞门等建筑与假山、水池、花木等组合成数十个大小不等的庭园小品。其在空间上的突出处理，充分体现古代造园家的高超技艺、卓越智慧和江南园林建筑的艺术风格和特色。

建筑物将园划分为几部分，各建筑物设有多种门窗，可沟通各部景色，使人在室内观看室外景物时，能将以山水花木构成的各种画面一览无余，视野空间大为拓宽。

留园全园分为4个部分，在一个园林中能领略到山水、田园、山林、庭园4种不同景色：中部以水景见长，是全园的精华所在；东部以曲院回廊的建筑取胜，园的东部有著名的“佳晴雨快鱼之厅”“林泉耆砍之馆”“还我读书处”“冠云台”“冠云楼”等十数处斋、轩，院内池后立有3座石峰，居中者为名石冠云峰，两旁为瑞云、岫云两峰；北部具农村风光，并有新辟盆景园；西区则是全园最高处，有野趣，以假山为奇，土石相间，堆砌自然。池南涵碧山房与明瑟楼为留园的主要观景建筑。

留园以水池为中心，池北为假山小亭，林木交映。池西假山上的闻木樨香轩，则为俯视全园景色最佳处，并有长廊与各处相通。

留园内的建筑景观还有表现淡泊处世之坦然的“小桃源（小蓬莱）”，以及“远翠阁”“曲溪楼”“清风池馆”等。

苏州的饮食文化历史悠久、源远流长，现已形成独具地方特色的苏州菜肴。其特点是选料严谨，制作精细，因才施艺，四季有别。烹饪上擅长炖、闷、蒸、烧、炒，并重视调汤，保持原汁原味，风味清淡。千百年来，苏州食品形成了独特的风格，至今已有苏式菜肴、糕点、糖果、卤菜、蜜饯、糕团、名茶、炒货、特色调味品、特色酱菜等10个大类千余个品种，使天下有“吃在苏州”之说。在不同的季节，游客可以品尝到应时的苏州风味小吃。著名的苏式菜肴有松鼠桂鱼、清汤鱼翅、响油鳝糊、西瓜鸡、太湖炖菜汤、翡翠虾斗、荷花锦炖等。苏州特产主要有碧螺春茶、采芝斋糖果、宋锦、苏式蜜饯、苏式糕点、卤汁豆腐干、苏绣、太湖银鱼、桃花坞木刻年画、红木雕刻、缂丝（刻丝）、苏扇、微雕、玉雕、太仓肉松、太仓糟油、常熟花边、昆山并蒂莲、奥灶面、阳澄湖大闸蟹、长江三鲜。

3.4.2 作品赏析

快速阅读，理清文章结构，并做简要概述；用自己的语言说说作者一行四人都游历了哪些景点。

苏州园林游记

槐树传人

在上海已经住了20多天了，又去过了杭州，我想该回家来了，但是儿子不乐意。他说："人们都说上有天堂，下有苏杭，你只去了杭州，还没去苏州，那怎行！你和我妈来一次也不易，来往花了那么多的路费，不去一趟苏州就回去太不划算了。再说苏州离上海很近，很方便的。"老伴也支持儿子意见，我只好同意了。11月9日，我和老伴、儿子、儿媳一起，早上6:30离开住处，乘坐119路公交车到塘桥站转乘轨道交通4号线直到上海站，坐火车9:00多一点就到了苏州。去苏州旅游就是要看园林，园林很多，一天时间就挑几个最有代表性的园林看看吧！所以下车后直接坐公交车先去了虎丘园，这是苏州最大的一个园林。

被誉为"吴中第一名胜"的虎丘，又名"海涌山""海涌峰""虎阜"，位于苏州古城西北，虎丘海拔34.3米，占地约20公顷，一条不宽的河流环绕大半，进出处皆要过桥，苏州城内河流很多，桥梁也就很多，并且多数桥梁为了行船之便，都修建成拱形桥。

地质学家考证，远古时代，虎丘曾是海湾中的一座随着海潮时隐时现的小岛，历经沧海桑田的变迁，最终从海中涌出，成为孤立在平地上的山丘，人们便称它为"海涌山"。"何年海涌来？霹雳破地脉，裂透千仞深，嵌空削苍壁。"宋人郑思肖的诗句形象地道出了虎丘的由来。如今虎丘虽已远离大海，人们依然能感受到海的踪影，海的信息。来到虎丘，未踏进山门，就看到隔河照墙上嵌有"海涌流辉"四个大字；进山门后，一座石桥跨过环山河，桥被称作"海涌桥"；上山路旁的一些怪石，圆滑的石体是因为海浪冲刷而致；憨憨泉因为潜通大海，又被称作"海涌泉"；拥翠山庄月驾轩内立有清代学者钱大昕书写的"海涌峰"石刻。虎丘曾有过"望海楼""海泉亭""海宴亭"等胜景。在历代文人笔下，更可见虎丘与海的渊源，"海当亭两面，山在寺中心。""宝刹近城郭，峰从海涌来。""尝疑海上峰，涌起自天外。"这些都是历代文人墨客为之留下的佳句。

我们一行四人，从南大门进入，先后经过"憨憨井""试剑石""孙武练兵场"进到了"剑池"——导游介绍说：石壁上刻的"虎丘剑池"四个大字，可说是"真剑池，假虎丘"，因为剑池二字乃是唐朝颜真卿手书真迹，而虎丘二字则是后人所续。还说，距今年考古发现，这剑池之下是吴王阖闾的墓葬地宫，当年曾用一千把宝剑陪葬。绝壁之上石刻的"风壑云泉"四字是对剑池的最好注释。剑池上跨建石桥，桥上有洞，谓之井，是从前山上僧人在池内取水之用。向上就到了云岩寺塔，这里是虎丘的最高点。该它始建于隋文帝时，距今已有一千四百多年的历史。塔高47.5米，分七层，平面呈八角形，为砖塔。原塔历经毁损，现在看到的是解放以后几经重修过的。可以看见塔身原来是兰砖修建，但其上夹杂着一片片红砖，还有白色的水泥腰箍，都是重修留下的痕迹。据说1956年第一次重修时，在第三层内发现有石函、经箱、铜佛、越窑青花瓷等大批珍贵文物。站在塔前，可以明显看出塔身向西北方向有点倾斜，据称是因地基不稳定原因所致，故人称之为"中国的比萨斜塔"，成为苏州古城的标志。

我们在云岩寺塔前照相后又到后边“小武当”“云在茶香”“西溪环翠”等景点转了一圈，又沿石阶而上，返回南大门。随后我们离开虎丘园坐车直达寒山寺。

寒山寺位于姑苏城外枫桥边，始建于六朝，距今已有1 400多年的历史。旧名妙普明塔院，相传因唐代高僧寒山和拾得由天台山国清寺来此住持，更名为寒山寺。据说寒山和拾得是普贤、文殊二位菩萨的化身。这是一个规模较小的寺院，占地仅有数亩，但因历史悠久，更因唐代诗人张继的《枫桥夜泊》而特别闻名天下。寺内主要建筑有大雄宝殿、庑殿（偏殿）、藏经楼、碑廊、钟楼、枫江楼等。“月落乌啼霜满天，江枫渔火对愁眠，姑苏城外寒山寺，夜半钟声到客船。”在这里到处可见从古至今许多名人对这首诗的书法碑刻。寺内引人注目的普明宝塔很新，并非古迹，原来是1995年才建成的，塔有五层，为阁楼式仿唐佛塔，游人只能登临二层，再向上并不开放，不少游人站在这里向对面房顶投硬币以祈福。再就是那口大钟，不断有人在那里撞击，发出阵阵低沉洪亮悠远的声音。听到这钟声，自然又想起了那首诗。

知识链接

寒山和拾得

相传唐太宗贞观年间有两个年轻人，一名寒山，一名拾得，他们从小就是一对非常要好的朋友。长大后寒山父母为他与家住青山湾的一位姑娘定了亲。然而，姑娘却早已与拾得互生爱意。一个偶然的机会，寒山终于知道事情的真相，左右为难，经过几天几夜痛苦思考，终于想通了，决定成全拾得的婚事，自己则毅然离开家乡，独自去苏州出家修行。十天半月过去了，拾得没有看见过寒山，感到十分奇怪，忍不住心头的思念，便信步来到寒山的家中，只见门上插有一封留给他的书信，拆开一看，原来是寒山劝他及早与姑娘结婚成家，并衷心祝福他俩美满幸福。拾得这才恍然大悟，知道了寒山出走的原委，深感对不起寒山，思前想后，决定离开姑娘，动身前往苏州寻觅寒山，皈依佛门。时值夏天，在前往苏州的途中，拾得看到路旁池塘里盛开着一片红艳艳的美丽绝顶的荷花，便一扫多日来心中的烦闷，顿觉心旷神怡，就顺手采摘了一枝带在身边，以图吉利。经过千山万水，长途跋涉，拾得终于在苏州城外找到了他日思夜想的好朋友寒山，而手中的那枝荷花依然那样鲜艳芬芳，光彩夺目。寒山见拾得到来，心里高兴极了，急忙用双手捧着盛有素斋的篦盒，迎接拾得，俩人会心地相视而笑。

我们从寒山寺出来，坐车趋向定园。定园离虎丘园不远。这是占地100多亩仅次于虎丘的苏州第二大园林。定园始建于明代初年，相传是刘伯温的私宅，因朱元璋夺取天下后诛戮开国大臣，刘伯温早有料定而提前辞别朱元璋隐居到此地。也有人说明洪武七年（1375年），刘伯温病死于浙江青田，死后置疑冢七十二处，定园便是其中之一。历史上都说刘伯温能掐会算，会看风水，他选定此地建宅园，整个园林平面图形恰似“如意”。置身定园可感曲廊流水浑然天成，古迹遗址映画其中，既有苏州古典园林之精，又有江南水乡之秀。定园已经成为具有全面展示苏州“水文化、茶文化和吴文化”特色的国家级综合旅游名胜景区，吸引了众多中外游客慕名而来。

我们随着导游走过一个个景点：“蔚为大观”“双照井”“秋香厅”“凤凰台”“来仪厅”“刘伯温墓”以后，到了“摇橹码头”坐小船至“节令长廊”下船，最后来到了“花神庙”——据说这里的花神很灵验，只要你心诚，它能满足你的许愿，当人有不少善男信女为之上香叩首，再有和尚让你抽签算命，然而我是不相信的。离开花神庙就回到了园子最后一个景点茶香楼，楼前有个较大的水池，其上建有曲桥，并有一个非常大的茶壶，称为“天下第一壶”，游客到此都要伸手去摸一摸大壶——寓意打麻将能够“自摸胡了”。院子里建有一个较大规模的根雕艺术展馆，其中陈列的那些巨型根雕作品令人观为叹之！这里的茶楼其规模和品位据说为苏州第一，我们在茶楼上坐下，一边品茶，一边听苏州评弹，也算是体会一次江南文化。茶水是免费的，但是点曲儿每只 20 元，听那女子在男性老者弹奏下唱的毛泽东词《蝶恋花》还算是能听懂，其他几首就听不懂歌词了，只是觉得曲调挺好听的。

3.4.3 能力训练

1. 查找吟咏“拙政园”“狮子林”“沧浪亭”“真趣亭”“花雨亭”“与谁同坐轩”的诗词、楹联，集锦成册。
2. 查找资料，补充文中天如禅师、黄熙与狮子林相关的传说故事。
3. 讲解自己喜欢的苏州九大园林中的一处景点。

3.5 敦煌莫高窟

导读

敦煌莫高窟俗称“千佛洞”，是我国著名的四大石窟之一，也是世界上现存规模最宏大、内容最丰富、保存最完好的佛教艺术宝库，被誉为 20 世纪最有价值的文化发现。

莫高窟位于甘肃敦煌市东南 25 公里处，开凿在鸣沙山东麓断崖上，以精美的壁画和塑像闻名于世。南北长约 1 600 多米，上下排列 5 层，高低错落有致、鳞次栉比，形如蜂房鸽舍，壮观异常。莫高窟始建于十六国的前秦时期，历经十六国、北朝、隋、唐、五代、西夏、元等历代的兴建，形成巨大的规模，现有洞窟 735 个，壁画 4.5 万平方米、泥质彩塑 2 415 尊。近代发现的藏经洞，内有 5 万多件古代文物，由此衍生专门研究藏经洞典籍和敦煌艺术的学科——敦煌学。

莫高窟是一座伟大的艺术宫殿，是一部形象的百科全书，1961 年被国务院首批列为全国重点文物保护单位，1987 年被联合国科教文组织列入世界文化遗产保护项目，并于 1991 年授于“世界文化遗产”证书。

敦煌莫高窟风景如图 3.36 所示。

图 3.36 敦煌莫高窟风景

3.5.1 敦煌莫高窟介绍

敦煌，这座坐落在河西走廊西端的古代丝绸之路上的重镇，前秦苻坚建元二年(公元366年)，有沙门乐尊者行至此处，见鸣沙山上金光万道，状有千佛，于是萌发开凿之心，后历建不断至元代，遂成佛门圣地，号为“漠高窟”，意为“沙漠的高处”，后世因“漠”与“莫”通用，便改称为“莫高窟”。

小贴士

前秦和苻坚

前秦——国号“大秦”，史称“前秦”，别称“苻秦”。十六国时期十六国之一，历六主，共44年。氐族苻健所建，公元351—394年，都长安。

苻坚——前秦世祖宣昭皇帝（公元338—385年），字永固，又字文玉，小名坚头，公元357—385年在位。苻坚在位前期励精图治，使前秦基本统一北方；但后来在伐晋的“淝水之战”中大败，遭到之前投降的鲜卑、羌人背叛而出逃，最后被羌人姚苌所杀，终年48岁。

莫高窟是一个9层的遮檐，也叫“北大像”，正处在崖窟的中段，与崖顶等高，巍峨壮观。其结构为土红色，檐牙高啄，外观轮廓错落有致，檐角系铃，随风作响，其间有弥勒佛坐像。这座窟檐在唐文德元年（888年）以前就已存在，当时为5层，北宋乾德四年（966年）和清代都进行了重建，并改为4层。1935年再次重修，形成了9层造型。

请您欣赏

弥勒佛坐像——高35.6米，由石胎泥塑彩绘而成，容纳大佛的空间下部大而上部小，平面呈方形（见图3.37），是莫高窟最大，也是世界最大的“石胎泥塑像”，是中国国内仅次于乐山大佛和荣县大佛的第三大坐佛。

图3.37 弥勒佛坐像

根据佛经记载：弥勒佛是继承释迦牟尼的未来佛，在他降生人间成佛后的世界就是弥勒世界。这个世界以金银铺地，人们安居乐业，庄稼一种七收，树上生衣，人们可以长寿到84 000岁。这身佛像的建造并非偶然，它是武则天登位时，利用佛教，特别是借一些和尚说她是弥勒佛转世，而大造舆论。在她称帝后，为报答佛教的帮助，同时更好地利用宗教维护其统治地位而建造的。因此，本地的一些老百姓，曾传说这身塑像就是武则天本人，因此晚清重新彩绘这身佛像时，故意制作了一些女皇的特点。根据史籍记载，初唐建造这身大佛时，历时12年，耗银12 000两，每日工匠所食食盐就达1石6升之多，可见其工程之大。

莫高窟以其创建年代之久、建筑规模之大、壁画数量之多、塑像造型之美、保存之完整、其艺术价值之博大精深而闻名天下，享誉国内外。莫高窟分为南北两区。南区是莫高窟的主体，为僧侣们从事宗教活动的场所，有487个洞窟，均有壁画或塑像；北区有248个洞窟，其中只有5个存在壁画或塑像，而其他的都是僧侣修行、居住和亡后掩埋场所，有土炕、灶炕、烟道、壁龛、台灯等生活设施。两区共计492个洞窟存在壁画和塑像，有壁画4.5万平方米、泥质彩塑2 415尊、唐宋木构崖檐5个，以及莲花柱石和铺地花砖数千块。莫高窟是一座融绘画、雕塑和建筑艺术为一体，以壁画为主、塑像为辅的大型石窟寺。

1. 莫高窟的建筑艺术

莫高窟现存洞窟中有492个保存有绘画、彩塑，按石窟建筑和功用分为中心柱窟（支提窟）、殿堂窟（中央佛坛窟）、覆斗顶型窟、大像窟、涅槃窟、禅窟、僧房窟、廪窟、影窟和瘗窟等形制，还有一些佛塔。各窟大小相差甚远，最大的第16窟达268平方米，最小的第37窟高不盈尺。

知识链接

第16窟

第16窟建于唐大中五年至咸通年间（即公元851—867年）。窟主为晚唐河西都僧统吴和尚。该窟的上层为第365窟（七佛堂），顶层为第366窟，均为吴和尚独立开凿的系列窟；窟前倚崖统建3层木构窟檐（即“三层楼”），为清光绪三十二年王道士主持修建。

此窟为莫高窟大型洞窟之一，覆斗形顶，中心设马蹄形佛坛，坛上存清代改修之宋塑一佛、二弟子、两协侍菩萨、四供养菩萨共9身塑像。佛坛西设背屏直触窟顶。四壁壁画为重层，表层为西夏所绘千佛，色彩单调、千佛一面、缺乏生机。窟顶为西夏浮塑贴金的四龙团凤藻井，四坡为贴金棋格团花图案。甬道南壁有王道士为表其修三层楼之功德而建造的墓碑。

其中285窟是莫高窟西魏时期的代表洞窟，建筑形式为覆斗顶方形禅窟，内有西魏大统四、五年的造像题记，是莫高窟最早的一个有纪年的洞窟。

请您欣赏

285窟——南侧壁面由外向里绘有12个飞天，其中有两个是半裸的、身着长裙、头发轻束。左边的飞天手持琵琶，右边的飞天手握箜篌，身边彩云香花飘旋，羽衣随风翻动（见图3.38）。特别是右手的飞天，轻弹琵琶的纤纤玉手，天造地设，精美绝伦，如实地表现出中原纤细华丽的风格。

图3.38　飞天

南北两壁下方分别有4个小洞，是坐禅修行的场所。

南壁禅窟上面绘有《五百强盗成佛因缘》故事，讲的是在古印度有500人造反为盗，国王派军队捕获，挖去双眼，放逐山林，他们痛苦不堪，号啕大哭，呼唤佛的名号，佛听到后，大发慈悲，用神通力使他们恢复光明，现身说法，终于使五百强盗皈依佛门。

2. 莫高窟的彩塑艺术

彩塑为敦煌艺术的主体，形式丰富多彩，有圆塑、浮塑、影塑、善业塑等。彩塑多为1佛2菩萨组合，主要有四大类：①佛像，包括释迦、弥勒、药师、阿弥陀及三世佛、七世佛；②菩萨像，包括观音、文殊、普贤及供养菩萨等；③弟子像，包括迦叶、阿难；④尊神像，包括天王、力士、罗汉等，另外还有一些鬼神、神兽等动物塑像。由于制作年代不同，风格也截然不同，尤其是魏晋南北朝时期的“秀骨清像”、“曹衣出水”和唐代的“吴带当风”等风格，充分地体现了当时艺术巨匠超凡的想象和高超的思维。328窟，这个窟的精彩所在为塑像。

请您欣赏

328窟——初唐开凿的一个洞窟。西壁佛龛里的一组塑像中：正中为跏趺而坐的佛祖形象，面部表情十分庄严肃穆，严肃中带着体恤人间的慈祥，眼睛微微下视，俯视下界，使佛的形象更具人性化；两侧站立着佛祖的两个弟子迦叶和阿难，迦叶站在佛的左侧，身材瘦骨嶙峋，表示严肃虔诚，可以看出他经历过苦难和世事的磨难，体现出一个苦行僧持重老成的头陀形象。而在右侧的阿难素以聪明伶俐著称，是释迦佛最宠爱的一个弟子，因为宠爱，因此他站立的姿势则是两手一抄，身子稍稍向侧后一靠，显出一种自满的神态笑貌；再向外侧是观音和大势至菩萨，唐代艺术家把他们塑造得体态丰满，姿态优美，具有某些唐代妇女的特征，表现了菩萨“大慈大悲”的特点；供养菩萨像原有4身现仅存3身，南面一身则在1924年被美国人华尔纳盗走，现保存在美国波士顿哈佛大学福格美术馆（见图3.39）。

图3.39 西壁佛龛里的一组塑像

3. 莫高窟的壁画艺术

石窟壁画富丽多彩，其容量和内容之丰富，主要有佛像、佛教故事、佛教史迹、经变、神怪、供养人、装饰图案等7类题材，此外还有很多表现当时狩猎、耕作、纺织、交通、战争、建设、舞蹈、婚丧嫁娶等社会生活各方面的画作，是十六国至清代1 500多年的民俗风貌和历史变迁的艺术再现，是当今世界上任何宗教石窟、寺院或宫殿都不能媲美的。现存壁画4.5万多平方米，若把壁画排列，能伸展30多公里，是世界上最长、规模最大、内容最丰富的一个画廊。敦煌壁画形象逼真，尤其是“飞天”图案，被唐朝人赞誉为“天衣飞扬，满壁风动”，成为敦煌壁画的象征。

以壁画见长的323窟，是一个方形覆斗顶窟，是绘制佛教史迹故事最多的一个洞窟，这个洞窟主窟南北两壁绘制有8个佛教史迹故事，如“张骞出使西域”“释迦浣衣晒衣石”“佛图澄变现神异”“阿育王拜塔感应事”等，其中“张骞出使西域”引人注目。

请您欣赏

张骞出使西域——第一个画面为汉武帝到甘泉宫拜祭金人，右上角为殿，门额上有“甘泉宫”三字，殿内立二像，汉武帝手持香炉与群臣向殿内二像礼拜；第二个场面是汉武帝送别张骞，汉武帝骑于马上身后众臣相随，张骞跪于马前持笏作拜别状，身后侍者持旌节，牵马相随（见图3.40）；第三个场面张骞一行人穿山越岭，长途跋涉已近大夏国。远处城垣在望，城内寺塔林立，城外有二比丘似出城迎接。

图3.40 张骞出使西域

4. 藏经洞

1900年，在莫高窟居住的道士王圆箓为了将已被遗弃许久的部分洞窟改建为道观，而进行大规模的清扫。当他在为第16窟（现编号）清除淤沙时，偶然发现了北侧甬道壁上的一个小门，打开后，出现一个长宽各2.6米、高3米的方形窟室（现编号为第17窟），内有从4世纪到11世纪（即十六国到北宋）的历代文书和纸画、绢画、刺绣等文物5万多件，这就是著名的“藏经洞”。

藏经洞的内壁绘菩提树、比丘尼等图像，中有一座禅床式低坛，上塑一位高僧洪辨的坐像，另有一通石碑，似未完工。由于藏经洞封闭了近千年，敦煌学专家、学者根据其他历史资料进行推断，提出了3种说法：避难说、废弃说、书库改造说。

知识链接

3种说法

避难说。一种说法是宋初西夏人占领敦煌之前，僧人为躲避战乱，临走前便把经卷、佛像、杂书等藏入洞内封闭，待战乱过后再回来启用，谁知这些僧人一去不返，杳无音讯。

此洞便成为无人知晓的秘密；另一种说法是藏经洞的封闭与伊斯兰教的东传有关，当时，信仰伊斯兰教的哈拉汗王朝向宋朝要求出兵攻打西夏，宋朝表示赞同，这一消息传到敦煌，佛教徒们惊慌失措，恐惧万分，便采取保护措施，将千佛洞的经卷、佛像、文书全部集中堆放到石室封闭，免受其害。

废弃说。认为这些经卷遗书都是当时敦煌僧众抛弃无用的废品。因佛经众多，为尊重佛法佛典，这些用过的经品既不能丢弃，也不能烧毁，只好用这个石室封存起来。

书库改造说。认为大约公元1000年左右，折页式的经卷，已从中原传到敦煌，因阅读、携带方便，受到僧侣们的青睐。因此，将藏书室使用不便的卷轴式佛经及许多杂物一并置于石室封闭。

莫高窟藏经洞是中国考古史上的一次非常重大的发现，其出土文书多为写本，少量为刻本，汉文书写的约占5/6，其他则为古代藏文、梵文、齐卢文、粟特文、和阗文、回鹘文、龟兹文、希伯来文等。文书内容主要是佛经，此外还有道经、儒家经典、小说、诗赋、史籍、地籍、账册、历本、契据、信札、状牒等，其中不少是孤本和绝本。这些对研究中国和中亚地区的历史，都具有重要的史料和科学价值，并由此形成了一门以研究藏经洞文书和敦煌石窟艺术为主的学科——敦煌学。

小贴士

敦煌学

敦煌学是指以敦煌遗书、敦煌石窟艺术、敦煌学理论为主，兼及敦煌史地为研究对象的一门学科。它是研究、发掘、整理和保护中国敦煌地区文物、文献的综合性学科，与徽州学和藏学齐名，是中国的三大区域文化之一。

敦煌自古以来就是丝绸之路上的重镇，一度颇为繁华，周边石窟寺亦颇多。除了莫高窟之外，还有西千佛洞、榆林窟及东千佛洞等，共同组成了敦煌石窟群，其中西千佛洞和东千佛洞通常被看做莫高窟和榆林窟的分支。

当地人喜食羊、鸡、牛肉、驴肉，对面食制作尤其讲究，主要以面和米为主，这和全国大部分地方的饮食习惯是基本相同的。阳关东路的沙洲夜市内有风味小吃区，可以品尝到各种甘肃风味面食、烤肉等，价格便宜，而且连附近的小巷也很热闹。

3.5.2 作品赏析

走进敦煌莫高窟

沁雨馨

理清作者思路，说说4个部分分别表达了作者怎样的情怀。小组合作，讲解第三部分，说说作者游览了哪些景物。

一

第一次听到“敦煌莫高窟”是在八十年代初，偶然在杂志上看到一篇介绍敦煌文物研究所第一任所长常书鸿的文章，读罢则被深深吸引。文章介绍了常书鸿从国外归来，为了保护莫高窟、研究敦煌艺术历尽艰辛与波折的故事。在这篇文章里，我知道了敦煌艺术、知道了久享盛名的莫高窟壁画和雕塑。也使我对这个神秘的地方产生了向往，曾梦想一睹莫高窟的容颜。

后来读了余秋雨的《文化苦旅》，更加深了对敦煌艺术的浓厚兴趣。我在余秋雨《敦煌莫高窟》的散文里流连忘返：“莫高窟可以傲视异邦古迹的地方，就在于它是一千多年的层层累聚。看莫高窟，不是看死了一千年的标本，而是看活了一千年的生命。一千年而始终活着，血脉畅通、呼吸匀停，这是一种何等壮阔的生命！一代又一代艺术家前呼后拥向我们走来，每个艺术家又牵连着喧闹的背景，在这里举行着横跨千年的游行。纷杂的衣饰使我们眼花缭乱，呼呼的旌旗使我们满耳轰鸣。在别的地方，你可以蹲下身来细细玩索一块碎石、一条土埂，在这儿完全不行，你也被裹卷着，身不由己，踉踉跄跄，直到被历史的洪流消融。在这儿，一个人的感官很不够用，那干脆就丢弃自己，让无数双艺术巨手把你碎成轻尘。”我被作家对莫高窟的描述震撼了，暗下决心，此生一定去敦煌看莫高窟。

2008 年有一次机会，本可以去甘肃敦煌，可惜让我失之交臂了。那时我正在西安旅行，参观完西安的景点，我跟导游打听去敦煌的路线，得知去甘肃只需一晚上的火车，我一听精神振奋，遂决定去敦煌。谁知打电话回家，则被亲人阻拦，原因是，独自一人去那么荒凉的地方，家人不放心，而且中秋将至，必须回家团聚云云。为此，我只能“忍痛割爱，耿耿于怀”地归了家……

火车风驰电掣向西行驶，我始终处在兴奋中。敦煌是我祈盼许久之地，就要见到它怎能不振奋？

按捺住激动的心跳朝窗外望去，满目荒芜一掠而过，越往西行，越荒凉，飞沙扬砾，人迹罕见。喇叭传来播音员的声音，列车到了嘉峪关。

嘉峪关是古代丝绸之路的交通要冲，是明代万里长城西端起点，是明代长城沿线建造规模最为壮观，保存程度最为完好的一座古代军事城堡，素有“中外钜防”、“河西第一隘口”之称。沿途，两千多年前开辟的中国与西方经济文化交流的“丝绸古道”、历代兵家征战的“古战场”烽燧依稀可见。

望着巍峨壮观的嘉峪关城楼，我想起唐诗人王之涣的“春风不度玉门关”，还有王翰的《凉州词》：“葡萄美酒夜光杯，欲饮琵琶马上催。醉卧沙场君莫笑，古来征战几人回？”指的就是嘉峪关古战场，出了嘉峪关，就到了西域。

小贴士

夜光杯

夜光杯采用优良的祁连山玉与武山鸳鸯玉精雕细琢而成，纹饰天然，杯薄如纸，光亮似镜，内外平滑，玉色透明鲜亮，用其斟酒，甘味香甜，日久不变，尤为月光下对饮，杯内明若水，似有奇异光彩。

诗人用低沉、悲凉、感伤、反战的情绪来表达了自己的思想。这首边塞诗，描述了紧张动荡的征戍生活，边地荒寒艰苦的环境，使得将士们很难得到一次欢聚的酒宴。有幸遇到那么一次，那激昂兴奋的情绪，那开怀痛饮、一醉方休的场面，是难以想象的，是边塞的一次盛宴。

夕阳下的嘉峪关矗立在大漠边缘，显得雄壮非凡，远处的祁连山麓逶迤连绵，终年不化的积雪粼粼闪光。放眼茫茫戈壁滩、盐碱地有一种苍凉的美！

二

列车沿着河西走廊继续前行，终于经过两天两宿零半天的跋涉，中午时分抵达柳园火车站。

柳园在地域上属甘肃，客流主要以敦煌为目的地。但其运输业务又属××铁路局管辖。这是一个性质较为特殊的车站，也是全国距市区最远的火车站。小站破破烂烂，道路崎岖不平。我问导游离敦煌这么近，为何车站路况会如此落后？导游说，“这是三管地区，谁都不愿出钱建”。

从柳园去敦煌要穿过茫茫戈壁滩，行程130公里，车程约2小时。我们马不停蹄地改乘汽车去敦煌。路上导游告诉大家，这条路况可以体验骑马、坐轿子的感觉。果不其然，一路的起伏颠簸，真像骑马坐轿子。我被汽车晃得晕起车来，心里翻江倒海，苦不堪言。

就在我难受之极的时候，突然导游喊，快看海市蜃楼。听罢，我的精神为之一振，伸长脖子向窗外望去。只见在戈壁滩上，影影绰绰出现了一片森林湖泊，若隐若现，缥缥缈缈。我以为真见到了海市蜃楼，晕车的感觉立马没了。导游看我们半信半疑，笑着介绍，“这是真的森林湖泊，不是海市蜃楼。但远看虚无缥缈的样子挺像！”她又说，“在戈壁滩瀚海间，如果天晴之日，或可见海市蜃楼。”

车外的戈壁滩令我震撼，我到过内蒙古的沙漠，却没有见过戈壁，想象中应该和沙漠相似。其实不然，沙漠寸草不生，因为水少，一般以为沙漠荒凉无生命，有“荒沙”之称。沙漠是一片很少下雨的地域。

戈壁则是砾石覆盖在硬土层的荒漠。戈壁一词，源于蒙古语，“难生草木的土地”的意思。戈壁沙漠地区，气候环境恶劣，降雨量少，昼夜温差悬殊，风沙大。地表缺水，植物稀少，仅生长红柳、骆驼刺等耐旱植被。

沙漠与戈壁的区别：沙漠，以沙为主，看不见砾石，有少量植物分布；戈壁，表层以砾、石为主，看不见沙和土壤，基本上没有植物生长。导游介绍敦煌的戈壁滩有特点，分黑白两道。即黑戈壁、白戈壁。所谓黑戈壁，就是带有矿物质的沙砾，白戈壁就是盐碱滩。

车行在路上，我看到了戈壁滩上的红柳、骆驼刺、梭梭草、沙漠玫瑰等植被。知道了沙漠三件宝。第一宝是梭梭草，它是“沙漠卫士”，能护沙、防沙。第二宝是红柳，人称“沙漠公主”，她是治风湿病的良药，能使人摆脱病痛的折磨，被称为“观音柳”和“菩提树”。第三宝是沙漠胡杨，被人称为“沙漠英雄”。人们赞美胡杨：“活着昂首一千年，死后挺立一千年，倒下不朽一千年，铮铮铁骨千年铸，不屈品质万年颂。”胡杨有顽强的性格，也有独特的美。胡杨在朝日、夕阳的照耀下，千姿态百态，文雅优美。

三

汽车急驰，我的思绪在飞扬……

下午两点到达目的地——敦煌市。

休息片刻，急匆匆吃完午饭，然后赶往距离敦煌25公里的莫高窟。半小时的路程，眨眼就到。走下汽车，仰慕已久的莫高窟就在眼前。

我站在莫高窟，仔细打量这座久享盛名、闻名遐迩的宝地。

这是一排开凿在断崖上的石窟。南北长约1 600多米，上下排列五层，高低错落有致、鳞次栉比，形如蜂房鸽舍，壮观异常。它是我国现存规模最大，保存最完好，内容最丰富的古典文化艺术宝库。是我国著名的四大石窟之一，也是举世闻名的佛教艺术中心。

导游给我们每人发了一个耳机，我一步不落地跟着导游，仔细听讲解。导游说：“据莫高窟的碑文记载，公元366年，有位叫乐尊的僧人云游到鸣沙山东麓脚下，此时，太阳西下，夕阳照射在对面的三危山上，他举目观看，忽然间他看见山顶上金光万道，仿佛有千万尊佛在金光中闪烁，又好像香音神在金光中飘舞，一心修行的乐尊被这夕阳映照的沙漠奇景感动了，他老人家不知道这是矿物质在太阳照射下的光学反应，认为这就是佛光显现，此地是佛祖的圣地。于是乐尊顶礼膜拜，决心在这里拜佛修行，便请来工匠，在悬崖峭壁上开凿了第一个洞窟。以后人们陆续修建，历经东晋、前秦、北魏、西魏、北周、隋、唐、五代、宋、西夏、元、明、清，经过十几个世纪的努力，先后开凿了一千多个洞窟。此后，佛门弟子、达官贵人、商贾百姓、善男信女都来这里捐资开窟，从4世纪至14世纪一千多年的历史长河中，朝拜者络绎不绝，香火不断，经久不衰。”

导游讲解并带我们走进了编号为九十六号的第一个洞窟。这个洞窟有5层楼高，内有一尊大佛，是世界“室内第一大佛”。走到里面禁止拍照，人们只能手举电筒参观。

走进莫高窟令我惊叹不已，这是古建筑、雕塑、壁画三者相结合的艺术宫殿，尤以丰富多彩的壁画著称于世。我环顾洞窟的四周和窟顶，到处都画着佛像、飞天、伎乐、仙女等。有佛经故事画，有佛教史迹画，也有神怪画和供养人画像。各式各样精美的装饰图案美不胜收，令我眼界大开。这里有高达33米的坐像，也有十几厘米的小菩萨。绝大部分洞窟都保存有塑像，数量众多，堪称是一座大型雕塑馆。

在莫高窟里，我第一次看到了飞天仙女的形象，有的手捧莲蕾，直冲云霄；有的从空中俯冲下来，势若流星；有的穿过重楼高阁，宛如游龙；有的则随风漫卷，悠然自得。墙壁之上，飞天在无边无际的茫茫宇宙中飘舞，美轮美奂！画家用那特有的蜿蜒曲折的长线、舒展和谐的意趣，呈现给人们一个优美而空灵的想象世界。

莫高窟是一座伟大的艺术宫殿，是一部形象的百科全书。在三华里长的鸣沙山上壁上，密密层层地建造了四百八十多个洞窟，布满了彩塑佛像和以佛教故事为题材的壁画。彩色佛像共有两千多身，最大的一个高达三十三米。壁画的技巧高超，数量惊人，如果一方方连接起来，可排成五十多里长的画廊。此外，在一个封闭的石室中，还发现了大量的价值极高的古代经卷、文书、画卷等……

小贴士

飞天

飞天多画在墓室壁画中，象征着墓室主人的灵魂能羽化升天。佛教传入中国后，与中国的道教交流融合。在佛教初传不久的魏晋南北朝时，曾经把壁画中的飞天亦称为飞仙，即飞天、飞仙不分。后随着佛教在中国的深入发展，佛教的飞天、道教的飞仙虽然在艺术形象上互相融合，但在名称上，只把佛教石窟壁画中的空中飞神称为飞天。敦煌飞天就是画在敦煌石窟中的飞神，后来成为敦煌壁画艺术的一个专用名词。

我们跟着讲解员参观了 9 个洞窟，大约用了三小时。走进莫高窟，你会感受到不同时代，不同风格的壁画雕塑。大体可分为四个时期：北朝、隋唐、五代和宋、西夏和元明。这些塑像精巧逼真、想象力丰富、造诣极高，而且与壁画相融映衬，相得益彰。莫高窟向世界展示了敦煌艺术之美，文化内蕴之丰富，以及中国古代劳动人民的聪明才智。

望着莫高窟精美的壁画与雕塑，我感叹古人博大精深的智慧和奇思妙想。也使我大饱了眼福，了却平生遂愿。

四

夜晚，下榻敦煌酒店。吃完饭，我沿着护城河漫步敦煌街头。

华灯初上的夜晚，微风习习，桥上灯火辉煌，一排长长的水龙阵，巍峨壮观。河中心，霓虹灯闪烁，绚丽多彩。

敦煌城市不大，却辉煌灿烂。“敦，大也；煌，盛也。”今天，盛大辉煌的敦煌城正在举办葡萄节。街上，火树银花，彩旗飘飘，车水马龙，人流络绎不绝。望着这座繁荣昌盛的现代化城市，我想象古时丝绸之路重镇的繁华景象。

穿行在人流中，随处可见敦煌艺术。敦煌市的城雕，一个反弹琵琶飞天仙女的形象，矗立在敦煌市中心。传说，飞天是侍奉佛陀和帝释天的神，能歌善舞。佛教中把空中飞行的天神称为飞天。我用相机拍下了敦煌城雕飞天。

看着摇曳生姿态的飞天仙女，我想起 2008 年春晚，舞蹈“千手观音”红遍大江南北，就是从敦煌艺术提炼出来的。“反弹琵琶”及“千手观音”是敦煌舞蹈元素，彰显中华神韵，令人叹为观止。

边走边看，我来到了一处繁华之地——敦煌夜市。这里熙熙攘攘，人声沸鼎。卖得最多的是果脯，有哈密瓜干、葡萄干、桃干、杏干、梨干，这些都是敦煌特产。我品尝哈密瓜干，像蜜糖那样甜。这里的葡萄像龙眼，颗粒饱满无籽，吃到嘴里甘甜爽口，我从没吃过这么甜的葡萄。听导游介绍，敦煌的瓜果四季飘香，尤其盛产葡萄，今年的葡萄节就在敦煌举办。

走到夜市的深处，浓郁的敦煌艺术扑面而来，各种各样的工艺品琳琅满目，令人眼花缭乱。那些敦煌雕塑、壁画、工艺品，做工精湛，精美绝伦，使我爱不释手。

站在一帧沙漠风情图片前，我仿佛看到了古人翻越沙漠，走上丝绸之路，夕阳下驼铃叮咄的驼队，这情景令吾向往。

在一个店铺前，我看到了夜光杯。

夜光杯玉色透明鲜亮，呈墨绿色。分大、中、小三种型号。仔细端详，纹饰天然，杯薄如纸，光亮似镜，内外平滑，精雕细琢而成。老板讲，用其斟酒，日久不变，尤为月光下对饮，杯内明若水，似有奇光异彩。

夜光杯令我想起诗人的边塞诗，皎洁的月光下，夜光杯“光明夜照”，杯中的葡萄酒晶莹剔透，喝下这杯葡萄美酒吧，出了关再也见不到故乡人了。“醉卧沙场君莫笑，古来征战几人回?”激越的琵琶声，将士们开怀痛饮，你斟我酌，一醉方休的场面令人陶醉，醉就醉吧，怕什么？那种置生死之度外的豪迈气概、视死如归的勇气，被诗人表现得淋漓尽致……

这些工艺品展示了敦煌灿烂文化的底蕴，人们被奇观神秘莫测的沙漠；幻海光怪陆离的戈壁；文化遗存举世闻名的莫高窟所吸引，游客从四面八方云集而来，蓝眼睛、白皮肤的外国人随处可见。这是块美丽、富饶、神奇、诱人的土地，引用外国人的话，“看了敦煌莫高窟，就相当于看到了全世界的古代文明”。

大师余秋雨在散文里说，“我们，是飞天的后人!”

我为是飞天的后人而骄傲!

3.5.3 能力训练

1. 用简洁准确的语言描述下面这首诗的意思，并说说最后两句诗表达了作者怎样的感情。

敦煌莫高窟飞天赞

赵朴初

诸天喜跃拥空王，擎盖技华绕上方。

万古不停飞动意，人间至宝礼敦煌。

2. 莫高窟、云冈石窟、龙门石窟、麦积山石窟是我国著名的四大石窟，选取其中一个，查找资料，分别从位置、地位、规模、现状、演变、评价、价值等几个方面，形成一篇500字左右的旅游推介材料。

3. 请根据提供的网址（http://v.qq.com/cover/r/rmjh4me7chn91o9.html? vid = 7cXj0QxS8gL_0，http://v.qq.com/cover/r/rmjh4me7chn91o9/7kTMLxVVAhy.html，http://v.qq.com/cover/r/rmjh4me7chn91o9/7dHWh7aVkfa.html），欣赏世界古代文明之谜：敦煌遗书之十二神奇的莫高窟（一）、（二）、（三）。

4. 讲解自己喜欢的一处敦煌莫高窟景点。

3.6 布达拉宫

导读

布达拉宫俗称“第二普陀山”，屹立在西藏首府拉萨市区西北的红山上，是一座规模宏大的宫堡式建筑群。布达拉宫初建于公元7世纪中叶，17世纪重建后，成为历代达赖喇嘛的冬宫居所，也是西藏政教合一的统治中心。

布达拉宫具有鲜明的藏式风格，依山而建，气势雄伟。布达拉宫中收藏了无数的珍宝，堪称是一座艺术的殿堂。1961年，布达拉宫被中华人民共和国国务院公布为第一批全国重点文物保护单位之一。1994年，布达拉宫被列为世界文化遗产。2013年成为西藏首个5A级景区，实现了西藏5A级景区零的突破。

布达拉宫风景如图3.41所示。

图3.41 布达拉宫风景

3.6.1 布达拉宫介绍

布达拉宫这座屹立在拉萨市区西北红山上的雪域宫殿，是整个雪域高原的灯塔，被称为“世界屋脊明珠”。这座1 300年前的“白色宫殿”，是世界上海拔最高、最雄伟的宫殿，它无限衍伸着藏文化的灿烂，是真正属于世界的遗产，是可以触摸、可以深入、未经粉饰但真正具有藏族建筑艺术杰出代表的宫堡式建筑群。

小贴士

白色宫殿的来源

相传公元7世纪初，松赞干布迁都拉萨后，为迎娶唐朝的文成公主，特别在红山之上修建了共1 000间宫殿的3座9层楼宇，取名叫“布达拉宫”。那时布达拉宫的三大建筑，均通体粉白，耸立在红山上显得圣洁而雄伟，藏民们都称之为“白色宫殿”。

布达拉宫始建初期规模并不宏大，当时称“红山宫”，经日后的不断扩建，直到1936年十三世达赖喇嘛的灵塔殿建成后，才形成如今的建筑规模：高110米，东西长360多米，占地13公顷，13层宫殿建筑，房屋数千间，变成一座真正由宫殿、佛堂和灵塔殿组成的三位一体多层建筑群。

小贴士

红山宫的修建原因

红山宫是藏王松赞干布兴建拉萨城的第一项伟大工程。缘何修建呢？一说是因发展需要，松赞干布为巩固政权，将统治中心从山南泽当一带迁至此，又为了防守外来侵略，于是在拉萨红山上建造此宫；另一说是松赞干布为迎娶大唐文成公主；还有一种说法是文成公主推算后建议藏王修建此宫。

布达拉宫宫殿布局、土木工程、金属冶炼、绘画、雕刻等方面均闻名于世，内部主要由达赖喇嘛宫殿、佛殿及僧院各政权机构三大部分组成。布达拉宫白宫顶层为达赖喇嘛宫殿，分东、西日光殿，既包括达赖喇嘛的生活起居处、书房、经堂等，又有议政、会客等场所；布达拉宫内拥有包括达赖喇嘛灵塔殿在内的各类佛殿38个，还有规定拥有175名僧人的殊胜僧院一个，主要从事达赖喇嘛的佛事活动；过去西藏噶厦政权的重要职能机构也都设在布达拉宫，宫内的东西大殿曾是重要的宗教和政治活动场所。布达拉宫还是藏族文化的巨大宝库，宫内珍藏的各类历史文物和工艺品数量繁多。据初步统计，现有玉器、瓷器、银器、铜器、绸缎、服饰、唐卡共7万余件，经书6万余函卷。

小贴士

东日光殿和西日光殿

东日光殿（甘丹朗色）是后来仿造的，是由十三世达赖喇嘛晚年扩建的起居宫，由喜足光明宫、永固福德宫、护法殿、长寿尊胜宫和寝宫组成。

西日光殿（尼悦索朗列吉）是原殿，早期修筑的达赖喇嘛的起居宫，由福地妙旋宫、福足欲聚宫、喜足绝顶宫、寝宫和护法殿组成。

布达拉宫主体建筑分白宫和红宫，白宫横贯两翼，为达赖喇嘛生活起居地，有各种殿堂长廊，摆设精美，布置华丽，墙上绘有与佛教有关的绘画，多出名家之手；红宫居中，供奉佛像、松赞干布像、文成公主和尼泊尔尺尊公主像数千尊，以及历代达赖喇嘛灵塔，黄金珍宝嵌间，配以彩色壁画，辉煌金碧。

白宫，始建于1645年，历时8年，以松赞干布时原有的观音堂为中心，向东向西修建起一片巨大的寺宇。整个寺宇的墙面被涂成白色，远远望去，分外醒目，人们称之为“白宫”。它是达赖喇嘛的冬宫，也曾是原西藏地方政府的办事机构所在地，现存布达拉宫最古的建筑是法王洞。

请您欣赏

法王洞——也叫“法王禅定宫”，藏语称为“曲杰竹普”，是7世纪叶蕃时期的建筑，是一座岩洞式佛堂，建筑在布达拉山（即红山）的顶上，左右两侧配有两座小白塔，位于红山的最高点，其位置也恰好在布达拉宫的中央。

殿堂面积大约30平方米，曾是吐蕃赞普松赞干布长期居住过的殿堂，为松赞干布的修行室。洞内北侧中央供有强大的吐蕃王朝的缔造者松赞干布像：他面容英俊，留一细长的八字胡，身着长袍俗装，用红绸巾裹紧，头顶上露出无量光佛的小头像（见图3.42）。在松赞干布的左首，依次是尺尊公主、文成公主的塑像，更远的地方还有藏族妃子蒙萨赤嘉怀抱王子贡日贡赞的塑像。

图3.42 松赞干布像

白宫共有7层。最顶层是达赖的寝宫“日光殿”，殿内有一部分屋顶敞开，阳光可以射入，晚上再用篷布遮住，因此得名。日光殿分东西两部分，殿内包括朝拜堂、经堂、习经室和卧室等，陈设均十分豪华。

白宫第六层和第五层都是生活和办公用房。第四层有白宫最大的殿宇东大殿（措钦厦）。白宫外部有“之”字形的上山蹬道。东侧的半山腰有一块宽阔的广场，称作“德央厦”，是达赖喇嘛观看戏剧和举行户外活动的场所。广场的南北两侧建有僧官学校等。

请您欣赏

措钦厦——距今已有500多年的历史，因为要兼容花、白、黄三教，因而全寺塑像的风格也不同于别处，此殿表现最为明显。

殿长27.8米，殿宽25.8米，大殿共3层（见图3.43）。一层有主大殿、东净土殿、西净土殿、回廊。大经堂内挂满各种唐卡，唐卡中央有一尊将近8米高的释迦牟尼铜坐佛像；二层有拉基大殿、道果殿、罗汉殿、回廊等，罗汉殿里的“苦行山”及卜六罗汉泥塑生动传神，闻名全藏；三层有无量宫殿、上师殿、金色空行母殿。

大殿内设的达赖宝座，上悬同治帝书写的“振锡绥疆”匾额。布达拉宫的重大活动如达赖坐床典礼、亲政典礼等都在此举行。

图3.43 措钦厦

白宫在红宫的下方与扎厦相连。扎厦位于红宫西侧，是为布达拉宫服务的喇嘛们的居所，最多时居住着僧众25 000多人，其外墙都是白色，因此通常也被看做白宫的一部分。

红宫，位于布达拉宫的中央位置，外墙为红色。它建于1690年，当时，清康熙帝还特意从内地派了100余名汉、满、蒙工匠进藏，参与扩建布达拉宫这一浩大的工程。宫殿采用了曼陀罗布局，围绕着历代达赖的灵塔殿建造了许多经堂、佛殿，从而与白宫连为一体。

知识链接

曼陀罗布局

曼陀罗布局就是借用早期印度佛教文化中普遍尊崇的“曼陀罗”的模式来规划寺院的总体格局。居全寺中心的乌孜大殿象征着宇宙中心之须弥山，其四方各建一殿，象征四大部洲，四方各殿的附近，又各有两座小殿，象征八小洲。主殿两侧建有两座小殿，象征日、月，主殿四周建红、黑、绿、白四塔，意在镇服一切凶神恶煞，防止天灾人祸的发生。所有建筑由一道椭圆形围墙包括，象征铁围山，寺门朝东。

红宫最主要的建筑是历代达赖喇嘛的灵塔殿，共有5座，分别是五世、七世、八世、九世和十三世。各殿形制相同，但规模不等。其中最大五世达赖灵塔殿（藏林静吉）殿高3层，由16根大方柱支撑，中央安放五世达赖灵塔，两侧分别是十世和十二世达赖的灵塔。五世达赖灵塔殿的享堂西大殿（措钦鲁，亦名司西平措）是红宫中最大的殿堂，高6米多，面积达725.7平方米。殿内悬挂乾隆帝亲书的“涌莲初地”匾额，下置达赖宝座。整个殿堂雕梁画栋，有壁画698幅，内容多与五世达赖的生平有关。红宫西部是十三世达赖灵塔殿（格来顿觉），建于1936年，是布达拉宫最晚的建筑。其规模之大也可与五世达赖灵塔殿相媲美，殿内除了灵塔，还供奉着一尊银造的十三世达赖像和一座用20万颗珍珠、珊瑚珠编成的法物“曼扎”。

知识链接

曼扎

曼扎又称“曼扎盘”或“曼荼罗”，是藏传佛教中常见的法器。象征把整个宇宙缩小在上面，加以实物，观像而作供养，是密宗迅速积聚福德与智慧的巧妙方法。

曼扎盘为圆形、多层，每高一层，体积递减一圈，很像一座宝塔（见图3.44），一般有4层，每一层都形成中空的环状，其内放上五谷杂粮、珍珠、玛瑙、松石、贝壳及钱币等物。第四层之上，是螺塔状须弥山。

图3.44 曼扎

红宫的屋顶平台上布满各灵塔殿的金顶，全部是单檐歇山式，以木制斗拱承托外檐，上覆鎏金铜瓦。顶端立一大二小的3座宝塔，金光灿灿，煞是耀眼。屋顶外围的女墙用一种深紫红色的灌木垒砌而成，外缀各种金饰，墙顶立有巨大的鎏金宝幢和红色经幡，体现出强烈的藏式风格。

红宫中的圣者殿（帕巴拉康）相传是吐蕃时期遗留下来的建筑。圣者殿供奉松赞干布的主尊佛——一尊由檀香木天然形成的观世音菩萨像；红宫中的另外一些宫殿也很重要。三界兴盛殿（萨松朗杰）是红宫最高的殿堂，藏有大量经书和清朝皇帝的画像；坛城殿（洛拉康）有3个巨大的铜制坛城（曼陀罗），供奉密宗三佛；持明殿（仁增拉康）主供密宗宁玛派祖师莲花生及其化身像；世系殿（仲热拉康）供金质的释迦牟尼12岁像和银质五世达赖像，十世达赖的灵塔也在此殿。

布达拉宫还有一些附属建筑，包括山上的朗杰札仓、僧官学校、僧舍、东西庭院和山下的雪老城及西藏地方政府的马基康、雪巴列空、印经院，以及监狱、马厩和布达拉宫后园龙王潭等。

小贴士

龙王潭

龙王潭（藏语日鲁康）是拉萨著名的园林建筑之一。园林中心有一面积较大的潭水，传说六世达赖仓央嘉措曾从墨竹工卡迎请墨竹赛钦和八龙供奉于北潭水中，故称“龙王潭”。

在布达拉宫建筑艺术中，绘画是它的重要组成部分，这主要表现在壁画、唐卡（卷轴画）和其他装饰彩绘方面。布达拉宫的壁画可分为4类：宗教故事、风俗民情、人物传记、历史事件。历史上布达拉宫扩建的场面被壁画生动地记录下来；文成公主进藏的壁画，再现了公元7世纪汉藏两民族和睦相处的情景；西大殿一面墙上是1652年五世达赖进京觐见顺治皇帝的壁画；十三世达赖灵塔殿内，则绘有十三世达赖进京觐见光绪皇帝和慈禧太后的场面。

小贴士

唐卡

唐卡是最富有藏族特征的一个画种，用彩缎装裱，画在绢、布或纸上的卷轴画。主要以宗教人物、宗教历史事件、教义为内容，也涉及西藏天文历算、藏医藏药等题材。布达拉宫保存有近万幅唐卡，最大的可达几十米。

布达拉宫依山垒砌，群楼重叠，殿宇嵯峨，气势雄伟，有横空出世，气贯苍穹之势，坚实敦厚的花岗石墙体，松茸平展的白玛草墙领，金碧辉煌的金顶，具有强烈装饰效果的巨大鎏金宝瓶、幢和经幡，交相辉映，红、白、黄3种色彩的鲜明对比，分部合筑、层层套接的建筑型体，体现了以藏族为主，汉、蒙、满各族能工巧匠高超技艺和藏族建筑艺术伟大成就，也是中华民族古建筑的精华之作。

藏族的饮食，牧区与农区稍有不同，但有共同的嗜好，都喜欢吃青稞面、酥油茶和牛肉、羊肉、奶制品。牧民吃肉喜欢用白水煮，把带骨大块肉放锅里，肉煮至半熟时就可捞出来吃。吃时一手抓肉，一手握刀，把肉片下，剩下干净的骨头。多用胸岔肉和肋条间的肉敬客。对尊贵的客人要奉敬一盘羊尾，尾稍上还要留有一塔象征吉祥的白羊毛。牛羊的头和小腿肉留作自家食用。肩胛骨处的肉是给牙齿不好的老人吃的，假如小伙子在女朋友家吃了这种肉，即表示女方已默许了他们的婚事。

拉萨是整个西藏食宿条件最好的地方。饭店中，主要以藏菜、川菜为主，几家旅店内的餐厅同时也供应尼泊尔和印度菜。每间菜馆的价钱相若，唯川菜价格比内地贵。西式餐厅大都集中于游客比较多的北京路，几乎每间旅店的餐厅都供应西餐。其中八廊学旅馆餐厅所供应的西餐，水准不俗，值得一试；雪域旅馆的餐厅怀旧气氛甚好。雪域旅馆斜对面，面向大昭寺广场的刚吉餐厅，供应藏菜为主，虽然这里的牦牛牛排奇韧无比，不过这个二楼餐厅的无敌街景，的确值得一坐，一壶红茶，一瓶啤酒，再加一份藏式水饺，大昭寺众生相，足够让人看上半天。部分旅店附设藏式餐馆，要是舍得掏腰包的话，位于北京中路，在布达拉前面的“雪神宫”乃上乘选择，吃一顿正宗藏餐要百多元，这里的生牛肉可分拌汁和风干两种吃法。也可尝一下当地的酥油茶，在布达拉宫西侧有许多茶摊。特色美食是风干肉、糌粑等。

小贴士

糌粑

糌粑是拉萨藏族的一种主要食品，制作方法是，将青稞（属大麦类，有白色、紫黑色两种）洗净晒干炒熟，磨成细面，这便是待食的糌粑。吃糌粑时，大都是把糌粑面放在碗里，加点酥油茶，用手拌匀，捏团而食。有的将糌粑加水放入肉、菜煮成羹而食。

3.6.2 作品赏析

快速阅读，理清结构，概述内容；请说说作者游览了哪些景点。

布达拉宫游记

心中渴望登上举世闻名的布达拉宫，这愿望已经涌起很久了。终于在一个春光明媚、鸟语花香的清晨，几位好朋友一起来约我登布达拉宫。我们一路谈笑风生，迈着轻快的步伐，不觉已来到山脚下。

雄伟壮丽的布达拉宫矗立在拉萨市的红山上，它依山垒砌巍峨壮观气势雄浑，像巨人一样俯视着芸芸众生。它里面收藏着珍贵的历史文献，有精美的壁画、灵塔，还有无数经卷、珠宝等文物古迹。在藏族人民心目中，布达拉宫是佛教圣地。每年都有成千上万的人，到这里向布达拉宫顶礼膜拜，奉献自己一片虔诚之心。

我们沿阶而上，山势突兀高大，经过四道曲折的石铺斜坡路，来到绘有四大金刚巨幅壁画的东大门。画上的金刚怒目圆睁，威风凛凛，那双眼睛使人觉得有能洞察世间一切真、善、美的神力。穿过东大门，北壁画廊的一幅画，绘描了文成公主进藏的故事和抵达拉萨时的盛大场面。它经过千百年的洗礼，色彩依然没有脱落，画上人物造型各异，形象惟妙惟肖；色彩的运用富于变化，线条也极其流畅，我不由得从内心深处感叹当年画师技艺高超。

接着浏览了间宫殿，便随着拥挤的人流来到最高宫殿萨松郎杰又看到一幅新的景象。这里的室内摆设多选用淡色显得古朴、幽静、庄重。看着陈列在这里的佛像，有的似乎在沉思，有的脸上露出和蔼亲切的微笑，给人一种弃恶向善的感召力。我默默地注视着佛像，独自承受着心灵的洗礼。这里还陈列着同治皇帝书写的“福田妙果”匾额，匾额上的字笔力苍劲，显示出书写者深厚的书法造诣。

小贴士

福田妙果

福田妙果指的是藏汉人民的团结和友谊可以真正造福万代。

旁边的朋友告诉我："在后宫的西头停放着十三世达赖的灵塔，那是一件人类艺术珍品，很值得去看一看。"

于是我们踱出殿堂，缓缓地来到十三世达赖的灵前。它于1933年动工，1936年完成。塔上镶嵌了余万颗珍珠，显得珠光宝气，雍容华贵。

塔前供奉着长夜不灭的酥油灯，空中弥漫着酥油的芳香。灯光与宝石的反光交相辉映，呈现出一副美妙景色。屋顶雕刻的飞禽走兽，栩栩如生，精美绝伦。

游览完灵塔，大家都感到疲惫。原本想游览完整个布达拉宫，但布达拉宫建筑繁多，我们心有余而力不足。于是决定下山。沿着石阶一步步走下，我一路上还沉浸在布达拉宫优美艺术的美妙遐想中。

抬眼远眺，拉萨河像玉带一样围绕着拉萨汩汩流过，远处群山起伏，阡陌纵横，绿柳村舍，气象万千。

蓦然回首，布达拉宫沐浴在阳光下，被阳光染上一层金色，更增添了神秘气氛，更显得巍峨壮观。

此情此景使我油然而生感慨：布达拉宫，你是千百年来藏族人民智慧和艺术的结晶，你是祖国民族艺术之林中的一朵奇葩，你是世界艺术宝库里一颗永远璀璨的明珠！我相信，在这改革开放的新时代，你将会绽放出更加夺目的光芒。

小贴士

十三世达赖简介

十三世达赖（1876—1933），名土登嘉措，西藏佛教格鲁派（黄教）领袖。1895年（光绪二十一年）八月亲政，以谋害罪处死原摄政第穆呼土克图，遂总理西藏政教大权。

3.6.3 能力训练

1. 请说出世界十大著名宫殿、中国十大遗迹遗址博物馆的名字。

2. 请根据提供的网址（http://tv.people.com.cn/GB/39805/12507296.html），欣赏《世界遗产在中国》之布达拉宫。

3. 讲解自己喜欢的一处布达拉宫景点。

3.7 滕王阁

导读

一提起“滕王阁”，人们很自然地想起王勃写的《滕王阁序》。雄踞赣水之滨的“滕王阁”，因“序”而名扬天下，声威古今。其实“滕王阁”不止江西南昌有，四川阆中也有一座“滕王阁”，而这两处的“滕王阁”都渊源于山东滕州。为何在中华大地上会出现一字不差的两座飞檐翘翘，金碧辉煌的建筑群呢？

李元婴在贞观年间曾被封于山东省滕州故为滕王，且于滕州筑一阁楼名以“滕王阁”，已在战乱年代损毁；后滕王李元婴调任江南洪州，又筑豪阁仍冠名“滕王阁”，此阁便是后来人所熟知的滕王阁；后李元婴又接任其兄李灵夔任隆州刺史，在隆州修建了另一处行宫，当地的官绅亦用李元婴的封号为阁命名，这就是现在的四川阆中“滕王阁”。从上述两地滕王阁名称看，南昌滕王阁和阆中滕王阁所用的滕王二字都源于今天的滕州。

滕王阁风景如图 3.45 所示。

图 3.45　滕王阁风景

3.7.1 滕王阁介绍

南昌滕王阁，位于江西省南昌市西北部沿江路赣江东岸，它与湖北黄鹤楼、湖南岳阳楼为并称为“江南三大名楼”，因初唐才子王勃作《滕王阁序》让其在三楼中最早天下扬名，故又被誉为“江南三大名楼”之首。2001 年 1 月核准为首批国家 AAAA 级旅游景区。2012 年 10 月 9 日从南昌市滕王阁管理处证实，滕王阁、岳阳楼、黄鹤楼等中国十大历史文化名楼将联合申报联合国物质文化遗产。

南昌滕王阁始建于唐朝永徽四年，为南方现存唯一一座皇家建筑，是中国古代建筑艺术独特风格和辉煌成就的杰出代表，象征着中国 5000 年积淀的文化、艺术和传统。历史上的滕王阁先后共重建达 29 次之多，屡毁屡建，今天的滕王阁为宋式建筑。

小贴士

滕王阁重建的29次

滕王阁重建的29次是指唐代5次，宋代1次，元代2次，明代7次，清代13次，新中国1次。

滕王阁主体建筑净高57.5米，建筑面积13 000平方米。其下部为象征古城墙的12米高台座，分为两级。台座以上的主阁取“明三暗七”格式，新阁的瓦件全部采用宜兴产碧色琉璃瓦，正脊鸱吻为仿宋特制，高达3.5米。勾头、滴水均特制瓦当，勾头为“滕阁秋风”四字，而滴水为“孤鹜”图案。台座之下，有南北相通的两个瓢形人工湖，北湖之上建有九曲风雨桥。楼阁云影，倒映池中，盎然成趣。

小贴士

明三暗七

明三暗七即从外面看是3层带回廊建筑，而内部却有7层，就是3个明层，3个暗层，加屋顶中的设备层。

循南北两道石级登临一级高台。一级高台，系钢筋混凝土筑体，踏步为花岗石打凿而成，墙体外贴江西星子县产金星青石。一级高台的南北两翼，有碧瓦长廊。长廊北端为四角重檐“挹翠”亭，长廊南端为四角重檐“压江”亭。从正面看，南北两亭与主阁组成一个倚天耸立的“山”字；而从飞机上俯瞰，滕王阁则有如一只平展两翅，意欲凌波西飞的巨大鲲鹏。这种绝妙的立面和平面布局，正体现了设计人员的匠心。

一级高台朝东的墙面上，镶嵌石碑5块。正中为长卷式石碑一幅，此碑由8块汉白玉横拼而成，约10米长、1米高，外围以玛瑙红大理石镶边，宛如一幅装裱精工的巨卷。此碑碑文为今人隶书韩愈《新修滕王阁记》。韩愈在《新修滕王阁记》中写道：“余少时，则闻江南多临观之美，而滕王阁独为第一，有瑰伟绝特之称。”长碑左侧为花岗岩《竣工纪念石》及青石《重建滕王阁纪名》碑，右侧为花岗石《奠基纪念石》及青石《滕王阁创建纪年》碑。

由一级高台拾级而上，即达二级高台（象征城墙的台座）。这两级高台共有89级台阶，而新阁恰于1989年落成开放。二级高台的墙体及地坪，均为江西峡江县所产花岗石。高台的四周，为按宋代式样打凿而成的花岗石栏杆，古朴厚重，与瑰丽的主阁形成鲜明的对比。

二级高台与石作须弥座垫托的主阁浑然一体。由高台登阁有3处入口，正东登石级经抱厦入阁，南北两面则由高低廊入阁。正东抱厦前，有青铜铸造的“八怪”宝鼎。

请您欣赏

“八怪”宝鼎——鼎座用汉白玉打制，鼎高2.5米左右，下部为三足古鼎，上部是一座攒尖宝顶圆亭式鼎盖（见图3.46），寓有金石永固之意。此鼎乃仿北京大钟寺“八怪”鼎而造。

图3.46 “八怪”宝鼎

主阁的色彩，绚烂而华丽。其梁枋彩画采用宋式彩画中的“碾玉装”为主调，辅以“五彩遍装”及“解绿结华装”。室内外斗拱用“解绿结华装”，突出大红基调，拱眼壁也按此色调绘制，底色用奶黄色。室内外所有梁枋各明间用“碾玉装”，各次间用“五彩遍装”，天花板每层图案各异，支条深绿色，大红井口线，十字口栀子花。椽子、望板均为大红色，柱子油朱红色，门窗为红木家具色。室外平坐栏杆油古铜色。

小贴士

碾玉装、五彩遍装和解绿装

碾玉装。宋《营造法式》建筑彩画作制度之一，等级仅次于五彩遍装。色调以青、绿为主，多层叠晕，外留白晕，宛如磨光的碧玉，故名。

五彩遍装。在梁、拱的面上，用青绿色或朱色的叠晕为外缘作轮廓，里面画彩色花饰，以朱色或青绿色衬底，色彩效果十分华丽。

解绿装。多用在斗栱、昂面上，是在面上通刷土朱，外缘用青绿色叠晕作轮廓，一般面上不做花纹，如添画花饰者，则称为解绿结华装。

主阁一层檐下有4块横匾，正东为“瑰伟绝特”九龙匾，内容选自韩愈的《新修滕王阁记》；正西为“下临无地”巨匾；南北的高低廊檐下分别为“襟江”、“带湖”二匾，内容均选自王勃的《滕王阁序》。以上4块匾均是生漆为底贴金匾额。

由东抱厦的正门入阁，门前红柱上悬挂着一幅4.5米长的毛泽东同志生前手笔的不锈钢拱联：“落霞与孤鹜齐飞，秋水共长天一色。”

走进大厅，扑入眼帘的是一幅汉白玉浮雕——《时来风送滕王阁》。一楼西厅是阁中最大厅堂，西梁枋正中挂有白栋材同志书“西江第一楼”金匾。此厅陈放一座按2∶25的比例制作的滕王阁铜制模型，又叫“阁中阁”，由江西铜工艺品厂铸造。厅内丹柱上悬挂有多副出自名家手笔楹联。

知识链接

汉白玉浮雕“时来风送滕王阁”

汉白玉浮雕“时来风送滕王阁”是根据明朝冯梦龙所著《醒世恒言》中的名篇《马当神风送滕王阁》的故事而创作的。浮雕主体部分，王勃昂首立于船头，周围波翻浪涌，表现王勃借神力日趋700里赶赴洪都的英姿。画面右边为王勃被风浪所阻，幸得中源水君相助的情景；左边为王勃赴滕阁胜会，挥毫作序的场景（见图3.47）。

图3.47　时来风送滕王阁

第二层是一个暗层，其陈设体现的是“人杰”的主题。正厅的墙壁上，是大型丙烯壁画《人杰图》，画高2.55米，长20多米，画面上生动地描绘了自先秦至明末的江西历代80位名人，这些人虽然时代不同、服饰不同、地位不同、年龄不同、职业不同、素质不同、性格不同，但是和谐统一在同一的画面之中（见图3.48），人物造型生动，格调雅逸，线条组织富有韵味。

图3.48　人杰图

正厅两侧，设有贵宾接待室和小会议室，进入西厅门楣上，横挂“俊采星驰”金匾，与《人杰图》浑然一体。西厅陈列了自新阁落成开放以来，党和国家领导人江泽民、李鹏等游览滕王阁的照片。

第三层是一个回廊四绕的明层，也是阁中一个重要层次。在廊檐下有4幅巨型金字匾额，规格都是1.5米×4.5米。东为“江山入座”，西为“水天空霁”，南为“栋宿浦云”，北为“朝来爽气”，这些内容均系清顺治蔡士英重修滕王阁时所拟匾额。东厅两侧陈列有“銮驾”礼器，取材于“戟”“帷”等古仪仗，有朝天镫、月牙戟、判官手、龙凤屏、金爪等。

中厅屏壁有2.8米×5.5米的丙烯壁画《临川梦》，取材于汤显祖在滕王阁排演“牡丹亭”的故事。公元1599年，汤显祖首次在滕王阁上排演了这出戏，开创了滕王阁上演戏曲之先河，滕王阁由此而从一座歌舞楼台逐渐演变成戏曲舞台。

西大厅为“古宴厅”，西边梁枋挂一金匾，上书“临江一阁独秀”。东墙上有1.85米×2.65米的铜浮雕《唐伎乐图》。

请您欣赏

唐伎乐图——画面着力塑造了3位唐代舞伎，表演“霓裳羽衣舞”。3名舞伎周围，分别雕刻有马术、摔跤、斗牛、横吹等一系列民间游艺竞技场面及星相等，两侧是操持各种乐器奏乐的艺人（见图3.49）。整个画面体现了唐代国富民强、盛世升平之景象。

图3.49 唐伎乐

铜浮雕之下，有春秋朝代青铜器文物的复制品：虎牛祭案、牛头鼎、四足人面鼎、人面鼎等6件。地面铺有红色龙纹地毯。两边有磨漆大花瓶，其高如人，上绘有江西省省花红杜鹃。黑底衬托，分外艳丽。

第四层与第二层从建筑上看是相似的，也是一个暗层。此层主要体现“地灵”的主题。正厅的墙壁上，是丙烯壁现《地灵图》，集中反映了江西名山大川自然景观精华。进入西厅的门楣上方悬挂“雄峙”金匾，西厅为“滕王阁竹刻楹联堂”。

请您欣赏

地灵图——画面从南往北依次是大庾岭梅关、弋阳圭峰、上饶三清山、鹰潭龙虎山、井冈山、庐山、鄱阳湖、石钟山等。画面严谨，功力深厚，充分表现了江西“钟灵毓秀”的壮丽山川（见图3.50）。

图 3.50 地灵图

第五层与第三层相似，也是一个回廊四绕的明层，是登高览胜、披襟抒怀、以文会友的最佳处。廊檐下 4 块金匾，内容出自《滕王阁序》。正东为“东引瓯越”，南为“南溟迥深”，西为“西控蛮荆”，北为“北辰高远”。

东厅中央，陈列了滕王阁规划全景模型。西墙上镶嵌了两幅大型陶瓷壁画，规格都是 2.6 米×2 米。原画为已故江西当代著名山水画大师黄秋园先生所作。左边这幅名为《吹箫引凤图》，右边这幅是黄秋园先生临摹五代画家关仝的《西山待渡图》。

知识链接

吹箫引凤图

《吹箫引凤图》取材于东汉刘向所作《神仙传》。传说春秋时，有个名叫萧史，擅长吹箫，秦穆公之女弄玉对他非常仰慕，拜其为师。秦穆公曾专门修建一座“凤台”，供他们学习时使用。后来，师徒二人结为伉俪，弄玉在萧史指点之下，很快掌握吹箫技艺，她模仿凤凰之声、引来凤凰围绕她翩翩起舞。数年后，夫妇双双乘凤凰飞升天界成仙。

东厅两侧，为“翰墨”“丹青”二厅。两厅中有古色古香的根雕家具，有供书画家泼墨挥毫的书画案，是艺术家进行创作的极佳环境。这里也是前来游览参观的名人题词留言的所在。有江泽民同志在两度登阁乘兴吟诵王勃序文之余，挥毫书写的其中警句“落霞与孤鹜齐飞，秋水共长天一色”；有李鹏同志“高阁重临江渚，层楼再出云天”的题词；有邓力群同志“长江三楼，一楼胜过一楼”的墨迹。

中厅正中屏壁上，镶置用黄铜板制作的王勃的《滕王阁序》碑，近 10 平方米，乃是苏东坡手书，经复印放大，由工匠手工镌刻而成。

西厅东壁悬挂磨漆画《百蝶百花图》，选此题材，乃是根据滕王李元婴爱蝶、绘蝶之雅事。据传李元婴擅画蝶，自成一派，画界称为“滕派蝶画”。这幅磨漆画寄托了今人对“滕王阁”创始人李元婴的怀念。其制作工艺非常精妙：以三合板为底，贴金箔纸为底色，蝴蝶乃是用细铜丝勾勒线条，将贝壳碾成粉末敷成翅膀，画面下部盛开的白色花丛是南昌市市花金边瑞香，花瓣用蛋壳拼成。

知识链接

滕派蝶画

唐朝初期，李渊之子、滕王李元婴将自己的“蝴蝶梦”留在宣纸上，独创一门，成为滕派蝶画的鼻祖，同时代即有“滕王蛱蝶江都马，一纸千金不当价”之美誉。

滕派蝶画历经唐、宋、元、明、清1000多年，一直为最高统治者的宫廷画派。它以佛赤、泥银表现蝴蝶翅上的鳞片，用各种名贵宝石粉着色，用5种珍贵檀、沉、芸、降香等为颜料，使蝶画富丽华贵、光耀夺目。

滕派蝶画属于工笔重彩画类，独特的颜料和特殊的技法，使蝶画保持百年仍不减初作时的风采，被各朝代上层社会视为珍品，引以为家私荣耀。

滕派蝶画以画蝶为主，不陪衬大型花卉，在蝶之外只补以点点野草、青苔、散花，形成与众不同的“雅、素、洒、脱”四大艺术风格。彩蝶突于绢上，笔画曲折，灵敏奥妙，望之摇拂，呼之欲出。彩蝶千姿百态，有翩翩而来的戏耍，有纠缠不休的鹿战；有相持不下的对峙，有情义绵绵的恋情。或飞、或落、或饮、或眠，令人爱不释手。

滕派蝶画虽为宫廷画派，却为家传。从元婴之子湛然之后，则传入梁家，从此梁家视为珍宝，内部相传十数代之久，并有“传男不传女，传内不传外”之规定。

鲁迅先生称誉滕派蝶画是“缺门、独门、冷门，是祖国的瑰宝”。

五楼是最高的明层。漫步回廊，眺望四周，江水苍茫，西山叠翠，南浦飞云，章江晓渡，山水之美，尽收眼底；高楼如林，大桥如虹，公路如织，人车如流，一派城市繁荣之景象。四季之景不同，游目四望，令人心旷神怡，流连忘返。

第六层是滕王阁的最高游览层。其东、西重檐之间，高悬着2米×5米的苏东坡手书“滕王阁”金匾各一块。其内，虽是一个暗层，但设计者将中厅南北角重檐间的墙体改成了花格窗，故光线极好，与明层无异。

由台座之下的底层算起，这一层实为第九层，故大厅题匾“九重天”。大厅中央，有汉白玉围栏通井，下可俯视第五层，其上方有一圆拱形藻井，寓含天圆地方之意。

西厅称为“仿古展演厅”，是一座小型戏台，戏台上陈列有极为珍贵的古乐器复制件，深寓歌舞兴阁之意。其中有湖北随州出土的“曾侯乙”编钟、编磬仿制件。编钟为24件，可进行演奏，曾获得1985年的“百花奖”。编磬为32件，其厚薄不同，敲击时发音各异。还有土乐“埙”“竹乐”“排箫”，革乐“建鼓”“双凤虎座鼓”，匏乐及丝乐“瑟”、殷代“虎纹磬”“铙”等塑件，以及隋唐时代的乐俑。这些仿古乐器既是陈列品，又可利用它们进行小型的乐舞演奏。2000年后，文娱队移至北园（俯畅园）进行文艺演出。

大厅南北东3面墙上，嵌有大型唐三彩壁画——《大唐舞乐》。南面为“龙墙”，以男性歌舞乐伎为主，画面以《破阵乐舞》为大框架；北面为“凤墙”，以女性歌舞乐伎为主，画面以唐代著名宫廷乐舞《霓裳羽衣舞》为主体。

知识链接

圆拱形藻井

圆拱形藻井由24组斗拱由大到小，由下至上，按螺旋形排列，共12层。取意1年12个月、24个节气。斗拱采用的是明、清民间木作处理手法。彩绘采用五彩装，沥粉贴金，金碧辉煌。最顶端的彩绘，则是参照西安钟楼的彩绘式样精心绘制而成（见图3.51）。藻井中央，悬挂精雕细刻的“母子”宫灯，随气流变化，宫灯不停地微微转动。

图3.51 圆拱形藻井

滕王阁为历代封建士大夫们迎送和宴请宾客之处。明代开国皇帝朱元璋也曾设宴阁上，命诸大臣、文人赋诗填词，观看灯火。滕王阁的陈设有很高的文化品位，展示了中华民族悠久灿烂的文化，反映了豫章古代文明的特色。滕王阁，是一座名副其实的高雅的文化殿堂。

吃当地的小吃也是旅游南昌的一项重要节目，南昌的街头巷尾有着石头街麻花、风味烧烤等民间小吃，孺子路的餐馆很集中，你可以空着肚子去那里逛逛，米粉蒸肉、三杯鸡、藜蒿炒腊肉、鳅鱼钻豆腐、皇禽酱鸭、木瓜凉粉、牛肉炒粉、牛舌头、白糖糕等保准你吃得尽兴而归，而“豫章十景”赣菜系列则很好地体现了赣文化的特色。

知识链接

“豫章十景”赣菜系列

“豫章十景”赣菜系列将烹饪与南昌历史上著名的洪崖丹井、西山积翠、滕阁秋风、章江晓渡、龙沙夕照、南浦飞云、铁柱仙踪、苏圃春蔬、东湖夜月、徐亭烟柳融为一体，既讲究艺术装饰美，又注重菜肴的食用性，使美景佳肴相辉映。

3.7.2 作品赏析

作者的情感经历了怎样的变化过程？文中用大量的篇幅追述滕王李元婴建造滕王阁的历史，作者的目的是什么？这样写有何作用？

雨中登滕王阁

熊召政

登高骋目，总以晴好的天气为宜。遗憾的是，此刻我登滕王阁，周遭是一片淅沥沥的雨声。5 月下旬，江南开始进入梅雨季节，站在滕王阁的七层之上，但见槛外浩茫的赣江，罩在濛濛的烟雨之中，虽然胭脂色的波浪显得湿润，但江的对面已是模糊一片；而飞阁之下车水马龙的十里长街，除了喇叭声的清脆，一切，也都幻化为浮动的剪影。

但我仍觉得，眼下这雨中的凭栏，乃是别一番感受。虽然见不到落霞孤鹜、秋水长天，但雨来风掠，雾卷云飞，更平添了登临者怅然怀古的思绪。

在滕王阁的楼下，正准备登临时，有人说“这是一个假古董”。言下之意，既为赝品，你何必登上这水泥浇筑的楼梯？

是的，昔日的滕王阁早已倾圮，眼前的这一座，是 1989 年动工修建，历时三年而成。比之旧制，它更加峭拔，也更加壮丽。珠帘晃动在天阙，檐马叮咚于晴空。置身其中，哪怕是烟雨如潮飞云似梦，你依然会有那种望尽中原百万山的感觉。

中国的古建筑，都是砖木结构。它的好处是质朴、浑厚，沉静中透出空灵的禅意。人住在里面，若饮酒，则窗牖的花影可以助兴；若弹琴，则木质的板壁可以让弦音更加柔和。但是，砖木结构的建筑，特别是使用了太多的木材后，不但易燃，而且耐腐性也很差。那些著名的亭台楼阁，保存百年尚且不易，何况它们的建筑年代，非唐即宋，都在历史的烟雨中浸泡了千年呢！就说这座滕王阁吧，自公元 653 年即唐永徽四年建成以来，已经历了将近 14 个世纪。无论是霜天画角下的铁骑，还是暗夜秋风中的野火，都不可避免地一次次侵蚀它、焚毁它。所有香艳的记忆，其尽头都不可避免是一把劫灰。滕王阁首建至今，已经历了数十次的毁灭与兴建。除了初唐的王勃，登临层榭并为之留下千古美文，是正宗的滕王版的楼阁之外，自他之后的韩愈，自韩愈之后所有的文人骚客，所吟咏的滕王阁，都是在歌颂赝品。

这些年来，各地的名胜古迹都在恢复，这是民族复兴的特征。大至一个国家，小至一个人，若只能“苟全性命于乱世”，则哪里还有可能恢复名胜呢？乱世逃命，盛世建楼，这都是历史的必然。眼前的滕王阁，虽然是假的古董，但却是真的名胜。王勃的美文已经成了千古绝唱，我们岂能让他的满纸珠玑无法印证，让后来人徒生惆怅呢？因此，南昌不能没有滕王阁。它的千百年来的每一种版本，都不是赝品，都是南昌人在不同时代的不同机缘，以及不同风情的真实写照。

如今，我站在最新版的滕王阁上，在枇杷黄连叶青的季节，眺望变幻不定的江山风雨图，沐浴天地间流动的勃勃生机，心情便如茶烟深处的月色，那份诗意，那份惬意，想压抑都压抑不住了。

滕王阁留给我的记忆，一直与歌舞有关。盖因修建此阁的李元婴，是唐高祖李渊的第二十二个儿子，唐太宗李世民的弟弟。生长于钟鸣鼎食的帝王之家，李元婴的手不必磨剑，却可以捉捏彩笔，绘出人间的富贵。据传，李元婴擅画蛱蝶，阁中留有他的《滕王蛱蝶图》(见图 3.52)，满眼风华、一片缤纷。当然，李元婴的耳，也听不到杀伐之声，他生命中的岁月，被一场又一场的歌舞填满，脂粉气、楚腰身、霓裳曲，使他贪欢、使他迷醉、更使他对国计民生了无兴趣。

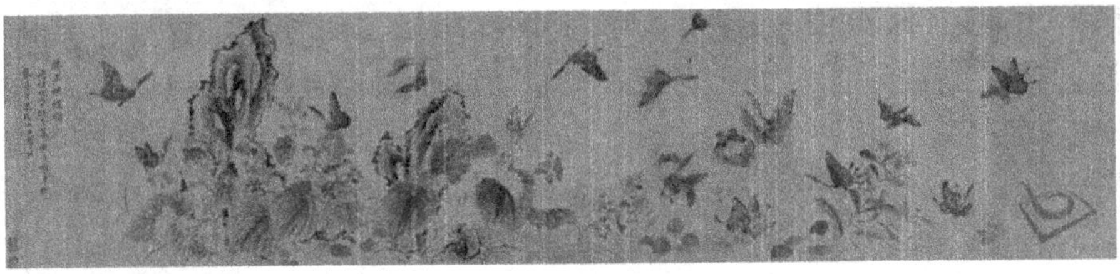

图 3.52 滕王蛱蝶图

据说，李元婴从苏州刺史的任上迁转洪州都督，就因为任职不专，或可套用近时语，即因为执政能力的低下。在南昌，他又因“数犯宪章”再次被贬，谪置滁州。看来，称他风流王爷完全称职，若以官身评判，他恐怕只沾得上一个“庸”字儿了。历史上，这样的例子不胜枚举。南唐李后主，论当皇帝，他只是庸君，论诗人，他却高居上游。这李元婴同样如此，他若不当官，而专心致志当一名歌舞团的导演，必定完全称职。

李元婴自苏州迁来南昌，走的虽是贬谪之路，仍不忘声色。他从苏州带了一班乐伎前来，于是，这赣江边上的南昌故郡，平添了夜夜笙歌。

李元婴好游冶，某日来到章江门外的荒阜，面对茫茫江水，他突发奇想，让随从在榛莽中治酒席，起歌舞。燕麦兔葵之中，离草荆棘之上，怎搁得住弱不禁风的舞衣？于是，谄其事者，投李元婴所好，在这岗峦之上建起一座高阁，这便是滕王阁的由来。登临送目俯瞰江山，只是它的附属功能，开绮筵，演歌舞，才是建阁者最初的动机。

于今，风流的滕王早已灰飞烟灭，但阁上的歌舞却一直不曾消歇。远古的吴趋曲，盛唐的柘枝舞，虽然不再演绎，但我在这阁上，却听到更为古老的编钟，以及渗透了赣南风情的《十送红军》，这熟稔的旋律，立刻让我想到这槛外的苍茫河山，曾经是红旗漫卷的苏区。更由此感叹，没有这一片土地，没有这一片土地上浴血奋战的人民，今天，我们就不能在这滕王阁上，欣赏到令人陶醉的盛世歌舞。

文学常识

《雨中登滕王阁》的特色

《雨中登滕王阁》用大量的篇幅追述滕王李元婴建造滕王阁的历史，作者的目的是写清滕王阁的由来，李元婴的生活经历应验了滕王阁虽然历尽沧桑却依然矗立在风雨之中，映衬出当地的劳动人坚韧不拔的精神。这样写突出了滕王阁的盛世歌舞，表明虽然复兴道路很艰苦，但我们有顽强的毅力和坚韧不拔的精神让我国无数个名胜恢复，生产力水平复兴。

3.7.3 能力训练

1. 历朝历代文人雅士们以滕王阁为歌咏主题的诗作数不胜数，其中不乏张九龄、白居易、杜牧、苏轼、王安石、朱熹、黄庭坚、辛弃疾、李清照、文天祥、汤显祖这样文化大家们留下的美文，请同学们集锦成册。

2. 一首诗或一篇文章，能叫一处风景一座楼阁名垂千古，这就是这南昌的滕王阁，请讲讲它与王勃之间发生的故事。

3. 讲解自己喜欢的一处滕王阁景点。

参 考 文 献

［1］卫晓波．旅游文学作品欣赏［M］．2版．北京：高等教育出版社，2009.

［2］赵欣，吉凤娟．旅游实用语文［M］．吉林：东北师范大学出版社，2006.

［3］方大卫，程宏亮．旅游文学［M］．安徽：安徽大学出版社，2010.

［4］崔乃瑜．中国旅游文学作品选［M］．吉林：吉林大学出版社，2010.

［5］喻峰．实用旅游语文［M］．北京：机械工业出版社，2009.

［6］《图说天下·国家地理系列》编委会．中国最美的100个地方［M］．北京：北京联合出版公司，2012.

［7］《图说天下·国家地理系列》编委会．走遍中国［M］．北京：北京联合出版公司出版，2012.

［8］中国旅游网．http://www.51yala.com/.

［9］中国旅游信息网．http://www.cthy.com/.

［10］中国旅游教育网．http://www.cteweb.cn/.